초록털 고양이 포카

초판 1쇄 발행 | 2018년 9월 12일

지은이 서지민
발행인 이대식

편집 김화영 나은심 손성원 김자윤
마케팅 배성진 박상준 **관리** 이영혜
디자인 모리스 **일러스트** 서지은

주소 서울시 종로구 평창길 329(우편번호 03003)
문의전화 02-394-1037(편집) 02-394-1047(마케팅)
팩스 02-394-1029
홈페이지 www.saeumbook.co.kr
전자우편 saeum98@hanmail.net
블로그 blog.naver.com/saeumpub
페이스북 facebook.com/saeumbooks
인스타그램 instagram.com/saeumbooks

발행처 (주)새움출판사
출판등록 1998년 8월 28일(제10-1633호)

ⓒ 서지민, 2018
ISBN 979-11-89271-19-0 03810

• 잘못된 책은 바꾸어 드립니다.
• 책값은 뒤표지에 있습니다.

초록털
고양이
포카

서지민 장편소설

새움

2부
냥섬의
포카

난 고양이다

난 고양이다. 냥이라고도 한다. 이름은 포카다.

내 '사람 가족'은 엄마, 아빠, 영희, 영수가 있다. 그중에서 제일 어린 영수가 나의 이름을 지어주었다. 포카가 무엇을 뜻하는지는 모른다.

우리 집에는 동족이 셋 있는데, 나만 이름이 특이하다. 녀석들의 이름은 '원이, 둘이, 삼이'다. 털이 바짝 서도록 단순한 이름이다. 내 이름은 '넷이'로 지어질 것이었는데 뜬금없이 포카다. '포'가 영어의 포Four인가? 뭐, 개의치는 않는다. 사실 꽤 마음에 든다. 저 셋보단 특별한 느낌을 주니까.

내가 좀 다르게 생기긴 했다. 초록색 털이 있거든. 흰 털과 검은 털 바탕에 짙은 초록색 얼룩이 등허리에 있다. 뭘 좀 아는 사람들은 나의 멋진 짙은 초록털을 보고 놀란다. 내 두 알을 떼어간 의사도 놀랐다. "염색한 건가요?" 이래 봬도 삼색 수

8

컷 고양이다.

난 행운을 타고난 것 같다. 고양이를 좋아하는 집에서 모셔주었다. 밥도 걱정 없고 잘 곳도 걱정 없다. 영희는 닭가슴살을 주고 영수는 모형 쥐로 놀아준다. 아빠는 능력이 없고 나에게 관심도 없지만, 영수를 혼내주니까 좋다. 엄마는 능력은 있지만 나에게 관심은 없는데, 똥은 잘 치워주니까 좋다.

난 고양이의 말과 사람의 말을 이해할 수 있다. 내가 어떻게 사람의 말을 이해하냐고? 나도 모른다. 참 신기한 게 배우지 않아도 저절로 안 것이다. 정확히는 '내가 배우지 않았던 것도 저절로 머릿속에 들어와 있다'. 어떤 희귀한 상태로 상당히 똑똑한 고양이가 되었다.

세면대 수도꼭지를 다뤄 온수를 먹기도 하고, 더울 땐 에어컨으로 냉방을 즐긴다. 보고 싶은 프로그램이 있을 때면 텔레비전을 켜서 본다. 다만 요새는 조심하고 있다. 한번 호되게 당한 경험이 있기 때문이다.

텔레비전 리모컨을 조작하다가 영수가 뒤에 있는 걸 놓친 적이 있다. 하필 보고 있던 것도 〈동물농장〉이었다. 바보 같은 동족들을 구경하고 있었는데… 영수는 핸드폰으로 그런 날 찍고 있었다. 동물농장, 프로그램 이름도 멍구(우리 고양이들은 개를 '멍구'라고 부른다) 같다.

영수는 그 흉악한 사람들을 불렀다. 놈들은 영수가 찍은 영상을 수십 번이나 돌려 봤다. 사흘 동안 왔다 갔다 하며 날 감시했다. 몰래카메라까지 설치하고 말이다!

난 〈동물농장〉 스태프들의 열띤 분위기를 보고 직감적으로 깨달았다. '이건, 대박 아이템이야!' 걸리면, 죽는다. 해부당할 것이다. 아니면 잡혀가서 실험을 당하든지. 외계인이 사람을 납치하는 영화에서처럼 말이다.

특히 그 사람, 〈동물농장〉 마크가 그려진 모자를 쓴 피디. 사십대의 코가 긴 그는 눈을 번뜩이며 끝까지 증거를 잡기 위해 혈안이었다.

정말 무서웠다. 일주일 동안 물과 밥을 먹을 때, 화장실 갈 때만 빼고 영희의 침대 밑 제일 깊숙한 곳에 숨어 있었다. 결국 아빠는 폭발했고, 스태프들은 철수했다. 영수는 동영상을 조작했다고 자백 아닌 자백을 했다. 몰래카메라를 떼어낼 때 얼마나 좋았는지! 후련해서 막 뛰어다녔다.

그 무서운 일이 지나간 후, 난 평범한 고양이인 척한다. 가끔 나도 모르게, 아니면 피치 못하게 머리를 쓸 때가 있지만. 이제 고양이답게 교묘하고 영리하게 행동한다.

엄마와 아빠와 영수는 비행기를 타고 가족 여행을 갔고, 영희는 시험공부를 해야 한다며 집에 남은 적이 있다. 영희는 바로 남자친구 조민철을 데리고 왔다. 난 조민철이 꺼내놓은 '비닐'을 발톱을 세워 꾹꾹 눌렀다. 난 그 원리를 안다.

난 집에 붙어 있기 아까운 고양이다. 요즘엔 창문을 열 수 있어서, 세상을 알아가고 탐험하며 재밌게 보내고 있다. 두 달

전에 엄마와 아빠가 부부싸움이란 걸 하다가 컵을 창문에 집어 던진 적이 있다. 깨진 창문을 고치느라 창문의 걸쇠를 풀었고, 그때부터 바깥세상을 들락날락한다.

이젠 영희가 날 붙잡아 가둬놓지 않는다. "나가지 마! 포카! 집 밖은 위험해!" 영희의 외침에도 상관없이 몇 번 나가서 잘 돌아왔더니, 이제는 포기한 것 같다. 게다가 걸쇠를 잠그면? 밤새도록 '냐옹'이다!

바깥세상에는 재미있는 것들이 한가득하다. 사람 가족 없는 고양이나 이웃 고양이들도 만나고, 까치도 쫓고 말이다.

자, 그럼 오늘도 딤힘을 나가볼까? 오늘은 어떤 믹 나가는 고양이를 만날까. 어떤 멍구를 골려줄까. 설렌다. 난 앞발을 당겨 창문을 열었다!

내가 사는 곳은 대한민국 제주도에, 산등성이를 깎아 만든 아라동이라는 동네. 비교적 한적한 외곽지에 있다. 여름의 햇볕은 따갑고 겨울의 바람은 춥다. 그리고 독한 멍밭(우리 고양이들은 귤을 '멍'이라고 부른다)이 많다.

찾아보면 야생의 먹을 것도 있다. 벌레나 생쥐, 도롱뇽 같은 것들. 서울에서 온 고양이 복자는 여기가 살기 좋은 곳이라고 한다. "네가 서울의 척박한 환경을 봤어야 해. 거기 있는 애들은, 가끔 멍도 먹어." 허풍쟁이 복자. 세상에 어떻게 고양이가 멍을 먹는단 말이야. 하여튼 지긋지긋한 겨울의 멍밭 향기만 빼면 살기 좋다는 것에는 동의한다.

우리 집은 돌담으로 둘러싸인 파란 지붕의 하얀 벽 단독주택이다. 1층엔 엄마, 아빠가 함께 쓰는 안방과 영희의 방이 있다. 2층의 작은 방엔 영수가 산다. 사람의 기준으로 본다면 크고 좋은 집이다. 고양이의 기준으로 본다면 그저 그렇다. 숨어서 웅크릴 장소가 별로 없다. 그나마 후미졌다고 할 만한 장소는 LPG가스통 뒤쪽이었지만… 요새 그곳은 출입할 수 없다.

날이 좋을 땐 지붕에 올라가 뻗어낸 자세로 햇볕을 받는다. 반잠(고양이에게는 깊은 잠과 반잠이 있다. 반잠은 사람이 눈을 감고 명상에 들어간 것과 비슷하다. 수면 상태에 가깝지만 주변 환경에 대해선 더욱 날카로워진다)에 들어 지나는 사람들을 구경하는 게 재밌다. 어두운 밤에는 별을 감상하며 적막을 즐긴다. 한눈에 보이는 아라동의 정겨운 풍경, 여기선 멍밭도 가끔 예뻐 보이기도 한다.

안에는 열 평 정도 되는 마당이 있다. 듬성듬성 자라다 만 잔디가 깔려 있다. 그사이, 타일로 만든 징검다리가 있다. 그 길은 나만 쓴다. 비가 올 때 발바닥 젖지 않게 건너기 좋다. 물 마실 수 있는 바가지도 있고, 화분도 몇 개 있다. 엄마가 좋아하는 물뿌리개도 있다.

내 나이가 육 개월 때까진 큰 나무가 심겨 있었는데, 태풍에 가지가 부러져 날아드는 바람에 거실 유리창이 박살 나서 아빠가 잘라버렸다. 그게 오십 세 남자 사람인 아빠가 한 가장 큰 업적이다. 그 웅장한 전기 톱질 소리란! 왱! 왱! 왱! 청소기 짖는 소리보다 무서운 것이 있다는 걸 처음 알았다. 바보 둘이는 온종일 침대 밑에 숨어 있었다.

가끔 '흰노란냥이', '갈색냥이', '턱받이'가 영희가 주는 공짜 밥을 얻어먹으러 마당에 온다. 그 외에도 스쳐 가는 떠돌이들이 많은데, 그 세 녀석이 단골손님이다.

그중에서 턱받이라는 녀석은 검은 바탕에 턱받이 모양의 하얀 털이 있는 고양이다. 고양이를 모시고 싶어 안달 난 사람 가족과 지내고 있는 나는 상상하기 힘든 일이지만, 녀석은 모셔지길 그만둔 것 같다. 이름이 있으니까. 떠돌이 고양이의 집념도 없다. 공짜 밥을 다 축내 고무 밥통이 비고 나서야 먹을 걸 찾아 어슬렁거리며 돌아다닌다.

난 턱받이가 똥을 싸고 가는지 주의 깊게 감시하곤 한다. 사람도 마찬가지겠지만, 우리 고양이는 특히나 다른 녀석의 똥 냄새를 싫어한다. 녀석은 보지 않을 때 기막히게 해치우고 도망간다. 꼭 같은 장소에 말이다. 바로, LPG가스통 뒤다. 수시로 확인하지만 피어오르는 냄새에 실망만 한다. 언젠가 녀석의 똥 싸는 순간을 꼭 잡아낼 것이다.

집을 나와 돌담을 뛰어넘었다. 어제는 동쪽을 탐험하였으므로 오늘은 서쪽으로 향했다.

동쪽은 꽤 위험한 장소가 많은 데 비해서 서쪽은 상대적으로 안전하다. 동쪽에는 붉은 담장 안 '검은 멍구'와 좁은 돌담 길을 질주하는 '파란 포터', 버려진 집에 사는 토박이 고양이 '점박이', 총 세 가지의 위험요인이 있다.

서쪽도 안심할 순 없는데, 고양이를 아주 질색하는 늙은 '밤 망구'는 피해 가야 하는 상대다. 밤색 두건을 머리에 쓰고 다니는 늙은 할망구라서, 밤망구다. 내가 이름을 지었다.

밤망구는 일흔 살이 넘은 여자로 매일 집 주변을 탐색하고 다닌다. 하루에 스무 번은 집 인근을 배회한다. 매서운 눈으로 영역을 관찰하고 다닌다. 뛰어노는 어린아이들에게 괜히 큰소리치기도 한다. 쓰레기가 버려져 있으면 욕설을 뱉으며 줍는 다. 날 마주치면 "이놈! 이놈!" 하면서 돌을 던져댄다.

밤망구는 잠도 잘 안 잔다. '써니'가 새끼를 찾아 울고 다닐 때면, 꼭두새벽에도 부리나케 달려와 빗자루질을 해댄다.

'쉐엑, 쉐엑' 그 사나운 숨소리란… 하는 짓은 고양이 같은 데 고양이들을 잘도 싫어한다. 허리도 고양이처럼 굽어서 말이 야. 아이러니한 밤망구다.

돌담벽 위를 걷다가 슬쩍 회색 슬레이트 지붕 집을 보았다. 밤망구는 삐걱거리는 흔들의자에 앉아 졸고 있다.

물 없는 계곡 위 다리를 지나 점점 써니의 영역에 가까워진 다. '올레길'이라는 곳을 지난다.

여긴 사람이 다니는 '인위적인 탐험길' 같은 곳이다. 풀을 다 깎은 시시한 곳을 걷는 게 뭐가 재밌는지 모르겠다. 가끔 수

풀 속에서 무언가가 튀어나와야 재밌지 않을까? 작은 뱀이나 개구리 같은 거 말이다. 사람들은 그 맛을 모른다.

써니가 자주 가는 억새풀 속 돌덩이 앞까지 가서 외쳤다.

"써니~ 써니~"

억새가 부스럭거리며 하얀 고양이가 나타난다. 하늘거리는 부드러운 장모에 색이 다른 두 눈, 느긋하게 걸어오는 저 아름다운 자태! 아라동에서 제일가는 예쁜 고양이 써니. 달려가 코를 부볐다. 달콤하면서 쌉쌀했다. 입 주위에 갈색 털들이 많이 매달려 있었다.

"뭐 먹었어?"

"바퀴벌레."

바퀴벌레를 어떻게 먹지? 괴상한 액체가 쓴맛이 나서 못 먹겠는데 말이야. 써니는 남은 한쪽 다리를 아작아작 씹어 먹는다. 딱딱한 껍질이 으깨지며 바삭한 소리를 냈다.

써니는 앞발을 뱅글뱅글 돌려 세수한다. 그 틈에 입을 댔다. 써니의 목과 턱을 핥아줬다. 써니도 날 핥는다. 인사를 마쳤다.

우린 잠시 억새풀 속에 숨어 반잠을 잤다.

차가 지나가거나 사람 소리가 들리면 눈을 떠 살폈다. 날벌레가 날아든다. 써니의 파닥거리는 귀때기가 내 뺨을 친다. 귓구멍을 긁어주며 더 가까이 붙었다. 털과 털 사이의 체온을 나눴다. 행복했다.

계곡 밑으로 내려가 바위틈 사이에 뭔가 있는지 살폈다. 나뭇가지 위의 까치들을 향해 도약했다. 사냥은 실패하고, 역시 먹을 것은 벌레밖에 없다. 사마귀 하나를 나눠 먹었다.

"이제 네 새끼들은 안 찾아와?"

"응."

써니는 강아지풀 위에 눕는다. 크게 기지개를 켜 뒹군다. 작아진 젖꼭지, 후련해 보인다. 내가 처음 집에서 외출 나올 때만 해도 사 개월 정도 된 귀여운 하얀 녀석이 남아 있었다. 항상 써니에게 맞으면서도 마지막까지 곁에 있었다. 녀석은 한 달 전 어디론가 사라졌다.

써니는 원래 사람 가족이 있던 고양이다. 새끼를 낳을 본능 때문에 뛰쳐나오더니, 집을 잃고 사서 고생을 하는 중이다. 낯을 가리는 성격이라 모셔가는 사람을 찾지 못했다. 사냥도 잘하는 편이 아니다. 털이 길어 날렵하지 못하다. 대개 맛없는 벌레를 먹는다. 운이 좋을 땐 올레길을 지나다니는 행인들에게 뭘 얻어먹는다. 통조림을 까주는 사람이 가끔 있다.

나는 써니에게 늘 거절당하는 걸 말했다.

"우리 집에서 공짜 밥 먹고 갈래?"

"거긴 멀어. 여기가 좋아."

답답한 써니. 영희가 주는 공짜 밥이 얼마나 맛있는데… 고양이 암컷들은 한곳에 붙으면 떠날 생각을 않는다. 대신 해질 녘까지 데이트했다. 물컹한 애벌레도 같이 먹어주었다.

뺨을 핥아 인사했다. 써니는 깊은 잠을 자는 자신만의 공간으로 토실토실한 궁둥이를 흔들며 사라졌다.

길어진 내 그림자를 밟으며 걷다가 밤망구를 만났다.

"냐아아아옹."

"이놈! 꺼져라. 고양이 새끼!"

"하악~!" [멍구놈아~!]

하필 마주치다니! 욕을 크게 해주고 주차된 자동차 밑으로 도망가 숨었다. 밤망구는 탁, 탁 땅을 세게 밟으며 위협한다. 발을 뻗어 차더니, 아스팔트 바닥에 발바닥을 비빈다. 이런, 꼬리가 짓이길 뻔했다! 서둘러 밤망구 영역을 나섰다.

집 거실에선 둘이와 삼이가 정신없이 뛰어다니고 있었다.

둘이는 정력이 넘치는 일곱 살 수컷 노란 고양이인데, 한시도 가만히 있지 않는다. 발바닥 털이 닳아 없어질 만큼 놀기만한다. 저 나이를 먹고도 말이다. 삼이는 나랑 나이가 비슷한 수컷으로 가슴 털만 하얀 검은 고양이다. 애도 노는 일에는 둘이에 뒤지지 않는다.

애들의 공통점은 날 귀찮게 한다는 점이다. 차이점이라면 삼이는 몇 대 때리면 도라져 그만두는데, 둘이는 끝까지 엉겨붙는다는 점이다. 또, 평소에는 둔한데 '노는 감각'은 정말 예리하다. 슬며시 연 창문 소리로 내가 온 걸 알아챈다. 두 발로 우뚝 서 김치냉장고 위로 머리를 내민다. 땡그란 눈과 마주친다.

"놀자! 놀자!"

둘이는 내 몸 두 배 정도의 육중한 몸으로 투다닥 뛰어오른다. 녀석이 하는 짓이란… 아직도 남의 꼬리를 잡으며 장난을 친다. 이럴 땐 내가 깃발 대신 꼬랑지를 쓰는 투우사 같다. 휙돌려 피해, 둘이의 코를 때렸다.

"헤헤! 헤헤!"

어차피 말이 안 통하는 녀석이다. 전력으로 달렸다. 영희의방에 들어가 몸통 부딪치기로 문을 닫았다. 앞발을 뻗어 잠금버튼을 눌렀다. 둘이는 일자형 문 손잡이를 잡고 내려보려 애쓰지만, 소용이 없다.

절컥, 잠긴 소리만 난다. 둘이는 밖에서 "우아옹, 우아옹" 운다. 밤새도록 울어보라지. 침대 위에 있던 또 다른 고양이, '원이'가 말한다.

"잘했어, 포카."

원이는 다시 배털 사이로 머리를 넣는다. 동그랗게 말아져쉰다.

이 부스스한 삼색 암컷 고양이는 무려 열네 살이나 먹었는데, 대략 따지자면 엄마냥의 엄마냥의… 엄마냥 정도 된다. 요새는 기력이 떨어져 자기 털도 정돈하지 못한다. 거의 잠만 잔다.

난 오래 살았다는 점에서 원이를 존경한다. 특히 징글징글한 둘이와 생의 절반을 살았다는 점에서 말이다. 그리고 우린 한 팀이다. 공통 목표는 저 시끄러운 둘이와 삼이를 떼어놓는 것이다.

영희의 방에 새로운 물건이 생겼는지 살폈다. 택배 포장지 테이프가 있다. 그걸 건드리며 놀았다. 박스에 들어가 보았다. 옷장을 열어보려고 애썼다. 긁어지기만 하고 열리지 않는다.

"웅~"[시끄러.]

늙은 고양이의 휴식을 방해하지 말아야겠다. 난 의자 위에 올라가 몸을 말았다. 깊은 잠을 잤다.

"엄마! 누나가 문 잠가놨어."

"그러냐. 잠그지 말라고 말했는데."

"안에 윈이랑 포카 있어? 윈이야~ 포카~"

영수야. 신경 끄고 공부나 해라. 우리 둘은 짠 것처럼 무시했다.

아빠가 오는 소리도 들리고, 〈8시 뉴스〉 오프닝 소리도 들린다. 사람 가족의 목소리가 들린다. 밝고 째지는 목소리는 안 들린다. 낌새를 보아하니 영희는 오늘도 늦게 들어올 모양이다. 올해 대학생이 되더니 매일 늦는다. 조민철만 좋아하고 말이다.

조심스럽게 일자형 손잡이를 내렸다. 철커덩, 잠금 푸는 소리와 함께 문이 열린다. 엄마, 아빠, 영수는 저녁밥을 먹고 있었다. 영수가 숟가락을 세게 놓는다. 무슨 놀라운 발견이라도 한 듯 외친다.

"포카! 역시, 포카가 잠근 거라니까!"

"냥~"[네가 봤어?]

"이놈아! 쓸데없는 소리 말고 밥이나 먹어라."

"아빠, 진짜라니까. 포카가……."

"시끄럽다. 뉴스 안 들린다."

영수를 조용하게 만들어줘 고마웠다. 아빠가 없었으면 〈동물농장〉 사람들을 몇 번이고 불렀을 거라니까. 종아리에 등을 부볐다. 다리털이 움찔거린다. 아빠는 "휘이, 휘이" 하면서 발로 민다.

아빠는 혼자 있을 때 쥐 낚싯대를 찾아서 우리 고양이 가족과 놀아준다. 입꼬리가 끝까지 올라가 '히히' 웃으며 영수처럼 놀아준다. 그런데 영수나 영희와 있을 때는 우릴 싫은 척한다. 참 이상한 습성이다.

원이와 나, 둘이와 삼이, 이렇게 둘씩 짝지어 사람 가족의 식사 모습을 구경했다. 영수는 2층으로 올라가고 난 엄마와 아빠 사이에 앉았다.

"영수 엄마. 요새 영희 애가 집에 늦게 들어와."

"왜. 한창 놀 땐데."

"너무 자주잖아! 한번 혼내야겠어."

아빠는 소파 팔걸이의 드러난 스펀지를 몇 점 뜯더니, 화난 듯 주먹으로 내려친다. "요놈. 고양이!" 그 주먹을 펴, 날 살며시 쓰다듬는다.

사람 부부는 텔레비전으로 영화를 본다. 아빠가 고르는 것은 항상 비슷한 내용이다. 거창한 싸움을 하다가 '중요한 상황'이 벌어진다. 아빠는 고양이처럼 눈을 빛낸다. 영화가 끝나고 부부는 안방으로 들어간다.

7월 밤의 살랑한 바람. 시원하면서도 미지근한 좋은 바람이다. 돌담에 앉아 하루를 마친 늦은 귀갓길의 사람들을 구경했다. 헌 발톱을 뜯거나 앞 발바닥의 털을 다듬으며 어디 휘청거리는 여사가 없는지 찾아보았다.

암흑 속에 허연 세모가 떠 있다. 턱받이가 빈 고무 밥통을 보며 우두커니 앉아 있다.

"넌 맨날 여기서 얻어먹는구나."

"배고프다."

녀석은 돌담으로 올라와 내 옆에 앉는다. 꼬질한 머리를 들이민다. 흙냄새가 많이 나는데… 진드기 옮기는 것 아니야? 귀를 깨물었다.

"왜엥!"[아파!]

"히히."

녀석은 고무 밥통 앞으로 돌아간다. 집 안의 형광등이 점차 꺼진다. 지나는 사람은 이제 없다. 먼 공항에서 비행기 뜨는 소리가 들릴 만큼 아라동이 조용해진다. 숨어 있는 또 다른 고양이가 기다림의 하품을 한다.

멀리서, 한 여자가 비틀거리며 걸어온다. 턱받이와 나는 귀가 쫑긋해진다. 또각, 또각 구두 소리, 56킬로그램이 땅에 싣는 진동, 취기 섞인 익숙한 비트. 영희였다.

뛰어 내려가 영희에게 달려갔다. 까끌까끌한 스타킹에 등을 부볐다. 내 엉덩이를 두들긴다. 기분이 좋다.

"헤헤. 우리 냥이. 우리 고냥이. 초록털 고양이 퓌카."

"냐아옹." [닭가슴살 줘.]

영희는 날 안고 대문을 세게 열어젖힌다. 철이 돌담과 부딪쳐 큰 소리가 난다. "웅냐아. 오웅냥" [조심해. 아빠가 깰지 몰라.] 날 마당에 던지더니 휘청거리며 현관문을 연다. 칠 벗겨진 갈색 신발장을 열고 공짜 밥 포대를 찾는다. 무거운지, 질질 끌고 온다. 턱받이를 포함한 숨어 있던 떠돌이 삼 형제가 나타난다.

후두두 쏟아진다. 과묵하던 갈색냥이가 뜻을 알 수 없는 울음을 낸다. "니아오아잉". '이게 며칠 만에 배합사료인가!'라고 말하는 듯하다.

셋은 허겁지겁 오도독 먹기 시작한다. 갈색냥이는 걸리적거리는 턱받이를 때린다. "왜엥!" 녀석은 뒷걸음질 치더니 눈치보며 다시 온다. 영희는 맞은 녀석을 쓰다듬는다. 꼬리를 부르르 떨며 골골거리면서 먹는다.

갑자기 내 눈이 빙글빙글 돈다. 영희가 날 뒤집어 든 것이다. 고유한 체취에 알코올이 섞였다. 활짝 웃는 얼굴 안에 초점 없는 눈동자가 보인다. "풔카, 풔어카~" 그렇게 신나 있을 때는 아닐 텐데.

영희는 현관문을 열고 구두를 아무렇게나 벗는다. 소파에 앉아 있는 아빠를 보고 놀라 발을 헛디디며 나를 내동댕이쳤다.

"영희, 너 앉아봐라. 요새 좀 늦는 것 같지 않냐."

"예? 쟤가요? 늦었나요?"

"그래. 지금 몇 시니? 열한 시가 넘었다. 밤에 무섭지도 않냐. 그러다가 큰일 난다. 술도 많이 마신 것 같은데. 남자친구 만나니? 한번 데려와 봐라."

"안 뵈느는데요? 이ㅡ 오늘ㅡ 과 친구들이랑 모여서　　　　"

"이리 와서 앉으래도!"

아빠의 긴 이야기가 시작된다. 난 건너편 텔레비전 선반에서 영희가 혼나는 모습을 지켜봤다.

십 분, 이십 분, 삼십 분이 지난다. 사람은 똑똑한 면도 많지만 비효율적이다. 엄마 고양이는 새끼를 혼낼 때 따귀 한 대만이 필요하다. 그리고 왜 혼내는지도 이해가 안 간다. 때가 된 동물이라면 싸돌아다니는 게 정상 아닌가? 그러다 새끼를 낳으면 좋지 뭐.

"너, 내일부터 학교 끝나면 바로 들어와라. 한 번만 더 이렇게 늦으면, 네 엄마 보고 시간표대로 데리러 가라고 할 거야."

"아이쒸. 몰라요. 알아서 하세요."

영희는 바닥을 부술 것처럼 쿵쿵 발꿈치를 찍는다. 별안간 날 낚아채 허리 사이에 끼운다. 앞 발톱을 숨겼다. 날 포근한 이불 속으로 끌고 들어갔다. '아빠 짱나'라고 속삭인다. 자꾸 술에 쩌든 입냄새를 주입시켰다.

오늘도 닭가슴살을 먹긴 글렀다. 대신 다 큰 새끼 영희를 잠들 때까지 위로해주었다. 혓바닥으로 손등 부드러운 살결을 골라주었다. 그게 얼마나 좋은지, 날 더 껴안는다.

영희가 잠들고 나서 그녀의 팔과 겨드랑이 사이로 머리를 내밀어 탈출했다. 원이는 홀로 의자에 웅크려 있었다. 그 옆에서 잤다. 이렇게 세상에서 가장 똑똑한 고양이의 하루가 갔다.

2

옷장 속 보물

새벽녘 눈을 뜨고 사료를 먹었다. 이건 맛은 있지만 닭가슴 살보단 못하다. 언젠가 옷장 속 닭가슴살을 박스째로 차지할 거다.

동쪽으로 향했다. 물 묻은 맞바람이 불어온다. 쓰리지만 눈 을 감지 않았다. 지금은 조심해야 하는 때다. 걷는 고양이도 보지 못하고 밀고 나가는 것이 있다. '파란 포터'. 거기에 오늘 같은 주말은 추리닝 입은 여자가 검은 멍구와 산책한다.

처음 집 밖을 탐험할 때였다. 나에게 펼쳐지는 세상이 너무 나 신비했다. 다양한 물체와 냄새에 정신이 오락가락했다. 달 달 떨리는 발을 한 걸음씩 내걸었다.

그러다 돌담 사이로 난 작은 길에 들어왔다. '좁은 돌담길'. 양옆은 멍밭이라 들어가기가 싫었고, 무심결에 길 한가운데를 걸었다.

'자동차'가 위험하다는 건 이미 알고 있었다. 집 앞을 항상 지나다니는 그걸 모를 수가 없다. 땅을 밟는 웅장한 떨림이 맞서면 안 된다는 걸 알려주었다. 좁다란 길에 그렇게 큰 쇳덩이 괴물이 날 덮칠지는 몰랐다.

길 한가운데에서 처음 본 나뭇잎 향기를 맡는 중이었다. 파란 포터가 비포장도로 위를 우들거리며 달려왔다. 아무리 시급한 일이라도 아슬아슬하게 피하는 건 어쩔 수 없는 우리의 본능이었다. 다가오는 속도를 계산하기 위해 오는 것을 봤다.

순간 앞을 볼 수 없었다. 전조등 불빛은 강했다. 낡은 엔진의 걸쭉한 호흡, 달달. 내 몸을 굳게 했다. 아무것도 못하고 납작 엎드려버렸다.

실로 큰 행운이었다! 피하려고 움직였으면 죽었을 거다.

눈앞에 시꺼먼 철제 차량 하부가 스쳐 지나갔다. 혼을 가져갈 저승사자처럼. 무지개다리가 눈앞에 있다, 사라지는 순간.

나중에 안 사실이지만 파란 포터는 고양이를 많이 죽였다. 내가 본 것만 두 녀석이다. 나처럼 멋모르고 이 길에 들어섰다가 까마귀밥이 되었다.

이젠 차가 다니는 길에선 항상 가장자리로 걷는다. 돌담이 있으면 담을 타고 걷는다. 옆이 멍밭이라도 말이다. 특이한 물체나 처음 보는 새, 벌레가 보이면 난 참을 수 없기에, 그런 피치 못할 사정이 생긴다면 꼭 숨을 먹어 긴장 상태로 들어간다.

오늘도 그때의 깨달음이 날 살린 순간이다. 모래 자갈 뭉개는 소리에 바로 멍밭으로 들어갔다. 돌 틈 공간으로 새까만 바퀴가 지나간다.

목적지인 '컨테이너 집'에 왔다. 창문을 뚫어 만든 배기구에서 모락모락 연기가 나고 있다. 사람이 요리하는 냄새도 나고 라디오 소리도 들린다. 차갑게 생긴 이곳에는 빨간 조끼를 입은 여자 사람이 살고 있다. 엄마보다 열 살 정도 늙어 보이는 이 사람을 난 '빨간 조끼'라고 부른다.

마당 안에는 '모랭이'가 있다.

모랭이는 언노딩 딜색을 가진 수컷 고양이다. 덩치는 좀 큰 편인데, 둘이보다 크고 점박이랑 비슷하다. 기분이 좋을 때나 나쁠 때나, 항상 떫은 표정을 짓고 있다. 지금도 그렇다.

자주색 작은 리어카 밑에 앉아 있다. 늘 있던 자리로, 몸통의 뒷부분은 햇볕을 받고 앞부분은 그늘을 받고 있다. 언제나 그렇듯 떫은 표정이지만 편안해 보인다. 그의 옆으로 갔다.

"모랭이 님, 저예요."

며칠 동안 있었던 일을 말해주었다. 조잘거리는 날 핥아준다. 나도 핥아주려고 했는데, 앞발로 막는다.

모랭이는 사람 가족이 있는 것과 없는 것 사이에 있는 애매한 고양이다. 빨간 조끼는 양은그릇에 돼지고기를 섞은 밥을 준다. 모랭이라는 이름도 지어주었다. 게다가 모랭이의 왼쪽 귀는 조금 잘려져 있다. 알이 없다는 표식인 것이다. 밥을 주고 이름까지 지어주고, 그것도 떼어냈다면 분명 사람 가족이 있는 고양이다.

그런데 모랭이는 컨테이너 집에 들어가 살지 않는다. 빨간 조끼가 손을 내밀어 만지려 할 때, 슬쩍 도망가 피한다. 그러니까 애매하다. 꼭 여기서만 붙어살면서 말이야.

모르는 사람이 다가온다. 스무 살 정도의 젊은 남자가 우릴 발견했다. 쪼그려 앉아 손을 뻗는다. 눈을 반쯤 뜬 모랭이를 만만히 본 것이다. 발톱 세운 앞발을 스리슬쩍 든다.

"우우웅~이야우웅?" [저리 안 꺼져? 내 앞 발톱 맛 좀 볼래?]

남자는 깜짝 놀라며 일어선다. 잠시 우물쭈물하다 그냥 간다. 이런 일이 많다. 고양이를 좋아하는 사람처럼 보였는데, 한 번쯤 쓰다듬받아도 괜찮을 텐데. 모랭이는 허락 안 한다.

"포카, 우리 까치 잡으러 갈까?"

"네! 모랭이 님!"

모랭이와 사냥을 간다! 난 그가 사냥하는 것을 보지 못했다. 평소 반쯤 뜬 실눈으로 근방을 어슬렁거리며 무게만 잡는다. 좀처럼 뛰는 법이 없는 고양이다. 기지개를 길게 하는 것이, 오늘은 몸 좀 풀고 싶은가 보다.

모랭이는 꼬리를 내려뜨리며 앞서간다. 돌담을 한참 타고 가다가, 갑자기 풀밭에 없는 막힌 곳으로 불쑥 들어간다.

길이 있다! 양 갈래로 풀이 꺾인 작은 길이 나타났다. 여러 번 닦아놓은 길이었다. 모랭이의 채취가 묻어 있었다. 가파른 내리막길을 지나 작은 평야에 왔다.

"포카, 넌 사람 냄새가 많이 배어 있거든. 여기서 구경하렴."

"네."

모랭이는 나무의 뿌리가 드러난 언덕을 향한 채 잡풀 속에 숨는다. 뒤에는 내가 있다. 기다림의 시간이다.

잠시 후, 까치가 날아온다. 고개를 삐죽거리며 사방을 본다. 총총 뛰는데, 방향이 이상하다. 매복이 있는 줄도 모르고 모랭이 쪽으로 온다.

까치가 언덕에 가 땅바닥을 쫀다. 뿌리에 사는 벌레를 찾는다. 모랭이는 엉덩이를 짧게 흔들어 반동을 준다. 흔들, 흔들, 긴장되는 순간이다. 뒷다리를 쭉 펴 전면을 향해 도약한다. 모랭이가 저렇게 빨랐다니!

까치는 기습을 눈치챈다. 다가오는 사냥꾼과의 거리를 재 한 발 앞서 날갯짓한다. 그러나 언덕 위 나뭇가지 때문에 방향을 틀어야만 했다. 피치 못할 선회를 기다리는 건 모랭이의 앞 발톱이다.

와, 까치가 잡히는 긴 처음 보았다!

그는 낚아챈 까치를 크게 흔들어버린다. 꽉 물며 멋진 야생의 소리를 낸다. "으르르…" 까치는 땅바닥에 놓인다. 아직 양호한 한쪽 날개로 푸드덕, 도망치려 애쓴다.

"물어볼래?"

이런 기회를 놓칠 수 없었다. 재빨리 가 발톱으로 낚은 후 움직이는 날개를 씹었다. '우두둑', 뼈가 나뉘자 힘이 풀려버린 다. 살아 있는 새를 깨문 첫 느낌이 나쁘지 않다.

우린 까치와 놀았다. 꺾인 날개로 몸부림치던 까치는 두 다 리만 성한 걸 깨닫는다. 깡총거리며 상황을 벗어나려는 게 귀 여웠다.

아까 모랭이처럼 멋지게 해보고 싶었다. 엉덩이를 흔들다 녀 석을 향해 도약했다. 공중에서 발톱에 걸어 앞구르기 했다. 까 치는 쓰러진다. 눈만 뜨고 있다. 미안하게도 너무 강하게 내친 것이다. 더 놀 수도 있었는데 말이다.

모랭이가 끝낸다. '그득'. 머리통이 깨진다.

"내장은 네가 먹어. 영양이 많거든."

까치 내장을 어떻게 먹어야 할지 모르겠다. 이빨이 가는 대 로 시도해보았다. 깃털을 뜯어 퉤퉤 뱉었다. 드러난 배를 파헤 쳐 먹었다. 뭐, 쫄깃했다.

"나머지는요?"

"내버려둬. 배부르니까."

따가운 햇볕을 피해 컨테이너 집 밑으로 들어갔다. 흙바닥 이 시원하다. 모랭이에게 물었다.

"어떻게 그렇게 쉽게 까치를 잡죠?"

"제일 중요한 건, 장소야. 까치는 재빠른 녀석들이거든. 넓은 공간에선 아무리 날랜 고양이도 잡을 수 없어."

모랭이는 눈을 찡긋한다.

"거긴 좋은 장소야. 바람도 내 쪽으로 와. 숨을 수풀도 있어. 잔나뭇가지가 날갯짓을 방해해. 나무뿌리가 있는 곳이라 까치 먹이가 많아. 벌레를 쪼느라 집중하면 그때 내가 뛰는 거지."

모랭이의 말을 차곡히 기억했다. 나와 써니가 실패한 이유가 있었다. 우린 계획 없이 돌아다니기만 하면서 힘을 낭비했다. 까치만 보면 무작정 허리를 낮춰 엉금엉금 나아가기만 했다. 까치는 우리가 뛰기도 전에 알아챘다.

서로의 가슴 털과 턱에 묻은 핏물을 씻겨주었다. 난 배털을 보여주며 애교를 부렸다. 내 목덜미를 물어 장난을 건다. 난 뒷발로 팡팡 찼다.

"갈게요, 모랭이 님."

"다음에도 오렴."

모랭이와 논 날은 마음이 든든하다. 사람 가족이 주는 밥에서 나오는 든든함과 다른 느낌이다.

고양이에게는 '엄마냥'이 있나. '아빠냥'도 있다. 그런데 아빠냥은 없을 수도 있고 다섯이 될 수도 있다. 자기가 관여한 새끼에게는 아빠냥이 되는 게 법칙이다. 쉽게 풀이하면, '요 녀석은 저번에 봤던 그 암컷 느낌이 난다. 잘해줘야지'. 이런 것이다.

난 새끼였던 시절의 기억은 없다. 엄마냥의 털색도 기억 안 난다. 영수는 비 오는 날 아빠 소나타 밑에서 날 주웠다고 하니까, 그런 줄 알 뿐이다. 모랭이는 평범한 고양이라 옛날 일은 잊는다. 다만, 우리 둘은 본능 같은 친근함을 느꼈으므로, 난 그를 아빠냥이라고 생각한다.

화분 옆에서 흙을 털었다. 영희는 늦잠을 자고 있다. 원이가 영희의 다리 사이에 끼어 있다. 나도 끼어 잤다.

몸이 뒤집어지더니 어두워진다. 무슨 부스럭거리는 소리가 들리더니 '왱~' 소리가 난다. 잠 덜 깬 눈꺼풀 사이로, 얇은 머리카락 가닥이 휘날린다. 영희가 머리를 말리고 있다. 드라이기를 껐다, 켰다 하면서 통화하고 있다.

"욱이랑 연주가 헤어졌다고? 이번엔 연주가 찼구나. 저번에도 그랬잖아. 걘 원래 그래… 몰라. 아빠, 짜증 나… 응, 다섯 시에 시청에서 보자. 아니? 민철이한테는 말하지 마. 킥킥."

다섯 시! 네 시부터 준비가 시작되겠군. 잘 기억해놔야지.

영희는 하얀 가운을 벗는다. 벌거벗은 채로 번쩍 일어난다.

참 신기한 게, 사이에 있던 털이 다 없어져 있었다. 스스로 뽑은 것 같은데, 허전하지 않은 모양이다. 그 위에 '격렬하게 놀자' 팬티를 입는다. 허리 밑에 '격렬하게'라고 작게 쓰여 있고, 양 엉덩이에 '놀자'가 크게 한 글자씩 쓰여 있다. 요샌 주말마다 저 팬티를 입는다.

둘이는 캣타워 안의 삼이를 툭툭 친다. 삼이는 맞을 때마다 머리가 들어가고, 다시 나오길 반복한다. '두더지 놀이'를 하는 것이다. 한심했다. 저런 놀이는 한 살 때 졸업해야 하는 것 아닌가? 난 무려 까치를 잡았는데.

살금살금 다가가 둘이의 뒤통수를 있는 힘껏 쳤다. 둘이는 깜짝 놀라 발랑 뒤집어진다.

"냐?" [깜짝이야?]

둘이는 거대한 몸으로 날 덮친다. 힘으로는 당할 수 없어, 뒷다리로 사정없이 녀석의 큰 머리를 갈겼다. 삼이도 끼었다. 우리 셋은 거실을 굴러다녔다. 아빠가 와서 가를 때까지 바닥의 잔먼지를 다 쓸어냈다.

"집이 완전 고양이 판이야. 고양이 판."

둘이는 말뜻도 못 알아듣고 아빠의 종아리에 몸을 부빈다.

원이는 안방 침대 위에 있었다. 발을 모두 숨긴 채 식빵 모양으로 앉아 있었다.

"원아, 거기서 뭐 해?"

"야옹~" [쉬고 있지.]

엄마가 와서 원이를 쓰다듬는다. 꼬리가 손에 맞춰 리듬을 타더니 골골 소리를 내며 옆으로 눕는다. 엄마는 원의 몸통에 귀를 댄다.

난 영희가 원이를 데려온 줄 알았다. 그런데 원이는 엄마가 데려왔다고 한다. 쥐를 잡기 위해서 말이다. 집을 리모델링하기 전엔 쥐가 많았다고 한다. 잠만 자는 지금의 원이를 보면 쥐를 잡는 건 상상할 수 없는 일이다. 그때의 쥐는 느렸을까?

엄마는 나도 쓰다듬어준다. 난 원이와 함께 누웠다. 한참 오후의 반잠을 잤다.

인기척이 난다. 몸이 예고도 없이 들려진다. 나의 겨드랑이 사이로 손이 들어온다. 추락했다 떠오르는 상황이 반복된다.

"포카! 포카! 초록털 포카!"

높은 곳이 무섭진 않지만, 이 떨어지는 느낌이 계속되자 절로 발바닥이 쫙 펴진다.

"웅~"[그만해. 인마.]

영수는 고양이 말을 따라 한다.

"웅~ 웅~ 포오카! 웅~ 웅~"

점점 짜증이 났다. 손을 깨물었다.

"문다! 문다! 포카가 문다. 아야! 아야!"

뒷발 발톱을 세워 픽픽 차 겨우 탈출했다. 다시 잡으려는 손바닥을 피해 이리저리 내달렸다. 소란을 감지한 둘이와 삼이가 부리나케 달려온다. "애오옹~"[노는 거냐!] 그러더니 대뜸 날 쫓는다. 왜 날 쫓아오는 거야?

난 식탁을 딛고 냉장고 위로 올라갔다. 두 녀석이 올라오지 못하도록 디딜 모서리를 차단했다. 그럼에도 둘이가 높은 곳을 넘보려고 한다. 식탁 위에 두 발로 서서 머리를 쭉 내민다.

난 경고했다.

"이이이잉~ 냥냥" [여긴 내 거야. 하지 말라고.]

둘이는 내 경고를 무시하고 훌쩍 도약한다. 앞발로 머리통을 쳤다. 냉장고에 매달린 두 손을 발톱으로 찔렀다. 미끄러져 떨어진다.

자리를 지킨 기쁨도 잠시, 영수가 까치발을 하더니 날 번쩍 든다. 이 고등학교 2학년 남자 사람은 너무 커졌다. 내가 한 살 때까지만 해도 냉장고 위에 있으면 못 잡았는데 말이야. 옆구리 털 핥던 삼이도 엉겁결에 붙잡힌다.

영수는 2층으로 올라가 세 고양이를 가둬놓는다. 문도 열지 못하도록 문에 등을 기댄다.

왜 가둬놓는 거야? 우리와 노는 것도 아니고, 추운 겨울 우리의 체온이 필요한 것도 아닌데!

"이용 웅웅잉잉 왱애옹~" [삼이야, 네가 영수를 유인해. 내가 탈출해볼게. 난 이이 있어.]

"왱~" [귀찮아.]

삼이는 자기가 갇힌 사실도 몰랐다. 영수의 침대 위에 올라가 자리를 잡는다. 싹싹, 제 털을 핥을 뿐이다. 이런.

고양이 가족 셋을 들여놓고, 계속 핸드폰을 껐다가 켰다가 뭐 하는 것이야? 난 할 일이 많은데 말이야. 기대고 앉은 가랑이 사이로 들어가, 쓱 머리를 올려 핸드폰을 보았다.

'넌 언제 시간 돼?', '내일 볼래?', '어디서 볼까?'

전깃줄 위의 참새 같은 메시지들이다. 시간을 낭비한다는 뜻이다. 분명 손이 떨리고 있었다.

영수는 나의 훔쳐보는 눈빛을 보고 흠칫 놀라, 핸드폰을 숨긴다. 그리고 자신의 바보 같은 행동을 자책한다.

"하하, 포카는 사람 같단 말이야. 머리가 진짜 좋은 것 같아."

어쩌면 너보다 좋을 수도 있지. 영수는 한숨을 푹 쉰다. 답장이 안 오는 모양이다.

"포카, 너 같으면 은아한테 어떻게 고백할래?"

"냐아옹. 냐아옹."[장소를 잘 선정해. 새끼 낳자고 그래.]

"우와. 너 대답한 거야?"

답을 기대한 게 아니면 뭐 하러 물어봐? 냥문현답이다. 갑자기 전화벨이 울린다. 영수는 미친것처럼 펄쩍펄쩍 뛰었다.

"어떡하지! 영통 왔어. 영통! 우와! 크흐흠. 안녕? 은아야? 응. 집에 있지. 맞아. 나 고양이 키워. 우리 집에 포카라는 고양이는 정말 똑똑하다니까. 대답도 잘해. 포카, 여기는 은아야. 인사해봐."

"냥. 냐옹?"[안녕. 우아?]

"초록색 털도 있어. 정말이라니까. 완전 진한 초록색! 너도 고양이 좋아하구나. 오늘은 뭐 했어……"

영수는 웃는 얼굴과 아빠에게 혼나는 얼굴이 섞인 이상한 표정으로 의자에 가 다리를 꼬고 앉는다. 한쪽 다리를 마 떤다. 덕분에 방을 탈출했다.

침대 아래서 조용히 때를 기다렸다. 눈을 감고 모든 소리와 발 털에서 느껴지는 진동의 정보를 그대로 받아들였다.

영희는 컴퓨터를 하고 있다. 삼 초에 한 번씩 쉬지 않고 마우스를 딸깍인다. 아빠는 코 골고 엄마는 리모컨을 든다. 액션 영화의 총 쏘는 소리가 바닥을 울린다. 둘이가 문지방을 벅벅 긁는다. 영희의 발바닥이 바닥을 찰싹 쳐 먼지 하나가 내 코에 붙는다. 2층의 영수 방 침대 매트리스가 크게 진동한다.

영희가 일어난다!

사냥할 때처럼 자세를 낮췄다. 열린 옷장 문이 닫히려는 순간, 안으로 짐입했다. 이런!

"안 돼, 포카! 털 들어가. 닭가슴살 먹고 싶구나? 누나가 줄게~"

들켰지만, 두 번째 기회가 생겼다. 다시 옷장이 열리고 닭가슴살을 꺼내려 영희가 뒤돈다. 도어클로저로 서서히 닫히는 문에, 쏙 들어갔다. 작전을 수행한 후 재빨리 나왔다. 눈치채지 못한다. 성공했다!

닭가슴살 플라스틱 포장지 소리가 원이까지도 뛰쳐나오게 만든다. 우린 일렬로 전자레인지 앞에서 줄을 선다. 영희는 신문지를 두 빈 똑같은 방향으로 접는다. 근사한 고양이용 흑백 문양 식탁이다.

살코기 덩이를 하나씩 놓아 준다. 풍부한 살 씹는 달콤한 식감이 꼬리털까지 퍼진다. 이 맛, 이빨에서 턱을 통과해 온몸까지 찌릿한⋯ 별식 시간은 순식간에 끝나고, 신문지는 접힌다. 영희는 트림하는 원이를 쓰다듬어준다.

"엄마, 오늘 좀 늦을게! 친구랑 만나기로 했어!"

"너 또 아빠한테 혼난다."

"주말이잖아! 엄마가 아빠한테 잘 말해줘, 알았지? 나간다!"

영희는 새벽 한 시까지 돌아오지 않는다. 오늘은 정말 격렬하게 놀 작정인 것 같다. 밤새 말이다. 그러니, 나로서는 아주 좋다.

작전 수행의 가장 큰 방해꾼, 둘이의 포동포동한 뺨을 한 대 때렸다. "므어⋯" 앞발을 걷는 듯 저으며 잠꼬대한다. 삼이도 깊은 잠을 자고 있다. 저녁 내내 장난을 걸어 지치게 한 게 통한다. 순조롭게 진행된다.

심혈을 기울인 작업의 귀중한 첫 단추가 잘 있다! 옷장 문밖으로 삐져나온 갈색 코트 끝자락이다. 이불을 발톱으로 끌어 착지점을 만들었다. 바닥에 굴러다니는 책을 밀었다. 그 위를 뒷발로 짚고 섰다. 코트 끝자락과 문 틈새에 발톱을 밀어 넣었다.

서서히, 열린다. 틈새를 짚어 머리를 끼웠다. 순간! 미끄러질 뻔했다. 다행히 콧날을 잘 넣었다. 그렇게나 긁고 파내도 열리지 않던 이놈의 옷장 문. 드디어⋯ 성공했다.

옷더미를 파헤쳤다. 파란 문양 배티 닭가슴살! 깐 것 한 박스와 새것 한 박스가 있다.

새것을 슬슬 밖으로 밀어 떨어트렸다. 푹신한 이불 위로 떨어졌다. 둘이와 삼이가 깨지 않도록, 조심스럽게 끌었다. 미리 봐둔 안방 침대 밑 수납함 사이 공간에 넣었다. 앞 발톱을 칼처럼 써 포장 테이프를 갈랐다. 한 개만 입으로 물었다.

귀한 보물을 물고, 서쪽으로! 서쪽으로.

놓칠세라 조심히 걸었다. 밤망구 집을 지나 물 없는 계곡의 다리도 지났다. 올레길에 왔다. 바닥에 놓았다. 새벽 공기 맞은 얼얼한 입술을 혓바닥으로 골랐다.

외쳤다.

"써니~ 써니~"

답이 없다. 세찬 바람이 나무를 흔든다. 몇 번이고 불렀다. 어두운 밤하늘에 '워웅'이 멀리멀리 퍼진다. 써니의 답이 들리지 않는다. 다른 고양이가 오면 안 되는데. 써니 줘야 하는데……

풀더미 속에서 불쑥… 써니다!

"새벽에 왔네."

두 분홍 코의 차가운 김과 뜨거운 김이 만난다. "써니!" 난 땅마딕에 있는 뻣뻣힌 비닐 포장을 가리켰다.

"이걸 봐."

"이게 뭐야?"

"닭가슴살이야. 맛있는 것."

써니는 앞발로 톡, 건드린다.

"이게 맛있다고?"

"봐봐, 써니."

포장지의 뜯는 부분을 입으로 찾았다. 한 번에 되지 않는다. 두 앞발로 단단히 고정한 후 있는 힘껏 뜯었다.

비닐 틈새가 열린다. 생선 비슷한 식욕 돋우는 향기. 풀냄새 가득한 숲속에서, 저 혼자 맛있게 퍼진다.

써니는 감탄사를 뱉는다. "난!" 고기를 앞발로 꾹꾹 눌러 입구로 옮겼다. 뒷부분의 공기를 없앤 후, 앞발로 꾹 눌렀다. 투명한 플라스틱 포장이 먹음직스러운 살을 주르륵 뱉는다.

"먹어! 다른 녀석들이 오기 전에!"

써니는 날 향해 엉덩이를 들이밀더니 꼬리를 부르르 떤다. "고마워." 금방 먹는다. 너무 빨리 없어진다. 두 개를 가지고 올 수 있으면 좋았을 텐데.

"이렇게 맛있는 건 처음이야."

"그렇지? 나중에 또 줄게."

우린 올레길을 걸었다. 반딧불을 잡거나 매미를 찾으면서 놀았다. 써니의 영역을 벗어나기도 했다. 거의 1킬로미터를 걸었다. 엎드려 앞발을 숨기고 서로에게 기댔다. 두 머리의 기댄 균형이 딱 맞아, 하트 모양을 그렸다. 그렇게 해돋이를 보았다. 행복했다.

집에 돌아오며 생각했다. 닭가슴살을 아껴야지. 여름엔 먹을 것이 많으니까, 겨울을 위해 비축해야 할 거야.

써니의 체취가 남은 옆구리 털에 코를 묻었다. 달콤한 기분이 사라지지 않는다. 난 막… 뛰어다녔다.

3

덜룩이

참 기분이 좋다. 한 달이나 넘게 시도했던 작전이 성공했기 때문이다. 그 고양된 기분을 이어나가기 위해 '둘이 때리고 튀기', '숨어 있다가 삼이 때리기', '튀어나와 놀래키기'를 했다.

두 고양이는 나의 공격을 받곤 어지러워했다. 그러다 날 쫓아오는데, 내가 지그재그로 뛰자 서로 부딪쳐서 자기들끼리 투덕거리기 시작한다. 난 뒤엉킴을 살피다가 당하는 녀석 쪽을 같이 깨물어주었다.

"왜에엥!" [으악! 아파!]

턱 힘 조절을 못해버렸다. 삼이는 이빨 자국 난 뒷발을 핥는다. 이젠 그 비명이 둘이의 이성을 찾게 한다. 동시에 날 협공한다. 웬일로 원이도 섞여 논다.

난 바닥에 등을 대고 빙글빙글 회전해서 전방위를 방어했다. 뒷발로 바닥을 차 돌리며 앞발을 활짝 펴는 게 중요하다.

내가 개발한 건데, 미끄러운 거실에서만 할 수 있는 최적의 방어 자세다. 다들 공격을 멈추고 구경만 한다.

이것의 단점은, 시작하면 멈출 수 없다는 것이다. 멈추면 어지러우니까. 엄마가 내 허리를 잡을 때까지 백 번은 돌았다.

평일 아침이다. 그러니까, 엄마의 '능력 시간'이다. 엄마는 숙련된 솜씨로 사람이 먹는 공짜 밥을 만든다. 집에 있는 무능력한 사람들을 부른다. 평소 거의 말이 없는 엄마가 가장 크게 말할 때이다. 한 번, 두 번, 열 번까지 하다 보면 아빠, 영수, 영희 순으로 나타난다.

영희가 등장했다. 간만에 고양이 가족 넷은 스타를 만난다!

영희의 갈색 머리카락이 다 뻗친 것이다! 저건 정말 멋지다. 우리 사촌 종족인 수사자처럼 보인다.

"니아옹." [나도 그렇게 해주라.]

"안녕, 포카."

물론 뻗침머리가 의도된 것이 아닌 걸 안다. 곧 물을 묻혀 잠재울 것이다.

며칠이라도 좋으니 저런 스타일로 있고 싶다. 고양이들이 모두 똑똑해져서 사람처럼 사회를 만들고 여러 가지를 할 줄 안다면, 난 스타일부터 저렇게 손볼 것이다.

황금 갈기를 갖는 상상을 해본다면, 걸을 때 허리까지 넘어가는 갈기가 구불구불 넘실댈 것이다. 거기에 새벽이슬이 적셔지고 반짝이는 아침 햇살을 조합하면… 홀리지 않을 고양이는 아무도 없을 것이다. 써니도 홀려서 공짜 밥 먹으러 올 것이다.

가족들이 식사를 마쳤다. 영희는 화장실에 들어간다. 멋진 모양이 아쉽게도 다 없어진다.

아빠와 영수는 옷을 입고 밖으로 나간다. 엄마는 거실 창문으로 소나타가 출발하는 걸 확인한다. 엄마는 말한다.

"영희야. 너 어제 몇 시에 들어왔니?"

영희는 입술을 오므려 조금만 연다.

"어제? 몰라? 열두 시쯤에 들어온 것 같은데."

발 냄새의 강도로 볼 때 정확히 새벽 네 시 반이다.

"아휴, 술냄새. 그래서 밥 먹을 때 아무 말도 안 했구나?"

"아니야. 난 원래 조용해. 엄마, 나 학교 갈게."

"그래라. 그런데, 오전 수업 없지 않니?"

"헐. 엄마가 내 시간표 봤다."

"네가 월요일에는 오전 수업 없다고 늦게 갔잖……."

"아아. 나 감시당해. 헐~"

영희는 둘이가 기괴한 물체를 봤을 때 내는 소리 비슷한 걸 내고는 방으로 들어간다. 엄마는 혀를 찬다.

이 시간에 동쪽 좁은 돌담길을 지나면 꼭 만나는 것이 있다. 바로 '검은 멍구'다. 도베르만인데, 근육은 두껍고 눈빛은 미쳤다. 움직임도 빠르다.

돌담 안으로 숨었다. 멍구는 쉭쉭거리며 다가온다. 돌담 사이로 멍구와 눈이 마주친다. 녀석의 이빨에 흐르는 침이 번뜩인다.

"멍! 멍! 으르르르, 멍! 멍!"

"블랙스톤. 왜? 고양이 있어?"

"냐아옹." [잡아 봐. 멍구야.]

"멍! 멍!"

바보 같은 멍구는 돌담 밑을 전부 파내 나에게 올 생각이다. 시정없이 빌질을 해내 사방으로 흙이 튄다. 추리닝 입은 여자 사람은 목줄을 끌었지만, 힘이 부족했다.

일부러 멍구에게 보이도록 담장 안쪽에 바짝 붙어서 지나갔다. 보이지 않는다면, 날 잡으려 담 너머로 뛰어오를 수 있기 때문이다.

거리가 멀어진다. 그제야 멍구는 땅 파기를 멈춘다.

어떤 노란색 고양이가 당한 적 있다. 노란 냥이는 돌담 위에 서서 검은 멍구를 앞발로 때렸다. 아주 능숙했다. 매운 발톱 섞인 빠른 앞발질을 당한 검은 멍구는 안절부절못했다. 이쯤 되면 보통의 멍구는 포기하고 간다. 그런데 검은 멍구는 정말 나쁜 멍구였다.

노란 냥이가 방심해 앞발질을 멈추자, 그대로 뛰어올라 엉덩이를 물어버렸다. 멍구가 고갯짓을 세차게 하자 내던져졌다.

노란 냥이는 길고 찢어지는 비명을 질렀다. 멍밭 속으로 후다닥 도망갔다. 난 괜찮은 줄 알았다. 쫓아가서 보니, 허리의 중간부터 살이 패여 긴 줄이 네 개나 생겼다. 피를 많이 흘렸다. 핥아도 핥아도 흘렀다. 며칠 후, 노란 냥이는 물 없는 계곡 돌멩이 사이에서 죽어 있었다. 엉덩이와 허벅지가 썩어 있었다.

추리닝 여자와 검은 멍구는 굽은 길 사이로 사라진다. 날렵하고 유연하지만 작은 나의 몸집이 아쉽다. 검은 멍구의 반만 됐다면, 이길 수 있을 텐데!

좁은 돌담길을 지나 붉은 담장집이 있는 주택가로 왔다. 여긴 사람 집들이 모여 있는 곳이다. 단독주택도 있고, 새로 지은 빌라도 있고, 낡은 옛날 집도 있다.

주택가는 평일 오전이 제일이다. 사람 없는 한가로운 거리를 쏘다니며 평온을 즐겼다.

못 보던 화분이 생겼다. 미끈거리는 흰 화분 안에 곧고 빳빳한 풀이 딱 하나만 나 있다. 시원한 향에 깨물고 싶어서, 깨물었다. 맛이 이상해 고개를 흔들다가… 흐음, 화분을 깨버렸다.

'자라요 어린이집'이 보인다. 여긴 새끼 사람들, '아이'가 많이 있는 곳이다. 돈을 받고 남의 새끼를 대신 키워준다. 새끼들이 말을 안 듣는 건 고양이나 사람이나 마찬가지라 상당히 고된 것 같다. 그래도 어디로 튈지 모르는 새끼들을 붙잡아주는 일

은 나쁘지 않은 것 같다. 뿌듯할 테니까. 저 청바지 입은 여자
가 그 일을 하고 있다.

아이들은 미끄럼틀 사이로 뛰기도 하고 술래잡기도 한다.
한 무리의 아이들은 조그마한 삽을 들고 땅을 파고 있다. 화
장실을 만들려는 건가, 뭘 하는지는 모르겠다. 청바지 입은 여
자가 카메라를 들고 땅 파는 아이들의 사진을 찍는다.

작은 아이가 날 본다. 땅 파던 아이다. 멜빵바지를 입은 아
이는 삽을 내던지고 나에게 뒤뚱뒤뚱 걸어온다.

"고양이다아. 고양이다!"

"옹 냐옹…" [그래. 난 고양이나.]

아이들이 몰려온다. 흙 묻은 손이 날 만지지 못하도록 돌담
을 뛰어내렸다. 아이들은 돌담에 손을 얹고 고개를 내민다. 새
끼 고양이 같은 멍한 얼굴로 한마디씩 한다. 돌담을 기준으로
열 명이 구경하니, 왠지 동물원에 갇혀 있는 느낌이다. 사실,
갇힌 건 너네인데!

내가 이리저리 움직이자 아이들도 따라 움직인다. 어린이집
을 한 바퀴 돌았다. 모두 날 따라온다. 안으로 가 미끄럼틀을
타고 시소도 밟고 원래 자리로 왔다. 일렬로 쪼르르 따라온다.

뭔가, 재밌다! 아이들은 다음 무대를 기다린다. 피리라도 불
어야 할 상황이다. 대신 고양이 말을 가르쳐주었다.

자, 날 따라 해봐!

"와아웅. 웅냥!" [보고 싶다. 써니야!]

다들 제각각 따라 한다. 어떤 아이는 음정이 똑같다. 재능이 있어!

갑자기, 한 아이가 소리친다.

"저기도 고양이야!"

"어디?"

"덜룩이!"

덜룩이? 가리킨 곳을 보았다. 과연 검은 털과 하얀 털이 좀 얼룩덜룩 섞여 있는 고양이가 하나 있다. 솜털 새끼는 아니지만, 어려 보였다. 깡총하게 생긴 것이 칠 개월 정도 되어 보인다. 얼굴이 긴 걸 보니, 수컷이다.

아이들이 우르르 달려간다. 정신없는 발자국 진동에, 녀석은 귀를 젖혀 놀라 도망간다.

녀석은 날렵했다. 작은 몸통으로 좁다란 공간을 잘도 파고든다. 아이들 무리와 한참 멀어진 후에야 멈춘다.

"거기 서봐! 널 쫓는 게 아니야. 난 포카라고 해."

"포카? 미안해. 네 영역인지는 몰랐어."

"여긴 내 영역이 아니야. 볼래?"

서서히 다가갔다. 녀석에게 냄새를 확인시켜주었다. 근방에 뿌려진 점박이 냄새와 다르다는 걸 확인하고 경계를 푼다.

"너도 남의 영역을 넘었구나."

"넘은 것보단… 아무튼. 이 동네 처음이구나?"

"응."

우린 기와지붕의 집으로 갔다. 오래된 집이라 숨을 곳이 많았다. 장독대 뒤에 자리를 잡았다. 마당이 전부 보이는 안전한 곳이다.

녀석은 먼지가 많이 묻어 꾀죄죄했다. 몸을 터는데 흙가루가 풀풀 날린다. 녀석을 핥아 때를 씻겨주었다.

무언가 간지러운 느낌이 나는데… 위에, 징그러운 줄무늬 거미가 있다! 난 서둘러 피했다.

그런데, 이 녀석은 거미를 유심히 본다. 거미줄을 거침없이 돌돌 감아 앞발에 매단다. 끌려 내려온 거미를, 세상에. 아자

작 씹어 꿀꺽 입속으로 삼킨다. 대단했다.

"맛있어?"

"이건 맛있는 거야."

녀석은 남쪽의 한라산에서 왔다고 한다. 제주대학교라는 곳 주변에서 태어났다고 한다. 영희가 다니는 학교라는 걸 기억해 냈다. 그곳은 영희가 살고 싶어 하는 곳이다. 거길 차지하기 위해 아빠랑 싸우기도 한다.

"나도 그곳을 알아. 거긴 고양이에게 좋은 곳이니?"

"응, 괜찮은 곳이야. 공짜 밥이 널려 있어."

"근데 왜 여기로 왔어?"

"그걸 왜 물어? 벚꽃이 떨어지던 날 엄마냥이 사라져버렸어."

"벚꽃이 떨어지던 날?"

"응, 첫째랑 같이 분홍 얇은 꽃잎을 잡으면서 노는데 갑자기… 없어져버렸어. 아무리 불러도 엄마냥은 안 왔어. 첫째는 산 위로 가고 난 밑으로 내려갔지. 첫째가 엄마냥을 찾았는지 몰라."

고양이에게 엄마냥은 언제나 사라지는 존재다. 우린 장독대 뚜껑에 고인 물로 목을 축였다. 한 번 더 핥아주었다.

난 파란 포터나 이곳 영역을 차지한 점박이에 대해 말해주었다. 검은 멍구 이야기도 했다.

"난 멍구가 정말 싫어."

"포카, 멍구를 좋아하는 고양이가 어딨어?"

"가끔 있어. 좀 이상한 녀석들."

나를 핥으려는 녀석의 코를 앞발로 쳤다.

"그런데. 넌 이름이 뭐야?"

"둘째."

"이름이 둘째? 엄마냥이 그렇게 불렀구나."

"응."

"네 이름을 말해줄게. 넌 '덜룩이'야."

"덜룩이?"

"아까 널 본 새끼 사람이 부른 이름이야. 일단은 사람이 지어준 이름을 쓰는 게 좋아. 덜룩아."

녀석은 귀를 쫑긋 세운다. "덜룩이라고? 헤헤." 별안간, 내 꼬리를 잡는다. 녀석의 목을 살짝 깨물어 장난쳤다.

뒷다리 차기를 하다가 실수로 장독대를 밀어버린다. 반쯤 닫힌 장독대 뚜껑이 바닥에 떨어졌다. 둥근 곡선이 먼저 닿아, 땅의 흙바닥과 박수치며 뎅그르르 울린다.

사람이 걸어온다. 우린 장난을 멈추고 걸음에 집중했다. 환갑이 넘어 보이는 늙은 남자 사람이다.

"아이고, 고양이네. 이리 와봐라. 쭈쭈."

늙은 남자는 쪼그려 앉아 손을 내민다. 난 저 사람이 쓰다듬도록 내버려두라는 의미로 덜룩이의 엉덩이를 툭 쳤다. 녀석은 움찔 놀라며 등이 굽어진다. 더 깊은 곳으로 들어가 숨는다. 장독대에 뛰어오르더니 담장을 넘어 도망간다.

"덜룩아. 사람에게 쓰다듬받는 것도 좋아."

"왜?"

"넌 아직 어리니까. 널 모셔갈 수 있잖아. 손길에 적응해봐. 만약에, 네가 이번 겨울이 지나서도 모셔지지 않으면, 그땐 사람을 피해 다녀야 해."

"어렵네. 한번 생각해볼게. 포카, 난 졸려. 잠을 잘 시간이야."

뭐라 대답하기도 전에 덜룩이는 지붕으로 올라간다. 공짜밥 나오는 파란 지붕의 집을 소개해주려고 했는데… 이미 저면 다른 집에 있다. 지붕의 언덕을 넘어가더니 사라진다.

집에 가 제주대학교를 검색해보았다. 지도를 두 앞발로 좁혀 거리를 보았다. 여기서 4킬로미터나 떨어진 곳이다. 그 먼 곳에서 숲속을 헤쳐 여기까지 왔다고? 참 대단한 녀석이다.

4

헤어짐

"옹냥, 이리 와. 바보야, 긁지 말고."

"싫은데? 아, 가려워."

연한 색 고등어 무늬 고양이가 지나간다. 전에 봤던 녀석이다. 우리 집에서 공짜 밥을 먹었었다.

녀석의 옆구리 털이 숨풍 빠져 있는 게 보인다. 붉고 거무죽죽한 살이 드러나 있다. 발톱 자국이 가득했다. 그냥 지나칠 수 없었다. 저건 내가 아주 어렸을 때, 우리 집 안에 있는 고양이 가족들이 다 옮은 적이 있는 성가신 병이다.

저것에 걸리면 피가 날 만큼 긁고 싶다. 피부 겉이 굳어서 딱딱한 껍질이 생긴다. 껍질이 떨어지면, 다시 그 안을 긁어 껍질을 만들어버리게 한다. 얼마나 긁었는지 한동안 이상한 습관도 생겼다. 달릴 때 뒷발이 먼저 앞으로 나가곤 했다.

집으로 가 서랍을 뒤적였다. 상자를 다 열었다. 영수 방 책상 위 신발 상자 안에, 먼지 앉은 연고가 보인다!

"포카! 너 뭐해?"

하필 이때! 입에 물은 걸 들키면 안 된다. 몸통을 조여오는 손아귀를 피해 재빨리 나갔다.

연고의 마개를 입으로 돌려 깠다. 돌 위에 연고를 놓고 쭉 짰다. 하얗고 찐득한 것을 앞발에 묻혔다. 절룩절룩 세 다리로만 걸었다. 바보 같은 녀석은 내 마음도 모르고 자꾸 피한다.

"우~ 우우~웅양"[오지 마! 난 너한테 관심 없어.]

무려 십 분이나 실랑이한 끝에 녀석의 옆구리에 연고를 바를 수 있었다. "차가워! 시원해! 따가워!" 세 번 더 발랐다. 녀석은 머리를 돌려 연고 바른 곳을 핥으려 한다. 난 머리통을 쳤다.

"하악~! 아앙!"[이 멍구놈아~! 왜 때려?]

"가만히 좀 있으라고."

갑자기 몸이 들려진다. 영수였다.

"포카, 싸움질하지 마. 불쌍한 아이들이잖아. 잘 지내야지."

빠져나가려고 했지만, 겨드랑이가 손에 꼭 끼어서 나갈 수 없다. 영수는 익숙하게 옷으로 뒷발톱까지 완벽히 방어했다.

"냥~ 웅웅웅"[느릿한 사람에게 잡히다니. 바보.]

그사이, 녀석은 귀한 약을 핥으며 가버린다. 피부에 스며들 때까지만 기다리면 되는데…….

"밖에 나갔다 올게! 포카! 집에 잘 들어와."

영수는 날 방해하더니 북쪽으로 가버린다. 뭐가 그리 좋은지 두 발을 동시에 띄우며 달려간다. 파란 포터가 지나가는데도 얼빠져 앞을 뛰어든다. 바퀴가 끼릭 하며 차체가 쏠려진다. 화난 외침이 들린다. 쯧쯧. 너나 집에 잘 들어오라고.

애써 좋은 일을 하려고 했지만, 누구도 알아주지 않는다. 어쩔 수 없지. 난 녀석이 사라진 멍밭 너머로 눈을 감았다. 아픈 고양이가 낫길 빌었다.

"영수는 어디 갔어?"

"독서실 갔어요."

"그래? 음, 영희는 왜 없어?"

"모임 있대요."

"또? 오늘도 늦게 오면 머리카락 다 밀어버릴 거야. 쏘다니지 못하게."

"냅둬요. 한창 좋을 때인데."

그 풍성한 긴 머리털을 민다고? 상상해보았다. 대머리, 그게 뭔지 안다. 정말 이상할 것이다. 뻗침머리도 볼 수 없을 것이다. 그러지 말라는 의미에서 아빠의 다리털에 등을 부볐다.

"이놈의 고양이!"

아빠는 소파에서 벌떡 일어난다. 화난 듯 쿵쿵 걷더니 거실장으로 가서 서랍을 연다. 쥐 낚싯대를 꺼낸다. 아빠는 쥐 미끼를 소리 나게 끌며 좌우로 움직인다. 어깨춤을 추며 팔을 내

짓는다.

"잡아봐! 잡아봐!"

거기에 꽃게 같은 옆걸음을 곁들이니, 성의에 답을 안 할 수 없다. 쥐 미끼를 쫓아 폴짝 뛰어 잡고, 공중에서 회전도 하고, 엉덩이를 흔들며 도약했다. 잡아도 잡아도 살아 있는 쥐. 내가 뭘 하고 있지? 소리를 듣고 달려온 삼이에게 말했다.

"냐옹. 아앙." [네가 아빠랑 좀 놀아주라.]

"냥~" [응!]

밤은 점점 깊어간다. 돌아오지 않는 영희는 어디서 무얼 하고 있을까. 앞발바닥을 꾹꾹 눌러줄 사람이 없어 허전했다.

무슨 소리가 난다. 삭삭 긁는 소리. 원이가 안방 문을 긁고 있었다.

"웅~" [문 열어~]

원이는 일자형 문도 못 여는 고양이다. 대신 문을 열어주었다. 침대 위로 폴짝 뛰어오른다. 엄마의 다리 사이에 낀다. 골골대며 몸을 만다.

안방에 온 김에 닭가슴살 한 개를 물고 밖으로 나갔다.

머리 위로 차가운 느낌이 든다. 이슬비가 내리고 있다. 마당의 타일 길로 걸어 담장 위에 올라갔다. 촉촉한 물방울이 털에 맺힌다. 애써 고른 털인데, 몸이 차가워진다.

빗방울이 점점 더 굵어진다. 바람을 타고 이마를 때린다. 도도독. 이만큼 비가 오면 나가기 힘들다. 냄새들이 전부 없어져 길을 잃기 쉽다.

집으로 돌아가려는데… 역시나, 떠돌이 삼 형제가 있다. 턱받이는 빈 고무 밥통 옆에 있고, 갈색냥이는 집 모서리에 몸을 반쯤 숨긴 채 엎드려 있다. 흰노랑냥이는 아빠의 소나타 밑에 들어가 있다. 셋이 기다리는 건 한가지였다. 가장 만만한 턱받이에게 갔다. 한 대 때렸다.

"왱!" [왜 그래!]

"냐옹냥~" [그냥. 배고파?]

"우왕… 왕냥냥." [배고프냥. 너무 비기 고파지냥.]

녀석은 정말 배가 고파 보인다. 나에게 나는 사료 냄새를 맡고 핥기도 한다. 차마 못 본 체할 수 없다. 할 수만 있다면 공짜 밥 포대를 끌고 와 밥을 줄 텐데.

닭가슴살을 하나씩 물고 와 떠돌이 삼 형제에게 까 주었다.

"귀한 거야."

셋은 꿈속에서 밥을 먹는 듯한 표정으로 정신없이 씹어 삼킨다. 흥분한 갈색냥이 때문에 하마터면 내 분홍색 콧대에 피가 날 뻔했다. 난 이해했다. 떠돌이에게 찾아온 생애 몇 안 되는 고급 식사일 거야. 녀석들은 빗물 묻은 앞다리로 세수를 하고는 각자의 공간으로 사라진다.

창가에 앉아 빗소리를 듣거나 집 안을 돌아다니며 벌레가 없는지 살폈다. 바보 같은 원이는 쫓겨나 다시 문을 긁고 있었다. 아마 꼬리를 흔들다가 아빠의 발바닥을 간지럽혔을 거다.

"웅~"[문 열어~]

"왱왱~"[왜 안방에 들어가려고 해? 영희 방에서 있자.]

"냥."[그냥.]

문을 다시 열어주려고 했지만, 잠겨 있었다. 난 등을 빌려주었다. 원이는 내 등과 자신의 가슴 사이로 얼굴을 묻는다. 반잠을 잤다.

또각! 또각!

왔다! 슬며시 일어났다. 다행히 깊은 휴식을 갖는 원이를 깨우지 않았다. 현관으로 마중했다. 날 들고 뽀뽀를 해댄다. 서른 번도 넘게 한다. 코를 살짝 깨물었다.

"아앙. 아퍼. 풔카. 누나야."

영희는 옷을 벗어 던지고 침대로 들어간다. 날 이불 안에 가둔다. 몇 시간 동안의 알코올 고문이 시작되는 것인가! 여기 말고 종아리가 좋은데! 빠져나가려고 애썼지만 놔주질 않는다.

"풔카. 가쥐 마… 냥이일 뿐이야… 넌 고양이야……."

술주정에 뼈가 있군. 그렇다. 난 고양이였기에, 차가운 영희의 몸에 내 체온을 나누어주기로 했다. 이불을 헤쳐 숨구멍을 뚫어 놓았다. 영희의 품속에서 깊은 잠을 잤다.

새벽의 첫 새가 지저귄다. 일어나 기지개를 켰다.

난 원이를 발견했다.

원이는 어제 내가 몸을 뺐을 때처럼 옆으로 누워 있다. 길게 뻗은 모습. 꼬리도 아무렇게나 뻗어 있다. 단번에 이상한 걸 알 수 있다. 특이한 냄새도 났다. 원이가… 죽은 것이다!

난 길게 울어 알렸다.

"와아아아아아앙."

엄마가 문을 연다. 앞에 놓인 원이를 손으로 건드니 힘없이 흔들린다. "어머. 어머…" 손을 대 차가운 체온을 알아차린다. 갑자기 눈물을 흘린다. 사람이 슬플 때 울음소리 대신 하는 행동이다.

엄마는 원이를 거실에 옮긴다. 원이는 하얀 수건 위에 눕힌다. 집에 있는 고양이와 사람 가족이 원이를 본다. 삼이는 조용히 원이 앞에 앉는다. 둘이는 차가운 원이의 냄새를 맡는다. 영수는 멀뚱멀뚱 보며 삼이를 안는다. 영희는 술냄새를 풍기며 운다. 아빠가 말한다.

"고양이, 갔구나."

네 명의 사람 가족이 한마디씩 한다.

나를 포함한 다섯은, 알고 있다. 그렇게 슬픈 죽음은 아니다. 사람 가족과 지내며 편안하게 십사 년을 살았으니까. 단지 마지막으로 엄마 옆에 가지 못한 것이 아쉽다. 그랬다면, 기분이 좋아서 며칠 더 살았을 텐데.

떠나야 하는 고양이. 하얀 수건으로 쌓여 쇼핑백에 담긴다.

사람 가족은 훌쩍거리며 집을 나갔다가 몇 시간이 지나 돌아온다.

텔레비전 옆에 무거운 것이 놓인다. 원이의 사진이 박혀 있는 작은 도자기 병이다. 털이 깔끔했던 젊었을 적 사진이다.

둘이와 삼이는 도자기 병에 코를 대고 쿵쿵 냄새를 맡는다. 누군가를 찾는 듯 여기저기 두리번거린다.

엄마는 앨범을 보고 있다. 사진에는 원이가 엄마에게 안겨 있다. 삼색의 어린 새끼냥이다. 눈동자 색도 파랗고 솜털이 나 있다. 표정이 아주 멍했다. 원이가 실 뭉텅이를 붙잡고 뒷발로 쳐대는 사진도 있다. 엄마의 머리카락을 잡고 노는 사진도 있다.

영희와 영수의 새끼 시절도 보인다. 이 사진은 정말 걸작이다. 원이와 영수가 싸우고 있다! 원이는 두 발로 서 앞발을 휘두르고, 영수는 그걸 막고 있다. 실력이 대등해 보인다.

'우리 야옹이~', '야옹이와 영희', '야옹이의 첫 쥐 사냥'

원이의 처음 이름은 '야옹'이었다. 영희가 원이를 불러도 반응이 없는 이유를 알았다.

아빠도 온다. 우울한 표정으로 사진을 본다. 사진 속 야옹이를 손가락으로 쓰다듬는다. 왜 평소에는 관심 없는 척했을까. 이렇게 야옹이를 좋아하면서 말이야.

"야옹이 무지개다리 건넜네. 무슨 삼십만 원이나 들어."

엄마는 웃는다. 고인 눈물이 눈 끝에 맺힌다. 앨범은 장롱 위로 올라간다.

둘이와 삼이는 뛰어다니는 중이다. 놀고 있었지만 평소와는 달랐다. 달리던 중 멈칫 끊으며 사방을 살펴본다. 그리고 다시 뛴다. 뭔가 부족한, 어색한 달림이다.

나도, 막… 뛰어다녔다.

덜룩이 모시기

어스름한 하늘 끝에 태양이 매달려 사라지고 있다. 까마귀가 나무에 앉아 해를 가린다. 놈이 더 까맣게 보인다. 마음이 뒤숭숭해 집을 나왔다. 딱히 가고 싶은 곳은 없었다.

모랭이가 생각이 나서 동쪽으로 향했다.

일부러 모르는 길로 갔다. 나무가 우거진 곳을 헤쳐 갔다. 잡풀이 시야를 가리고 앞발을 디딜 때마다 벌레인지 나뭇잎인지 무언가 바스락거렸다.

이런! 거대 뱀이다!

아니… 청소기 주둥이를 닮은 나무 작대기였다. 내가 밟아 솟은 것에 스스로 놀랐다. 뻗친 털을 진정시켜 계속 걸었다. 풀이 얕아지며 시야가 트인다. 서서히, 모랭이의 냄새가 난다.

그런데 대뜸 싸우는 소리가 난다. '왜엥, 왜엥'. 영역 문제로 다투는 모양이다.

여긴 목 좋은 장소가 아니다. 이 조용한 산속에서 무엇을 위해 다투는 걸까? 다가가 보았다.

모랭이와 덜룩이가 대치 중이다!

"우-우-우-우-웅~!"[너 하나도 안 무서워. 난 엄청 쎄거든!]

둘이 비교해놓으니 정말 모랭이는 컸다. 덜룩이 녀석이 허리가 굽은 채 바짝 섰다. 더욱 세차게 울어 재껴 본다. 모랭이는 대꾸 없이 응시한다. 조그만 녀석의 용기를 가늠한다.

상대가 안 돼 보인다. 말리고 싶었지만… 끼어들 수 없다. 괜히 나만 할큄 당할 수 있다. 화난 고양이는 우선 할퀴고 보거는!

점점 분위기가 고조된다. 모랭이는 슬쩍 다가간다. 밀려나는 녀석의 목소리가 참 컸다.

"우웅~ 우-우-우-웅~"[내가 겁나지? 한번 해보자고~]

예상할 수 없던 그 순간! 모랭이가 달려든다. 팔로 할큄을 방어한 채 덜룩이의 등덜미를 콱 문다. 물린 녀석은 찢어지는 비명과 함께 뒤돌아 도망간다.

완전히 내빼진 않는다. 멀리 서서 모랭이를 향하고 앉는다.

이젠 중재해도 될 듯하다. 녀석은 조금 쫀 상태로 허리가 뻣뻣해져 있다.

"뭐 하니?"

"뭐 하긴. 내 땅을 차지하려고 했지."

"덜룩아, 여긴 그렇게 좋은 곳이 아니야. 겨울에 정말 춥거든.”

“난 봤어. 철판집에서 공짜 밥이 나오는 걸 말이야.”

다른 건 몰라도 ‘주거 영역’에 관해선 평범한 고양이도 상당히 똑똑해지는 것 같다. 녀석은 내 등 너머를 향해 눈을 이글거린다.

“딜룩아, 모랭이 님은 여기에 오래 살았어. 포기하는 게 좋아.”

“포기? 여기가 제일 나아. 북쪽으로 더 가면 도시밖에 없어.”

“그래. 북쪽은 고양이가 살기 어려운 곳이야. 거기에 가느니, 차라리 다시 남쪽으로 산을 오르는 것이 낫지. 그런데⋯⋯.”

난 모랭이가 얼마나 멋진 신사 고양이인지 말해주었다. 힘으로는 뺏을 수 없다는 것도 말해주었다. 대신 친하게 지내면 어느 정도 이 영역을 돌아다녀도 봐줄 것이라고 했다.

“네가 점박이를 봐봐야 해. 그 악랄한 놈에게 싸움을 걸었다간 땅끝 바다까지 널 쫓아낼 거야. 모랭이 님은 아주 양반이라고. 자, 가서 네 냄새를 맡게 해줘.”

차분히 설득했다. 선배로서 고양이 사회에 첫발을 내딛는 후배에게 조언을 해주는 것이다.

딜룩이는 내 정성을 알아준다. 더하여, 방금 물린 곳을 살펴주었다. 털 뭉치 하나 접히지 않은 걸 보니, 귀여운 새끼냥 대하듯 살짝 깨문 모양이다. 녀석의 눈동자가 끔뻑거린다. 몰래 등허리를 눌렀다. 발걸음이 떼어진다. 가까워졌을 때, 둘의 귀가 젖혀진다. 코를 맞대며 냄새를 확인한다.

"싸움을 걸어서 미안해, 모랭아."

잘 해결되어 다행이다. 첫 단추를 잘못 끼면 평생 원수가 된다. 친한 고양이 둘이 앙숙이 된다면 참 난감할 것이다.

모랭이는 겸연쩍은지 세수를 한다.

"다음부터 분위기를 잘 파악해야 해."

친구가 된 기념으로 우리 셋은 '술래잡기'를 하며 놀았다. 엉덩이 맞은 고양이가 술래였다. 경사진 곳을 데굴데굴 구르기도 했다. 나뭇가지에 매달려 타고 다니기도 했다. 활발한 덜룩이 덕에 생기가 돈다.

다리 수백 개 달린 미끈한 것… 지네가 나왔다! 모랭이와 난 위험함을 알고 뒤로 물러났다.

"죽이자."

덜룩이가 나선다. 아주 익숙해 보인다. 앞발을 들어 톡톡 공격한다. 더듬이 달린 고개가 획 돌아가면 미리 알고 점프해 피해낸다. 하늘로 떠오른다. 뻘건 다리 수백 개가 꾸물꾸물. 뒤집어져 해롱댄다. 쉴 틈을 주지 않는다.

지네는 돌멩이 사이로 숨는다. 추적의 발톱이 끝까지 따라간다.

결국 삼등분으로 절단이 난다. 검게 광나는 몸통 세 개가 제각기 꿈틀거린다.

"대단하다. 저거에 물리면 발이 퉁퉁 붓는데. 역시 산에서 자란 녀석은 다르네."

"히힛. 죽었다."

덜룩이는 엉덩이를 흔들고 폴짝폴짝 뛰어다닌다. 아직 꿈틀거리는 몸통을 더 잘게 쪼갠다.

컨테이너 집 위에 따뜻한 장소가 있었다. 체력을 다 쓴 우리 세 고양이는 밤이 깊을 때까지 쉬었다.

"전 갈게요, 모랭이 님."

"또 봐."

집으로 향하는 길에 덜룩이가 따라온다. 쫄래쫄래 따라오는 녀석은 갈 곳이 없어 보인다. 꼬리를 흔들어 안내했다.

"여기가 우리 집이야."

"별로다. 숨을 곳이 없어."

고양이들은 직설적이라 문제다. 한 대 때렸다. 고무 밥통으로 데리고 왔다. 아직 공짜 밥이 좀 남아 있다.

"니아!"[사료다!]

얼마나 이게 먹고 싶었을까? 머리를 박고 아작아작 씹는 모습을 보니, 흐뭇하다. 녀석의 배가 볼록해졌다.

그때, 바짓단 비비는 익숙한 소리가 들린다. 길 건너편 인도 턱에서 쪼그려 앉은 사람 두 명이 있다. 영수와 모르는 여자였다.

"…십사 년이나 살았거든."

"슬프겠다. 정이 많이 들었을 텐데. 동물을 키우면 그게 참 힘들 것 같아. 빨리 죽잖아."

빨리 죽는다고? 음… 상식적인 말이긴 하지만 듣기에 썩 좋은 말은 아니었다.

"냐냥~ 웅냥냥~"[세상이을 모르는 거야~]

"포카다! 은아야, 포카야!"

"포카? 네 집에서 키우는 그 고양이? 초록털?"

"웅! 얘는 밖을 돌아다니거든. 이리 와, 포카!"

은아라고 하면 지난번에 영상통화를 통해 보았던 사람이다. 머리카락이 너무 검었다. 영희보다 더 높고, 더 가늘고, 더 못생겼다. 아빠가 싫어하는 짧은 치마를 입고 있다. 무엇이 그토록 영수를 떨리게 했는지는 잘 모르겠다.

중간에 끼어 들어갔다. 두 손바닥이 날 만진다.

"귀엽다. 포카~ 정말 초록털이야! 나 인터넷에서 고양이 많이 봤는데, 초록털도 있었네?"

"그치, 원래 초록털 고양이는 없는데. 신기하지? 얘는 정말 똑똑해. 저번에 리모컨으로 텔레비전도 켜서 봤어."

"거짓말하지 마! 그게 말이 돼?"

"진짜야! 인터넷도 했어! 컴퓨터 키보드를 눌러서 검색도 했다니까!"

"거짓말쟁이 영수."

"'닭가슴살 착불 가능한'이라고 검색했었는데……."

아, 그게 이 주일 전인가? 핸드폰을 들어 찍으려던 걸 재빨리 도망갔다. 별것도 아닌데, 영수는 뭔 귀신이라도 본 듯했다.

은아는 계속 날 매만진다. 고개를 숙여 냄새를 맡기도 했다. 나도 은아의 무릎에 손을 올리고 코 냄새를 맡았다. 영희와는 다른 화장품 냄새가 난다. 좀 고르지 않아 보여, 혓바닥으로 콧살을 고르게 펴주었다.

코딱지다! 난 혓바닥을 여러 번 빼며 건더기를 뱉었다.

"악! 얘가 내 콧속 핥아."

"히히. 고양이는 콧속 핥는 걸 좋아해."

무슨 명구 같은 소리야? 영수의 입을 톡톡 쳤다.

그때 영수는 멀리 있는 무언가를 보고 내 등 뒤 너머로 시선을 돌린다. 덜룩이였다. 녀석은 나와 영수를 보며 아리송하다는 듯 크게 눈을 뜬다. 방금까지 같이 놀던 내가, 사람과 같이 있으니 혼란스러워한다.

"냐. 냐냥." [이주 와. 얘들은 착한 사람이야.]

덜룩이는 아주 천천히 걸어온다. "저 고양이는 처음 봐. 길고양이인가 봐." 영수는 손을 내밀고 기다린다. 손끝 냄새를 맡는다. 멍한 표정을 짓는다. 덮쳐오는 손바닥에 고개를 확 뺀다. 한참 그렇게 실랑이를 한다. 결국, 해낸다.

사람에게 쓰다듬받는 건 참 좋다. 고양이가 흉내 낼 수 없는 어떤 느낌이 있다. 손이 코 위 이마부터 시작해서 꼬랑지 전까지 이어지면 참 기분이 좋다. 덜룩이는 처음 느껴본 신비한 감촉을 즐기고 있다. 은아도 함께한다.

"미아아~" [털 없는 것이 참 좋다.]

은아의 서투른 발놀림에 덜룩이가 흠칫 놀라 뒷걸음질 친다. 손을 보고 다시 온다. 녀석은 사람의 손과 발을 따로 구분하는 중인 것 같다. 나도 처음엔 헷갈렸다.

떠돌이 고양이가 사람의 데이트에 끼어들어 나갈 줄 모른다. 골골거리며 쓰다듬을 즐긴다. 이제 무릎에 앉기도 한다. 덕분에 영수는 앉은 채로 은아를 배웅한다.

"음… 데리고 가볼까."

"냐앙! 냐앙!" [모셔 가! 모셔 가!]

"데리고 가라고? 포카?"

"냐아아아아." [으으으으응.]

와! 새로운 가족이다!

"포카랑은 진짜 대화하고 있는 것 같단 말이야. 너, 내 말 알아들을 줄 알아?"

"냐옹? 냐옹." [그럴 수도 있고? 아닐 수도 있고.]

"진짜, 대답하는 건가?"

영수는 고양이처럼 머리를 갸우뚱한다. 원조를 보여주었다. 눈을 크게 뜨고 머리를 십오 도 정도 기울였다. 긴가민가 영수는 입맛을 다시며 날 들어올렸다.

"니옹~" [나, 붕붕 뜬다.]

거실 한가운데에 놓아진다. 환한 형광등과 뻣뻣한 바닥에 몸 둘 바를 모른다. 조심스럽게 집 안을 살핀다. 고양이 가족 넷의 섞인 채취에 긴장한다. 둘이와 삼이가 낌새를 알아차린다. "새 친구다!" "이건 무슨, 노는 거냐?" 한자리에 모여 평화롭게 인사를 끝낸다.

역시 덜룩이는 적응이 빠르다. 둘이가 시작을 끊는다. "노… 놀자!" 집에 온 지 십 분 만에, 같이 놀기 시작한다! 나도 같이 끼었다. 거실 창문에서 주방 식탁까지 경주를 벌였다.

"아빠가 안 된다고 하면 어떡하지."

난 걱정 말라는 뜻으로 영수 다리에 몸을 부볐다. 아빠도, 몰래 고양이를 좋아한단 말이야.

다시 넷이 된 고양이들은 소파에서 반잠과 깊은 잠을 번갈아가며 잤다. 덜룩이는 내 옆에 누웠다. 나의 배를 베고 자도록 해주었다. 좋다. 뭔가, 해냈다.

믿었던 사람 가족이 이렇게 나올 줄 몰랐다! 아빠는 덜룩이를 보고 무엇이냐고 묻는다. 고양이를 보고 무어라고 묻는 것은 무슨 뜻인가?

"길고양이예요. 아직 새끼예요! 원이도 없으니까, 한 마리 더 키워도 되죠?"

"이놈의 자식아. 고양이가 너무 많아. 안 돼!"

"왜요? 원래 네 마리였잖아요. 딱 적당하잖아요."

"안 된다면 안 돼. 빨리 내보내라."

"키우자고요! 봐봐요. 포카도 좋아하잖아요. 둘이, 삼이랑도 잘 지내잖아요."

"이 자식이 아빠 말을 하나도 안 듣는구나!"

아빠는 내 옆에 엎드려 있는 덜룩이를 번쩍 든다. "냐~"[뭐지~] 김치냉장고 위의 창문을 연다. 덜룩이의 궁둥이를 탁, 친다. 냉정히 내버린다. 나의 외출 통로를 새로운 가족을 쫓아내는 데 쓴다.

"고양이는 두세 마리가 좋아."

정말 어이가 없다. 자기가 고양이도 아닌데 두세 마리가 좋은지 내 마리가 좋은지 이렇게 이냐? 덜룩이는 천천히 미당을 건는다. 뒤돌아 앉는다. 무슨 일이 생겼는지 이해가 안 간다는 듯 날 쳐다본다.

눈앞에서 창문이 설컥, 닫힌다. 정말 어이가 없다.

빈자리가 생겼다면 다시 채워야 하는 것 아닌가? 둘이와 삼이도 덜룩이를 환영해주었는데! 방금 몇 시간 동안 같이 놀았는데! 사람들은 너무 못됐다. 사람 네 명은 고양이 사십 마리도 모실 수 있지 않은가.

배신감을 느낀다. 내가 그렇게 놀아주었는데! 아빠는 소파에 앉아 별일 없었다는 듯 텔레비전을 켠다. 이 나쁜… 볼때기에 앞발을 마구 날렸다.

"하아악~! 하아악~! 우우우웅~!"[명구놈아~! 명구놈아~! 나쁜, 아빠놈아!]

71

"어이쿠, 이 녀석이 왜 이래?"

"화나서 그런 거잖아요. 포카가 데려오자고 했다고요. 진짜 머리가 좋다고요, 포카는."

아빠는 날 거실 중앙에 던진다. 빠른 걸음으로 균형을 잡았다.

"웃기지 마라. 이 녀석이 고양이에 미쳤나. 인마, 말이 되냐."

"으르르르르… 하아악~!" [개멍구놈… 죽어라 멍구놈아~!]

다리에 매달려 아킬레스건을 물어버렸다. 아빠는 놀란다. 발로 세게 민다. 죽 밀려난다.

"참, 나. 고양이는 왜 또 난리냐."

"아빠, 진짜. 아이쒸. 포카가 정말 키우자고 했다고요."

"너 아빠한테 아이쒸가 뭐야?"

"몰라요!"

영수는 쿵쿵거리며 계단을 올라간다. 문을 쾅 닫는다. 아빠는 한숨을 쉬며 텔레비전 리모컨을 조작한다. 편하게 등을 뒤로 기댄다. 지금 그렇게 반바지, 러닝셔츠 차림에 텔레비전이나 볼 때냐? 방금 새로운 가족을 쫓아냈잖아! 이제 아빠랑 안 놀아줄 거야. 팔뚝을 확 긁었다.

"아야! 왜 그러냐, 고양아?"

"왜왱! 우-우-우-웅~" [몰라서 묻냐. 나쁜 아빠.]

덜룩이에게 미안했다. 턱을 핥아주었다.

"간지러."

우린 지붕 위로 올라갔다. 까만 하늘에 별들이 참 많다. 슬픈 고양이 위에 별만 빛난다. 고양이만 사는, 고양이를 위한 어떤 별이 있을까? 긁을 것도 많고 먹을 것도 많고 날도 따뜻한 그런 곳. 명구도 없는 곳. 사람이 생각하는 '천국'처럼 말이다. '고양이 별'. 아마, 있을 것이다. 무한한 별 속에 하나쯤은 있겠지. 원이도 거기 갔을 거야.

덜룩이는 아무렇지도 않아 한다. 난 엄마냥이 하는 것처럼 구석구석 털 결을 정돈해주었다. 가지고 놀도록 꼬리를 흔들어댔다. 녀석은 내 꼬리를 잡고 뒷다리로 퍽퍽 쳤다. 아프지 않은 척했다.

"미안해, 덜룩아. 이 집에 못 있을 것 같아."

"난 나가고 싶었는데? 무슨 말이야?"

"복잡한 일이 있어. 배고프면 다시 와."

덜룩이는 주변을 돌아보며 자기가 디딜 곳을 찾는다. 뛰기 전, 앞다리를 바닥에 뗄 때 녀석이 말한다.

"네가 내 아빠냥?"

"음, 아빠냥은 아냐."

"그래? 잘해줘서 고마워. 안녕!"

뒷다리를 모으더니 허리를 흔든다. 뛰어 내려간다. 차도를 재빨리 횡단한다. 서쪽으로 사라진다.

좋은 생각을 하려고 애썼다.

그래. 잘된 것일지도 모른다. 덜룩이는 야생에 적응했으니까. 집을 답답해할 수도 있어.

2층 방에 들어갔다. 기대와는 다르다. 영수는 방금 일을 까맣게 잊고 핸드폰만 잡고 있다. "헤헤" 웃고, 무릎을 치며 "하핫" 웃는다. 새 고양이 가족이 생길 뻔한 것은 신경도 안 쓴다. 슬픈 건 나뿐인가 보다.

"니아옹. 니아앙." [노력을 해준 건 고맙다. 영수.]

"응? 포카네. 이리 와."

영수는 내 수염을 이리저리 당긴다. 그 품속에서 잠들었다.

새벽녘에 깨었다. 허전함이 아직 있다. 거실도 살피고 영희 방도 살피고 안방도 살폈다. 원이는 정말 고양이 별에 갔을까? 난, 막… 뛰어다녔다.

6

무지개다리

며칠 동안 주방 옆 다용도실에 있었다. 여긴 엄마의 니밖에 오지 않는 집 안에서 제일 조용한 곳이다. 세탁기 돌아갈 때만 시끄럽다.

나무 벽 선반 위에 앉아 아무런 생각 하지 않으려 노력했다. 어차피 바뀔 수 없는 현실이기 때문이다. 그런데, 생각하지 않으려 했더니 가려운 곳이 더 가려워지듯 더 생각이 났다. 떠난 원이와 떠돌이 덜룩이가 말이다.

괜히 집 안을 서성이며 원이의 지정석을 가보았다. 소파 오른편 구석이나 영희 방 의자, 안방 이불 맡을 말이다. 코를 대님아 있는 깊은 원이 냄새에 취했다.

별별 생각을 다 했다. 공중파 방송국에 제보할까? 천재 고양이가 하나 있다고 말이다.

텔레비전에 출연해서 똑똑한 짓을 하는 것이다. 하나씩, 하나씩, 점점 어려운 걸 보여주는 것이다. 그렇게 돈을 벌어 영희에게 준 다음에, 거대한 마당이 있는 집을 짓게 하고 내가 좋아하는 고양이들을 모시는 것이다.

영수는 믿을 게 못 된다. 은아라는 여자 사람과 뭘 할 궁리밖에 모른다. 남자 사람은 때가 되면 머리가 돌이 되는 것 같아. 우리 종족과는 반대다. 영수에게는 큰 삽을 줄 것이다. 똥이나 치우게 해야지.

"놀자! 놀자!"

"꺼져!"

둘이는 뾰루퉁하게 입을 다물더니 가버린다. 이번엔 삼이가 온다.

"포카, 왜 가만히만 있어?"

"넌 모르는 복잡한 문제가 있어."

"그러니까… 놀자!"

나처럼 고뇌하는 건 기대하지 않지만, 답답하다. 입냄새를 끝까지 끌어모아 쏴줬다.

"하악~! 우웅!" [멍구놈아~! 저리 가라고!]

삼이는 좌우로 몇 발씩 걸으며 이리저리 움직인다. 내 반응에 어쩔 줄 모른다. 사라진다.

잠긴 방문을 긁었다. 영희는 문을 살짝 열어준다. 웅? 젖과 어깨 사이에 무언가가 있다. 화장대에 앉아 거울을 보며 오목한 살을 손으로 젖혀 한껏 뽐낸다. 화장대 위로 뛰어올랐다.

'나의 원'이라는 꼬부라진 글씨가 쓰여 있다. 글씨는 곡선과 별로 꾸며져 있다. 그 밑에는 원이의 얼굴이 그려져 있다. 문신이라는 것인데, 실제로 처음 보았다.

영희는 얼굴에 웃음이 가득하다. 사진을 찍더니 꼭지를 거멓게 지워 편집한다. 친구들에게 보낸다. 멋지다는 반응이 쏟아진다. 영희는 병따개를 찾았을 때처럼 흡족해한다. 갑자기날 번쩍 든다. 쪽쪽. 립스틱으로 촉촉한 내 입술을 더럽힌다.

"포카, 누나 봐. 예쁘지? 원이를 평생 기억하려고 했어. 포카 것도 해줄게. 나중에 누시개나리를 건녀번."

뭔가 말이 이상하네. 무지개다리가 별건가. 난 싫다고. 뒷발로 팔을 긁어 내려왔다.

영희는 브래지어를 입고 티를 걸친다. 살짝 원의 얼굴이 가려진다. 어깨를 들썩여 가리는 부분을 조절한다. 심오하게 만들려는 것 같다. 다시 또 혼자 웃는다.

떠난 원이를 생각하며 한 일이지만 걱정된다. 내 생각엔, 아빠에게 걸리면 안 될 것 같아. 머리털이 다 밀릴 것 같은데 말이야.

다행히 영희는 쇠틀 쓴나. 방금 입은 티셔츠를 핸드백 속에 넣고, 목까지 오는 다른 티셔츠로 갈아입는다.

"엄마! 나갔다가 올게요!"

"늦게 오지 마라!"

영희는 정말 작은 목소리로 답한다. "아침까진 올게요오."

기특한 사람 가족을 배웅했다.

"포카도 나와버렸네. 차 조심하고. 나쁜 사람한테 가면 안 돼. 알았지?"

"냥. 냥." [너도. 조심해.]

북쪽을 향해 걷는다. 뒤를 돌아 나를 본다. 영희가 안심하도록 사람이 하는 것처럼 오른 앞발을 흔들었다. 영희도 손을 흔든다. 굽은 길을 돌아 사라진다.

간만에 본 아라동의 하늘은 흐렸다. 동쪽으로 가 모랭이와 만났다. 소나무 위에서 '죽음과 삶'에 대해 말했다. 고양이가 죽으면 기억이나 추억은 어떻게 되는지 생각해보자고 했다. 모랭이는 그런 어려운 것은 신경 쓰지 말라고 한다.

"어제부터 컨테이너 밑에 쥐가 한 마리 돌아다니는 것 같아. 잡을 만하면 숨고, 다시 나왔다가 숨어. 날 무시하는 것 같아. 그 녀석과 꼭 놀고 싶어. 머리를 뽑아 먹어줄 거야."

쥐에 대해서는 별로 얘기하고 싶지 않은데. 뭐, 어쩔 수 없지. 모랭이는 그 쥐 이야기만 계속한다. 단단히 꽂힌 모양이다.

"꼭 그렇게 하세요. 모랭이 님."

사락, 정말 쥐 소리가 난다. 모랭이는 눈을 부릅뜨고 엎드린다. 미동도 하지 않고 컨테이너 밑 어두운 공간을 조각처럼 쳐다본다. 쥐를 잡을 때까지 저럴 것 같다.

다른 곳을 탐험하기로 했다. 갈림길로 돌아와 붉은 담장집으로 갔다. 여긴 담이 굉장히 높다. 냉장고보다 훨씬 높다. 벽을 세 번 짚는 삼단 점프를 해야 담장을 밟을 수 있다.

검은 멍구는 없었다. 추리닝과 산책을 나간 모양이다. 이 집은 1층짜리 단독주택으로 추리닝과 그의 아빠처럼 보이는 사람 둘이 산다.

추리닝은 서른 살이 넘어 보이는, 엄마보다 작고 더 살찐 여자다. 항상 추리닝만 입고 다닌다. 온종일 집에 틀어박혀 산다. 물건을 사러 갈 때나 검은 멍구를 산책시킬 때만 밖으로 나온다.

지난번에 마주친 적이 있다. 가까이 다가가자 쪼그려 앉아 쓰다듬으려 하기도 했다. 물론 난 못하게 했다. 이상한 냄새가 났기 때문이다. 멍구 오줌이 독하게 배였다. 추리닝을 일 년은 안 빤 것 같다.

몰래 붉은 담장집 마당을 탐험하기로 했다. 벽을 몇 번 디뎌 착지의 충격을 줄였다. 차가운 세라믹 바닥 타일이 닿는다. 느낌이 이상해 시멘트 바닥으로 재빨리 움직였다.

세워져 있는 삽과 꽃밭, 화분들, 멍구 집이 있었다. 특이한 선 없나.

손수 제작한 듯한 나무 멍구 집 안에는 스티로폼이 벽에 덧대 있고, 흰 천들이 깔려 있다. 검은 멍구의 노린내가 코로 빨려 들어온다. 묘한 긴장감에 진저리 쳤다.

동시에 심술이 난다. 난 뒷다리를 들어 오줌을 갈겼다. 스티로폼을 긁어 하얀 알갱이를 날리게 했다. 작은 나무를 긁어 체취를 묻혔다. 거실 유리에 발자국도 찍었다.

"냐아아~"[약 오르지?]

기지개를 쭉 켜고 여유를 부렸다. 검은 멍구가 오줌 냄새를 맡는다면? 반응이 기대되는걸!

"멍! 멍!"

검은 멍구의 소리다! 나의 존재를 알아챈다. 대문 밑으로 새까만 코를 들이민다.

재빨리 벽을 올라가려는데… 담이 굉장히 미끄럽다! 세 번 중 두 번째 도약을 하지 못했다. 발톱 걸릴 곳이 없어 벽을 질질 끌고 내려왔다. 다시 보니, 안벽은 바깥 재질과 달랐다. 미끄러웠다.

"멍! 멍! 으르르……"

"왜 그래? 블랙스톤"

다급해진다. 주변을 둘러보았다. 이 집은 파고 들어갈 옆면 공간도 없다. 도약해 올라갈 구조물도 없다. 화분에 작은 나무는 너무 작아서 디딜 수 없다. 침입을 느낀 멍구의 짖음이 커진다.

썩어 죽어간 노란 냥이가 생각난다. 대문이 벌컥 열린다. 으악, 무지개다리를 건너긴 싫어!

추리닝이 목줄을 놓자마자 검은 멍구가 사납게 다가온다. 이미 내 위치를 아는 것처럼 계단 난간 뒤에 숨어 있는 나에게로 온다. 본능적으로 위협 소리를 냈다.

"카악~!"

시멘트 바닥에 발톱을 세워 콱, 놓았다. '그르륵' 긁는 소리에 깜짝 놀란 멍구가 다시 돌진하려 한다. 이제 난 멍구를 막을 방법이 없다. 등을 보이고 도망갈 수밖에 없다. 등을 보이면 죽음인데… 운명에 맡긴 채 전력으로 보이는 대로 달렸다. 내 꼬리 끝털에 멍구 숨결이 느껴진다. 벽을 타고 뛰었다. 화분 사이로 나와 대문으로 향했다. 추리닝의 발버둥을 피했다.

살았다! 집을 나오는 데 성공했다!

화분과 벽의 작은 틈으로, 멍구가 멈칫한 시간 때문에 살 수 있었다. 검은 멍구는 입맛을 다시며 담장 위의 날 본다. 집 밖과 안쪽에서 이리저리 안절부절못한다. 찡그린 멍구의 누런 송곳니를 보니, 좀 실감이 난다. 호기심에 갈 뻔했구나.

"그만해."

추리닝은 검은 멍구를 힘겹게 끈다. 멍구 집 옆 대못에 목줄을 고정한다.

검은 멍구를 약 올렸다. 수 시간 동안 "냐옹냐옹". 힘이 빠져 더 짖지 않을 때까지 놈을 괴롭혔다.

세상에! 이게 가능하단 말이야?

인터넷으로 '옆집 사나운 개'를 검색하던 중 놀라운 사실을 알아냈다. 문자메시지를 통해 119를 부를 수 있다는 사실을 말이다. 그러니까, 나도 119에 신고할 수 있다는 것이다.

감히 날 깨물려고 들어? 나한테도 방법이 있단다. 난 보통의 고양이가 아니거든. 사람 기준으로 보면 '아인슈타인 고양이' 정도 될 거야. 아니, '아인슈타인 고양이 곱하기 백 고양이' 정도 될 거라고. 상대적인 비교로 말이지.

'미친 멍구가 동네를 돌아다닙니다. 너무 무서워 살 수가 없네요. 길 가던 저를 물 뻔했다니까요. 침도 질질 흘리네요. 주소는 제주시 아라돌담 5길 3입니다.'

이거면 되겠지? 늘어진 검은 멍구가 바비큐처럼 들리는… 상상만 해도 신난다. 난 막, 뛰어다녔다.

"영희야, 저것 좀 봐라."

"왜? 아빠."

"고양이 이상하다. 쟨 잘 안 뛰어놀잖아. 저기 계속 왔다, 갔다… 똥꼬에 뭐 붙었는지 봐라."

"그러게."

난데없이 내 몸통을 잡는다. "포카, 이리 와!" 축 늘어져 잡혔다. 꼬리를 들춘다.

"괜찮은데?"

"웅냥~" [내버려둬~]

간만에 신이 난 것뿐이야. 그런데, 내 똥꼬에 뭐가 붙었다고?

그럼 핥으면 되지, 뛰어다니겠니? 이 모자란 아빠! 영희의 배를 딛고 탈출했다. 털이 난 종아리를 콱 물었다.

"아야! 왜 그래, 고양아."

새벽 한 시, 잠든 사람 가족의 핸드폰을 찾았다. 문제가 있었다. 물기엔 좀 크고 미끈거렸다. 입에서 자꾸 빠져나와 버렸다. 요리조리 돌리며 노력해도 액정에 침만 묻었다.

영수 핸드폰에는 독특한 것이 붙어 있었다. 하트 모양의 파란 고무다. 검은 줄에 달려 핸드폰 꼭짓점에 연결돼 있다. '영수♡은아'. 이건 날 위해 단 걸까? 슬머시 물고 뒷걸음질 쳤다. 손에 붙들린 것이 슬슬 나온다. 핸드폰 중독자 영수는 잠결에도 방어한다. 감싸 쥐려는 손가락에서 가까스로 빼냈다.

그때 핸드폰이 울렸다.

"메시지 왔쏘요~ 메시지 왔쏘요~ 메시지 왔쏘요~"

귀를 때리도록 커다란 소리다! 하필이면 세 개가 연달아 터진다. 이불이 들린다.

"뭐야? 뭐지."

눈이 마주친다.

"포가? 내 폰? 빨리 쥐. 메시지 왔어."

영수는 계속 쫓아온다. 집을 한 바퀴 돌아도 멈추지 않는다. 메시지는 좀 나중에 보면 되는 것 아니야? "메시지 왔쏘요~" 망할 것이 한 번 더 울린다.

좁은 돌담길을 따라 뛰었다. 돌바닥을 질질 끌어가니 다문 이빨을 통해 머리가 울린다.

"앎, 앎, 앎, 앎." [한 번만 쓸게.]

튀어나온 돌멩이에 줄이 걸려, 반동 받은 핸드폰이 튄다. 놓쳐버렸다.

"포카, 뭐야. 왜 내 폰 가져가?"

무슨 변명을 해야겠지만, 고양이는 유구냐옹이거든. 아니, 저번에 연습했던 게 떠올랐다. 마침 써먹을 좋은 기회다.

"웅냥뇽웡 냥늉뇽냥" [좋은 일 하려던 거야.]

영수는 멈칫하더니, 삼이가 서랍장 열다 들킨 눈으로 쳐다본다. 사람 귀에는 꽤 기괴하게 들리는 모양이다.

사람의 말을 고양이의 발성으로 한 것이다. 요사이 며칠 집에 있을 때 아이디어가 떠올라 혼자 연습했다. 알아들을 수 있을진 모르지만 언젠가 필요할 고차원적인 대화를 위해 준비한 것이다. 고등학교 2학년 남자는 세계 최초의 경험을 맞닥뜨려, 본질을 파악하려 애쓴다.

"유, 유튜브 올려야지! 포카, 또 해봐. 또!"

바보. 이건 '대화'를 하려는 거야! 구경하라는 게 아니라고. 다음 기회를 노려야겠다. 난 핸드폰 플래시를 피해 돌담을 걸어 도망갔다.

"포카~ 이리 와~ 쮸쮸~"

우들들들……

너무나 순식간이었다. 사고 순간, '빡', 영수는 나가떨어져 돌담에 부딪쳐 엎어진다. 파란 포터의 검은 바퀴가 끼릭하더니 반대편 돌담에 처박혔다.

무너진 돌이 사방으로 구른다. 바퀴가 헛돌아 굉음을 낸다. 멍밭의 흙을 다 파헤쳐 뿌린다. 밀짚모자를 쓴 늙은 남자가 내린다. 쓰러진 영수를 보곤 한숨을 쉰다. 지독한 향이 퍼진다. 익숙한 향, 알코올이다.

남자는 이 말만 반복한다. "시발. 시발." 멍밭 속으로 뛰어 사라진다.

아직도 낄띡이는 포터의 바퀴. 난 일어서 꼼짝 못 한다. 한참이나 흙을 더 파서야 바퀴가 멈춘다.

영수는 피를 흘린다. 머리카락에 스며든 붉은 방울이 눈까지 내려와 속눈썹에 앉는다. 숨이 옅어지고 있었다.

어떡하지? 어떡하지?

맞아! 119!

뭉툭한 앞발이 원망스럽다.

'ㄷ·ㅇㅈ세요ㅁㅓ리아팡ㅛ샨려줏ㅔ요'

곧이어 전화가 온다. 계속 온다. 수화 버튼을 눌렀지만, 묻는 밀에 답힐 수 없다. 나옹이라 하면 깅닌 전화기 될 수 있기 때문이다.

내가 할 수 있는 일은 다 했다. 귀를 깨물고 콧구멍을 파췄다. 온 체중을 실어, 가슴을 눌렀다. 꾹, 꾹, 꾹, 꾹.

영수 손아귀에서 도망치는 게 제일 재밌는데. 이상한 장난 친 건 봐줄게. 무지개다리는 나중에 건너. 더 놀자.

꾹, 꾹, 꾹, 꾹.

저 멀리서 구급차가 온다.

사람들이 달려 나온다. 엎어진 영수에게 달라붙는다. 윗옷을 벗기고 주머니를 뒤진다. 팔다리를 매만진다. 이제 할 수 있는 게 없었다. 돌담 위에 앉았다.

등이 통통 튕긴다. 기침한다. 일어난다.

영수는 살아났다. 머리에 붕대가 감긴다. 급히 연락을 받고 병원으로 달려온 아빠에게 흰색 옷 입은 사람이 말했다.

"뇌진탕이 와서, 호흡곤란이 왔습니다. 조금만 늦었으면 큰일 날 뻔했어요. 코피도 나고. 어떻게 이 상태로 119에 문자를 보냈을까요, 아버님?"

"살려고 보냈겠죠. 어휴, 이 자식이! 밤중에 왜 싸돌아다녀서. 고맙습니다, 선생님. 영수야, 너 어떻게 된 거야? 운전자 얼굴은 봤어?"

"아니요, 하나도 기억 안 나요. 제가 왜 여기 있죠?"

영수는 하루가 지나 집으로 돌아왔다. 오른 팔뚝의 멍과 이마에 큰 반창고를 붙인 것 빼고는 똑같다.

영수는 사흘 동안 학교에 안 갔다. 난 그 옆에 붙었다. 아픈 이마를 핥아주었다. 팔뚝을 안마해주었다. 의외로 내가 파준 콧구멍이 제일 늦게 낫는다.

그런데… 자꾸 영수는 내 등허리를 주무른다. 꼬리도 만지고 귀에 바람을 넣는다. 파다닥. 고개를 흔들었다. 귀때기가 영수 볼에 따닥 맞는다. "헤헤. 귀싸대기." 앞발을 깨문다. 또 깨문다. 또… 참을 수 없다! 귓불을 깨물었다.

"왜앵~!"[죽는다~!]

"히힛."

쿵쿵. 날 잡으러 온다! 쫓고 쫓기는 추격 놀이. 발톱으로 장판을 찍으며 전력으로 뛰어다녔다. 잡힐 때마다 푸근한 배털에 얼굴을 들이밀이 피돋는디. "뱃살·· 뱃살~" 영수이 머리통을 백 번이나 때렸다.

냉장고 위에도 올라가고, 화장실 벽 선반에도 올라가고, 침대 밑에도 들어가고, 소파 밑에도 들어가고.

마지막에 잡혔을 땐… 뽀뽀를 한다. 소독약 때문인지, 괜히 나도 후련해지는 느낌이었다.

연애

써니를 만나러 서쪽으로 가는데, 만나기 싫은 상대를 만났다. 이 동네 고양이들의 영원한 악당. 그 유명한 점박이다.

"요어어어어어어~" [맞고 싶냐~]

녀석은 모랭이만 한 크기의 수컷 고양이로, 하얀 털에 등허리 중앙에는 대충 그린 듯한 비대칭의 검은 점이 하나 있다.

사람 가족은 없지만 사람의 집에 산다. 주택가 중간에 난 아주 좁은 길 속, 녀석의 집이 있다. 적게 잡아 백 년은 되어 보이는 '흙집'이다.

이 녀석에겐 좀 웃기는 점이 있다. 사람에게는 살갑게 군다. 눈치도 있다. 고양이를 좋아하는 사람을 구분해 자기를 쓰다듬어주게 한다. 편의점 옆에 자리를 잡고 있다가, 넉살 좋게 통조림도 얻어먹는다. '점박이'란 이름도 편의점 주인이 지어준 것이다.

그런데 이 별종 같은 녀석은 같은 동족만 보면 못 잡아먹어서 안달이다. 자기 영역에 티끌만큼이라도 들어오면 끝까지 쫓아가 응징을 해준다.

멋모르고 흙집에 들어갔을 때였다. 흙집은 대문도 없고 창호지 붙은 문살도 떨어져 나간 상태였다. 호기심에 들어가보았는데, 웬 거적때기 위에 동족 하나가 앉아 있었다. 인사나 하려고 다가갔다. 녀석의 첫마디는 "멍구놈아~!"였다. 그 괴팍한 성질 머리의 이유를 알 수가 없다.

같은 동족이라면 암컷, 수컷 가리지 않고 지랄한다. 흰노랑 냥이도 찜박이에게 힐큄을 당해 왼쪽 눈이 통통 부은 쩍시 있다. 지금도 완전히 뜨지 못한다. 고양이들끼리 눈을 공격한다는 건, 웬만큼 화가 나지 않고서는 하지 않는 짓이다. 무시무시한 녀석이다.

"우-우-우웅. 으르르르……." [다음에 눈에 띄면, 죽여버릴 거야.]

"제발 좀, 진정해라. 멍구 같은 고양이야"

난 녀석의 영역을 '정말 조금만' 쏘다닌 것만 빼고는 아무것도 하지 않았는데! 불구대천의 원수를 만난 것처럼 징그럽게 쫓아온다. 집까지 말이다.

한참 후, 소리 죽여 나왔다. 옥상 난간에 매달려 머리만 빼꼼 내밀었다. 아니, 녀석이 아직도 좁은 돌담길 위에 앉아 있었다! 내가 다시 오는지 감시하려고 말이다. 나뭇잎사귀 사이로 연갈색 눈이 이글거린다.

한 시간이 넘어도 요지부동이다. 써니 만나야 하는데, 이게 무슨 날벼락 같은 일일까. 난 점박이보다 약하니 방법이 없다. 화가 나. 나쁜 생각을 했다. 파란 포터가 저놈을 쳤어야 되는데……

멀리서 보는 걸 어떻게 알았는지, 눈을 마주친다. 녀석은 길게 운다.

"웅……."[죽고 싶냐…]

결국 영수의 방에서 잠이나 잤다.

독한 녀석은 해가 질 때까지 날 감시했다. 공짜 밥도 씹어 먹고는 밤이 되어서야 간다.

커다란 콘크리트 돌파이프가 쌓여진 곳에서 대답이 들린다. 가장 아래쪽 돌파이프 안에는 거미줄과 자갈이 깔끔히 정리되어 있었다. 한가운데에 써니가 엎드려 쉬고 있다. 급하게 가까이 가지 않았다. 떨어져 있는 시간도 좋다. 눈인사를 했다.

다른 색으로 반짝거리는 두 눈. 풍성한 하얀 털이 곱게 퍼져 있다. 두꺼운 꼬리가 옆구리에 가지런히 감겨 있다. 앞 발바닥을 잘 굽혀 가슴 털 속에 숨겼다. 그 위를 베개 삼아 코를 박았던 모양으로, 이마 털이 눌려 있다.

짧은 하품을 한다.

"웅냐."

혀를 여러 번 내민다. 촉촉한 코를 만든다. 혹시 배고픈 것일까?

"써니, 밥 먹었어?"

"응."

의외였다. 정말 써니의 입가는 듬뿍 물들어 있었다. 피와 살이 담긴 동물 사냥에 성공한 모양이다. 그 선홍색 국물을 핥고 있었구나. 나도 도와주었다. 달콤하다. 귓속까지 정성스레 정돈해주었다. "골골."[죽다.] 한참 사랑을 담은 나의 핥음을 받더니, 다리를 쭉 뻗어 기지개를 켠다.

"써니야, 나쁜 밍구를 민닜이."

"정말? 나쁜 개밍구!"

"아니, 그 밍구 말고. 고양이 밍구."

돌파이프를 나와 우리만의 길을 찾았다. 기다란 철근과 스티로폼 벽, 널빤지 사이를 비집고 들어갔다. 쓰러진 나무가 울타리 그물을 눌러 브이 자 출구를 만들었다.

올레길의 난간을 걸었다. 사람 손바닥만 한 너비의 나무 난간이다. 가끔 부서진 곳이 나타나 발을 헛디딜 뻔했다. 조심히 껑충, 뛰어넘었다. 캔커피 깡통이나 플라스틱 생수병이 장애물로 있다. 날려버렸다. 저 밑으로 떨어지며 통통, 튀긴다.

가로등 하나가 나와 써니를 비춘다. 계곡 돌멩이에 우리의 그림자가 생긴다. 나와 써니가 커졌다, 작아졌다, 울퉁불퉁 움직인다.

써니의 꼬리를 톡 쳤다. 쫑긋 선 꼬랑지의 그림자가 계곡 너비만큼 길었다. 떨리는 잔털에 살아 있는 암흑 송충이 같았다. 한 번 더 쳤다.

"왜엥!" [하지 마! 멍구야.]

"헤헤."

난간 끝까지 왔다. 긁음 직한 것이 마지막이라면 긁어야 했다. 써니와 난 이마를 맞대고 벅벅 긁었다.

재미있는 생각이 났다. 깨끗한 면을 찾았다. 왼쪽 앞발을 바닥에 짚고 오른쪽 앞발에 힘을 주었다. 선을 집중해 반복하여 긁었다.

생각보다 시간이 걸리고 힘들었다. '포카'의 '포' 글자만 강하게 새겨졌다. 나머지는 힘이 떨어져 약하게 새겨졌다. 그래도 나에겐 뚜렷하다.

써니는 날 이상하게 쳐다보더니 이내 뛰어올라 새긴 문자의 냄새를 맡는다. 읽을 수 있을까? '포카 ♡ 써니'.

"사람의 글자야. 널 향한 내 마음이야."

난 써니와 입을 맞추었다. 사람처럼 말이다. 코와 코가 아니다. 입술과 입술. 써니는 나에게 무얼 하는 거냐고 묻는다. 뽀뽀라고 했다. 가로등 밑에서의 아름다운 뽀뽀는 사람만 하는 게 아니다.

"포카, 뽀뽀는 이거 아니야?"

혓바닥이 내 볼을 거쳐 눈썹까지 온다.

새긴 문자를 사이에 두고 곱게 발을 모았다. 반잠 자는 두 고양이가 바람에 흔들린다. 보드라운 털들이 비벼진다. 내 털 안에 써니 털이 들어와 미세한 공간을 채운다. 오후의 힘들었던 일이 사라진다.

산으로 꽤 들어갔다. 써니의 영역 남쪽 끝이다. 여긴 처음이다.

놀랍게도 사람이 사는 집이 있다. 굴뚝이 솟은 집에서 형광등 빛에 텔레비전 소리가 들린다. 하얀 멍구가 꼬리를 흔든다. 흉악한 멍구는 아니었지만 멍구는 싫다. 오늘 탐험의 마무리는 이것으로 정했다! 써니와 닌 히얀 멍구를 골려주었다. 냐옹, 냐옹 노래를 들려주고 입냄새를 쐬주었다. 밥통에는 흙을 뿌렸다.

공교롭게도 영수와 은아도 가로등 밑에서 뽀뽀를 하고 있었다. 답답하도록 부둥켜안고 있다. 고양이가 하는 것보다 어설픈 것 같다. 목이 딱딱해 보였기 때문이다. 혓바닥을 쓰면 돼! 혓바닥으로 볼을 핥아줘. 앗, 정말 혓바닥이 움직인다! 이건 내 덕이다. 평소에 가르쳐주길 잘했다.

"헤헤."

"헤헤."

또 하려고 한다. 서로의 머리카락을 잡는다. 너무 오래 하면 침이 마른다고. 둘의 침샘을 위해 돌담에 앉아 훔쳐보는 나의 존재를 알렸다.

"뉘아앙, 니아아아아옹얍?" [이야, 그림 좋은데?]

큰 잘못이라도 한 듯 화들짝 놀란다. 서로 이빨이 부딪쳐 입을 잡고 찡그린다.

"은아야, 들었어? 고양이 소리가 진짜 이상하지."

무엇이 이상한지 모르겠다. 너희들의 언어인데 말이야. 알아들으려고 노력하렴.

"들었어. 신기하게 운다."

"포카는, 뭔가 있어."

"뭐가 있어?"

"포카는, 정말 똑똑해. 저번에 포카가 다른 고양이를 데려왔어. 키우려고 집에 들였거든? 그런데 아빠가 내쫓으니까, 그때부터 아빠한테 화만 내더라고. 아빠가 쫓아낸 걸 알고 미워하는 것처럼 말이야."

"고양이니까 당연하지! 복수하는 거잖아. 고양이의 복수!"

"아니, 은아야. 넌 고양이를 안 키우니깐 잘 모르는 거지만……."

은아는 영수의 어깨를 민다.

"나중에 나도 키울 거야! 우리 포카랑 놀자!"

영수는 명을 받들어 바쁜 고양이를 붙잡으려 한다. 허리를 굽히며 다가온다. 손가락을 쫙 펴고, 밤망구처럼 말이다. 거의 다가올 때쯤 총총 잰걸음으로 차 밑에 들어갔다. 영수는 얼굴을 내린다. 팔을 뻗는다.

"포카야 이리 와~ 형이랑 놀자."

"냐아아아~"[싫어.]

난 할 일이 많단다. 너희 둘이 재밌게 놀아! 바쁜 고양이는 이만 사라져야겠다.

집 앞에선 턱받이가 피자처럼 생긴 주황색 부침개를 보고 있다. 녀석은 코를 벌름거리며 가까이 간다. 조심스레 냄새를 맡는다. 혓바닥으로 맛을 본다.

"우웩."

"바보야, 그건 영희가 토한 거야."

"토가 뭐야?"

"영희가 가끔 하는 것."

고무 밥통이 비었으니 떠돌이 삼 형제가 자기 코만 핥고 있다. 녀석들은 오늘 공친 것 같다. 영희는 방에 뻗어 있을 거다.

흰노랑냥이와 갈색냥이는 집 맞은편 풀숲에서 커플처럼 앉아 있다. 눈을 반짝반짝 빛내며 이곳을 주시하는 게 애처롭다. 할 수만 있다면 공짜 밥 포대를 꺼내 줄 텐데.

영수가 내문으로 들어오자 밥통 잎 턱빈이가 후다닥 집 옆면으로 숨는다. 세 고양이의 애처로운 마음을 담아, 엄마냥이 새끼냥 부르는 소리를 흉내 냈다. "우와웅~" 영수가 빈 밥통과 나를 번갈아 본다.

95

"채우라고?"

"냐앙……." [채워줘…]

영수는 찰떡같이 알아듣고 포대를 끌고 나온다. 기특하구나. 언어영역 백 점 줄게. 와르르 쏟아지는 흥겨운 소리에 떠돌이 셋이 달려온다. 훈훈하다.

난 영수에게 들려져 2층 방으로 왔다. 무언가 숨소리가 다르다. 우리 종족은 예민한 감각을 타고나, 사람이 말하지 않아도 기분을 알 수 있다. 영수는 핸드폰을 만지작거린다. 몰래 살펴보았는데… 중요한 일이 제대로 진행이 안 되는 것 같다.

고양이 종족과 사람은 상당히 메커니즘이 다르다. 우리 종족의 수컷은 그냥 살아서 돌아만 다니면 기회가 온다. 그게 무슨 말이냐면, 암컷이 때를 만나, 그 옆에 운 좋게 있으면 일이 끝난다는 거다. 물론 평소에 잘해줘서 점수를 따는 것도 중요하다. 그래야 괜히 얻어맞지 않으니까. 아무튼, 제일 중요한 건 그냥 운이다.

사람은 좀 복잡하다. 능력을 모아 방학 때 여행을 가는 것만으로는 부족하다. 무인모텔 정도는 들락날락할 수 있어야 한다.

영수는 핸드폰 메신저를 수십 번씩 확인하며 인내의 시간을 보낸다. 실망스러울 때마다 나를 끌어안고 뽀뽀한다. 은아의 침냄새가 섞여 독특한 냄새가 났다.

팔을 비집고 나오려는데, 잠든 영수가 털 결을 느끼고 더 세게 안는다. 양 앞발을 짚어 힘을 준 끝에 팔꿈치 사이로 머리를 빼낼 수 있었다. 이상한 신음을 낸다.

"냐지마⋯⋯."

영희의 방에 들어갔다. 덮은 이불을 열고 속옷을 파헤쳤다. '나의 원' 님은 잘 있었다. 털이 눌러지게 그려져 아쉽지만, 웃고 있다. 나는 털 결을 정돈하듯이 혓바닥으로 핥아주었다. 색이 있는 부분이 미세하게 빳빳해 묘하다. 영희는 뒤척거리며 웃는다. "헤헤. 헤헤." 좋아하는 것 같아서 더 했다.

아무튼, 모심의 값을 하기로 했다. 우리 고양이들은 모셔지고 있다가 모시는 사람이 무언가 쓰여 병날 때 해독을 해줘야 하는 의무 같은 게 있기 때문이다.

침대 옆 탁상에 둔 핸드폰을 켰다. 영희는 잠금 패턴을 아주 복잡하게 해놓았지만, 그렇게 느리게 긋는데 모를 수가 없지 않은가? 고양이에겐 비밀이 없다.

메시지를 썼다. '영수야. 누나가 응원할게! 장소를 잘 잡고, 기회를 잡아! 고양이가 까치를 잡듯이 말이야. 영수야. 힘내!'

8

집념

"포카, 넌 고양이 같지 않아. 달라."

"그럼 내가 외계인이냐?"

"넌 느려. 느려."

"느리다고? 이거나 먹어라!"

눈에 멍한 기운도 안 빠진 녀석이 버릇이 없다. 너도 몇 달
만 자라면 무거워질걸? 대신 난 덜룩이 녀석보다 힘이 세다.
몸통을 끌어안아 목덜미를 콱 물었다. 녀석은 비집고 나와 거
리를 잰다. 몸을 옆으로 돌려 꽂게 자세로… 이건, 옆뛰기다!

아직 몸이 가벼워 발목 스냅만 이용해 통통 튀어 다니는 것
이다. 등을 아치형으로 세운 채 시선은 고정시키고, 전진과 후
진을 반복한다. 꽤나 도발적이지만 재밌다. 이리저리 움직이며
장단을 맞춰주었다. 한참 추격 놀이를 했다.

덜룩이는 회색 슬레이트 지붕을 보고 발을 멈춘다. 이리저

리 주변을 살피는 것을 보니, 밤망구를 아는 모양이다. 돌담에 올라 마당이 보이는 곳으로 슬금슬금 걸어갔다.

지저분한 마당이다. 잠시 깨끗한 적도 있었는데, 다시 원상 태로 돌아갔다. 면장갑 낀 사람들이 밤망구의 물건을 가져다 버렸었다. 그게 얼마나 분했는지, 다시 모아 어질러 놓았다. 버려진 가전이나 누렇게 물든 침대 매트리스, 녹슨 식기 같은 잡동사니가 한가득 있다.

아무렇게나 흩어놓은 것 같지만 그렇지 않다. 저번에 쓰러진 주전자 하나를 슬쩍 굴려보았는데, 그걸 찾아내 정확히 원래대로 되돌려놓는다. 흩어놓는 질서가 있는 모양이다.

마당의 주인은 곱은 나무 의자에 앉아 부채를 부치고 있다. 땀도 뻘뻘 흘리며 밤색 두건을 꼭 쓰고 있다.

"밤망구는 조심해야 해."

"날 빗자루로 때리려 했어. 꼬챙이를 던졌어."

나쁜 사람. 딜룩이를 해치려 했어? 혼을 내주어야겠다.

"냐아아아옹." [여긴 봐. 밤망구야.]

부채 부치던 손이 멈춘다. 굽어 있던 허리가 완전히 펴진다. 고양이 소리에만 반응하는 불가사의한 허리다. 바닥에 떨어진 쇠 국자를 집더니 의자 손잡이를 때린다. 썩은 나무 쪼가리가 날린다.

무서워서 수염을 부들부들 떨고 있는 딜룩이에게 말했다.

"넌 도망가 있어. 알았지? 내가 저 사람을 혼내줄 거야."

녀석은 서쪽 올레길 쪽으로 사라진다.

더욱 크고 거슬리게 야옹했다. 버틸 수 없어 드디어 일어난다. 회색 집을 빙글빙글 돌며 '냐옹!' 아슬아슬할 때마다 날렵하게 자리를 옮겼다. 밤망구는 뒤늦은 쫓음만 반복한다. 국자를 휘둘러 보이는 대로 치면서 말이다. 쒜엑, 쒜엑 숨소리가 거칠어진다. 욕을 해댄다.

"이놈의 고양이 새끼! 고양이 새끼! 쳐 죽일 고양이 새끼! 감나무 긁지 마라!"

난 더 긁었다. 가지 하나도 부러뜨렸다. 돌담에 걸린 가지를 보란 듯 마당에 밀었다. 밤망구의 악 지르는 소리가 온 동네에 멀리 퍼진다. "*끄악~! 끄아아악~!*"

파란불과 빨간불을 반짝이며 경찰차가 왔다. 밤망구는 경찰을 보고서야 악을 멈추었다.

"고양이가 어디 있어요? 없는데요."

경찰차가 갈 때까지 기다렸다. 다시 시작했다. "냐아~옹!" 이길 수 없는 술래잡기가 계속된다.

쒜엑, 쒜엑. 밤망구는 주저앉는다. 엉엉 운다. 마당 바닥에 국자질을 해댄다. 흙바람을 일으켜 되려 자기가 기침한다. 기침과 울음이 동시에 나온다.

도대체 알 수 없다. 고양이의 울음이 저 난리를 피울 만큼 싫은 것이야? 고막에 '냐옹' 알레르기가 있나 보다. 끝을 냈다. 밤망구의 귀청에 내가 이겼다는 의미의 달콤한 포효를 들려주었다.

"거어어어어어어엉~!"

땅바닥 차는 소리가 점점 작아진다. 써니의 등허리에 멍을 새겨준 빚을 갚았다.

간만에 사람 가족이 모두 모였다.

"아빠, 그 사람 잡았대요?"

"사람은 찾았는데, 오리발 내미니까. 힘든가 봐. 명의도 다르고. 이놈의 동네는 시시티브이도 없어."

난 다 보았는데. 밀짚모자 쓴 늙은 남자.

"근데, 너 참 오랜만에 본다."

"왜요, 아빠. 전 맨날 보는데요."

"저녁 먹을 때 말이야. 오늘은 좀 낫네. 저번에 그렇게 광년처럼 패인 옷 입더니."

"히히. 누나가 광년."

"우와. 광년이래. 딸한테 광년이래! 페북에 올려야지."

말이 통 없는 엄마까지 온 사람 가족이 '광년'으로 웃는다. 참 재밌는 상황이다. 희미한 영희의 일부를 뚜렷하게 해주는 단어다.

하지만 단어의 원인이 되었던 패인 옷이, 지금은 목까지 오는 단정한 긴팔 티로 바뀐 이유를 나와 영희 빼고 아무도 모른다. 사람 넷은 하나의 주제로 즐거워하더니, 입맛이 돌아온

듯 숟가락질이 잦아진다. 가족애는 뜻밖에 단단해진다.

고양이 가족들도 덩달아 신이 난다. 난 삼이와 함께 '둘이 추격 놀이'를 했다. 둘이는 육중한 몸으로 거실을 미끄러지며 집 안을 헤집고 다닌다. 이 거실 바닥은 고양이에게 스케이트 장과 비슷하다. 절묘한 코너링으로 둘이를 붙잡았다! 삼이는 목을, 난 꼬리를 깨물었다. 냠!

"우에에에앵!" [으악! 아파!]

갑자기 내 몸이 둥둥 떠오른다. 목덜미를 잡힌 것이다. 꼬리를 말고 앞발을 흔들어댔다. 아빠였다.

"고양아, 가만히 있어라."

"우-우-우웅… 하악~!" [이 멍구 같은 아빠야. 빨리 안 놔!]

"아야, 물지 마. 아얏! 고놈이 깨무네."

난 깨물고 싶을 때 깨물지. 아빠는 자국 난 손등을 문지른다.

엄마는 남은 찜닭의 간장을 씻어낸다. 창밖으로 던지자 떠돌이 삼 형제가 튀어나와 주워 간다. 난 녀석들이 포식하는 걸 구경했다. 밤 산책을 나섰다.

덜룩이는 참 힘이 넘치는 녀석이다. 아침엔 서쪽에 있더니, 밤에는 동쪽에서 만났다. 클린하우스 옆 의류보관함 뒤에 흥분한 채 엎드려 있었다.

녀석의 눈 윗부분과 귀밑, 털이 없는 부분에 피가 말라 있었다. 내가 핥아주는 것도 모른 채 입을 오물거리며 으르렁거린다.

"점박이가 날 할퀴었어."

"웬만하면 그 녀석과 싸우지 마. 몸집도 크고, 집념도 세."

"나도 지지 않아. 저 녀석의 집을 뺏을 거야."

"먼지투성이 폐가를 왜? 다른 빈집을 소개해줄까? 그 집은 후졌어."

덜룩이는 벌떡 일어난다. 막무가내로 점박이의 영역으로 걸어간다! 앞을 막은 날 밀치며 욕한다. "하악~!"

붉은 담장집을 지나 골목 속 작은 샛길 안에 흙집이 보인다. 덜룩이는 대책 없이 당당히 들어간다. 점박이가 들으라는 듯 길게 운다.

"우아아아아아아옹." [나와라, 땅의 주인을.]

눈에 뵈는 게 없는 수컷 고양이끼리의 영역 싸움이다. 점박이의 반응이 없다. 아니, 뚫린 문살에 빛나는 것이 보인다. 몸

을 숨겨 도전자를 살피는 것이다. 매일 쫓아가 응징해주는 입장에서, 이만큼 겁 없는 녀석을 본 게 당황스러운 모양이다.

그러나 잠시였다. 덜룩이의 미숙한 몸과 뒤쪽에 딸린 나를 발견한다. 망설임 없이 나와 비웃듯 하품한다. 곧 대치가 시작되었다. 난 어떻게 행동해야 할까 계산했다. 덜룩이가 지면 쫓아오지 못하도록 욕을 크게 해준 뒤, 시간을 벌어 함께 도망갈 것이다. 혹시나 만에 하나 덜룩이가 이긴다면, 힘을 합쳐 점박이를 쫓아내줄 것이다.

두 고양이는 마주하며 싸움의 분위기를 다진다. 고요한 아라동 밤공기가 변한다.

"요욤요욤요욤요욤요욤요욤……."

입을 힘껏 오므리고 혓바닥 굴린다. 이게 고양이의 '진짜 싸움'이다. 가벼운 투덕거림이 아닌, 정말 한판 붙으려는 싸움.

극한의 대치로 서로의 '집념'을 보여준다. 집념이란 건 고양이들의 싸움에서 굉장히 중요한 요소다. 보통 팔 할은 이 단계에서 끝이 난다. 집념이 더 강하지 못한 고양이가 등을 보이는 것이다. 이긴 고양이는 어느 정도 추격을 하다가 멈춘다. 그렇게 된다면 피를 보지 않고 끝난다.

대치는 쉽게 끝나지 않는다. 울음이 더욱 진하게 늘어진다.

"용용용용. 어~! 어~! 용용용용……."

각자 할 수 있는 최대한의 집념을 보여준다. 그 수준은 한쪽으로 치우치지 않아 보인다. 이젠, 둘 중 하나가 앞발을 들어야 한다.

여러 경우의 수가 있지만, 보통 이렇게 힘의 차이가 있을 경우에는 약한 고양이가 먼저 앞발 공격을 한다. 그 후 엉키어붙는데, 이때 판가름이 난다. 승리의 향방은 몸집, 영역, 환경, 운 등 여러 요소에 영향을 받는다.

하지만 여전히 집념의 강함이 가장 중요하다. 겉으로 보이는 집념이 아닌, 내면 깊숙한 곳에 있는 끈적끈적한 집념! 그것의 강도에 따라 위협만 줄 것인지, 등가죽을 물어 쫓아낼 것인지, 아니면… 가장 날카로운 셋째 앞 발톱이 급소인 '눈'을 향할 것인지 정해진다.

덜룩이는 살짝 든 앞발의 발톱을 길게 빼곤 뒷다리에 힘을 준다. 휘두를 준비 자세. 이 일격에 점박이가 뒷걸음치면 그대로 밀려 작은 녀석이 이길 수도 있다. 점박이에게 치명상을 입힐 수도 있다.

"왱왱왜왱!"

그러나 먼저 휘두른 발톱은 닿지도 않는다. 점박이의 긴 앞발이 가슴을 밀쳐냈다. 머리를 푹 숙여 눈을 보호하더니 귀를 깨물려는 척하다가 목으로 파고든다. 역시 노련했다. 재빠른 덜룩이에게 앞발 공격이 먹히지 않을 걸 알고, 자기의 길이와 몸무게를 이용한 것이다.

덜룩이가 큰 비명을 질렀다. 몸부림을 치며 빠져나온다. 혀를 길게 빼고 숨통을 고르게 한다. 보통의 고양이들이라면 서로 물다고 크게 다치진 않는다. 그런데 지금은 몸집 크기 차이가 너무 컸다.

덜룩이는 균형을 잡으며 '뒤집힌 방어 자세'를 취한다. 등을 땅에 붙이곤 사정없이 허공을 할퀸다. 나쁘지 않은 선택이지만, 할 수 있는 게 저것밖에 없어 보인다. 도망갈 정신도 없는 듯하다. 점박이는 똑같은 공격을 시도해 목을 무는데⋯ 목 힘줄 당겨지는 것이 숨까지 끊을 작정이다! 급히 달려가 온 힘을 다해 뒤통수를 때렸다.

"그만해! 이 멍구 같은 녀석아!"

"너도 죽고 싶니? 이 멍구놈아~!"

목표가 나로 바뀐다. 좌우로 움직이며 녀석을 혼란스럽게 했다. 등을 보이려 하다가 갑자기 뒤돌기도 하였다. 그 틈에, 정신을 차린 덜룩이가 뛰어 도망간다. 나도 녀석을 따라 도망갔다.

점박이는 우리 집을 지나 밤망구 집까지 쫓아온다. 더욱 서쪽으로 향했다. 올레길이 보일 만큼 뛰어갔다. 그제야 쫓아오지 않는다.

파인애플 닮은 몸통 굵은 나무에 왔다. 덜룩이는 버려진 종이 상자 안으로 들어간다. 몸을 말아 눕더니 기운 없는 숨만 내쉰다. 아까의 용기는 온데간데없다.

"숨 막혔어."

목 부분 하얀 털이 연한 분홍색으로 물들었다. 깊진 않았지만 가죽을 뚫고 이만큼 상처를 내려면 턱 힘을 모두 쓴 것이었다.

당분간 점박이와 붙을 생각은 안 하겠지? 뭐, 고양이답게 금방 잊어버릴 것이다. 난 상처 입은 어린 녀석의 몸통을 꾹꾹 눌러 안마해주었다.

나도 드러누웠다. 두꺼운 종이 상자 안에 두 고양이가 액체처럼 섞인다. 꼭 낀 아늑함에 골골했다.

반잠을 자고 있는데 앞다리가 들썩거린다. 덜룩이가 내 겨드랑이 사이에 껴서 자고 있었다. 녀석은 머리를 쑥, 빼내더니 혼잣말을 한다.

"배고파."

녀석은 내 등을 밟고 상자를 뛰쳐나간다. 서쪽 숲이 있는 곳으로 사라진다.

평화로운 나날이 이어진다. 며칠 동안 그놈의 점박이가 덜룩이를 찾아다닌 것만 빼고 말이다. 자꾸 우리 집 주변을 어슬렁거렸다.

내 생각엔 점박이와 밤망구가 가족이 된다면 딱 어울릴 것 같다. 닮았다. 자기 영역을 미친 듯이 아끼고, 침입자가 들어오면 상상을 초월하는 집념으로 쫓아간다.

오늘은 LPG가스통 뒤에서 똥을 싸는 턱받이를 드디어 적발했다. 녀석은 똥을 엉덩이에서 쏙쏙 빼며 도망간다. 덩어리들이 기차놀이를 한다. 왜 이렇게 냄새가 독해?

흙으로도 부족해 신문지까지 덮어 겨우 파묻었다. 턱받이는 염치없이 다가와 내게 비빈다. 한 대 때렸다.

"왜 그래? 포카."

"저기다가 똥 좀 싸지 마. 턱받이야."

"저기가 좋은걸?"

그늘지고, 평화롭고, 몸을 숨길 수 있고, 마당이 한눈에 보이는 저런 곳이 흔한지 아니? 이제 햇볕도 더 강해진단 말이야. 이게 몇 달째인지 모르겠다. 요놈은 응가 장소에 괜한 집념을 보이니, 답답할 지경이다.

턱받이는 이미 다 아는 이야기를 저만 신나도록 한다. 이제 남쪽의 주택 공사가 완료되어 사람들이 들어온다는 둥, 예쁜 고등어 무늬 암컷을 봤다는 둥, 북쪽 큰길 너머 카페에서 공짜 밥을 준다는 둥……

믿을 수 없는 말들이 스쳐 지나가듯 들렸다.

"포카처럼 초록색 털이 있었어."

"정말… 초록색 털이 있는 고양이를 봤다고?"

"응, 2층 창문으로 봤어. 초록털을 보면 배가 부르다니까."

"공짜 밥을 주니까 그렇지… 아무튼, 어디! 어디서 봤어?"

"기억 안 나."

초록털! 숨겨둔 깊은 욕망이 끓는다. 방금 본 것도 잊는 평범한 고양이 말고, 사람의 말까지 이해하는 '초록털 동족'과

대화를 하고픈 욕망. 귀먹은 세상에서 탈출하고픈 욕망.

"이 금붕어 같은 놈아!"

"아얏! 왜 때려?"

아무리 닦달해도 더 이상의 정보는 나오지 않는다. 대략 위치만이라도, 혹은 새 건물인지 낡은 건물인지만… 아니면, 북쪽 큰길을 넘어야 하는지만 알아도 쉽게 찾을 것 같은데… '2층에 있던 초록털 고양이'가 전부였다.

고등어 무늬 동족이 지나간다. 한참이나 관찰했지만, 평범한 녀석이었다. 나에게 욕만 한나.

"오옹. 오옹. 하악~!" [넌 뭐야. 이 멍구놈아~!]

턱받이는 눈이 삔 것 같다. 이 암컷이 뭐가 예뻐? 써니 미모의 백 분의 일 수준인데.

그동안 아껴둔 힘을 썼다. 집념을 갖고 뒤졌다. 암벽등반을 하듯 벽을 탔다. 가스 배관을 이용하거나, 앞 발톱으로 벽돌 틈을 지탱했다. 창문이 열린 곳은 직접 들어가 보았다. 간혹 사람을 보면… 냐옹을 전해주고 나갔다. 창문 닫힌 곳은 모심의 단서인 모래 화장실이나 긁개, 캣타워가 있는지 보았다. 우리 집 근방의 다섯 채로 시작해, 턱받이의 영역까지 오십 채를 넘겼다.

방금 마지막 남은 세 채 중 하나를 오르고 있었다. 틈을 짚다가 발톱이 깨져 떨어졌다. 무언가가 옆구리를 훑는다. 철의 녹가루가 한가득 묻는다. 화단에 꽂혀 있는 쇠꼬챙이였다. 몸통이 뚫릴 뻔했다.

갈색 녹을 핥아보았다. 따끔한 신맛에 평정심을 찾는다. 방향 없는 탐색은 그만두기로 했다. 마음에 냉기가 돌 때 항상 가는 곳에 갔다.

모랭이는 컨테이너 집 마당 한가운데서 뒹굴고 있다. 기분이 매우 좋아 보인다.

"쥐새끼를 잡았어. 멍구 같은 그 조그만 쥐새끼를. 얼마나 뒤졌는지 몰라. 컨테이너 집 밑에서 이틀 만에 튀어나왔다니까! 내 중간 손톱으로 확 낚아챘어. 쥐와 난 죽도록 재밌게 놀았어. 자근자근 이빨로 씹으면서 놀기도 했지. 머리가 얼마나 맛있던지! 봐봐. 얘는 아직도 놀려고 해."

모랭이는 얇고 기다란 물체를 가리킨다. 털 난 짙은 회색 지렁이… 아니, 쥐 꼬리였다.

쥐꼬리를 옆으로 치우고 그의 옆으로 갔다. 모래 같은 연노랑 수북한 털에 잠시 몸을 기댔다.

영희보다 두 배 빠른 심장 박동이 전달된다. 숨을 조정해 나의 심장과 박자를 맞추었다. 왜 똑같은 고양이 심장을 갖고 있는데, 이렇게 다른 것일까?

제주도 아라동 파란 지붕집 아래, 모셔주는 사람 가족 속에서 평화롭게 사는 것. 안락한 집에서 둘이, 삼이와 뛰어놀다가 원이처럼 늙어 죽는 것. 난 그렇게 할 수 없는 것일까?

모랭이와 서로 기댄 채 반잠을 잤다. 나의 울적한 기분을 기다려준다. 조금 풀린다.

뜬금없이, 물었다.

"모랭이 님은 제 아빠냥이에요?"

"응, 그럴지도 몰라."

정말 예상 못 한 대답이었다.

"나의 엄마냥을 본 적 있어요?"

"기억 안 나. 그런데, 넌 참 좋아."

모랭이에게 혓바닥을 댈 땐, 항상 내 코를 막는다. 이번에는 고집을 부렸다. 파고들고 끌어안아 턱을 핥았다.

"인마, 간시러워."

모랭이가 초록털이면 좋겠다.

간만에 집에 왔다. 자정이 지난 시간이었다. 오자마자 세면대의 온수를 틀고 몸을 돌렸다. 흙과 녹 묻은 털에 물을 묻혔다. 화장실 문이 열리고 영희가 들어온다. 팬티를 내리곤 소변을 보다, 세면대의 나와 눈이 마주친다.

"우리 풔카! 왜 이렇게 더러워졌어? 씻어! 씻어!"

영희는 드라이기로 털의 물기를 말려준다. 물티슈로 발톱, 귓속 배 남은 부분을 닦아준다. 일굴에 님은 흙가루는 내 혓바닥으로 핥아 없앴다. 깨끗이 단장한 나는 들려져 이불 속으로 향한다.

"우리 풔카! 풔카, 우리 냥이 풔카~! 어딜 갔다 왔어?"

엄마가 모시 이불을 꺼낸 게 다행이었다. 영희가 반가워하는 강도는 알코올 향 강도와 비례한다. 오늘은 평소보다 강도가 더 셌다. 꼭 마주 보도록 정면으로만 눕히니 모를 수가 없다. 앞발로는 다가오는 입술을 막고, 겨드랑이에다 머리를 끼고 고대로 눈을 감았다.

감은 눈의 앞이 밝아졌다. 오른손만을 이용해 조민철에게 메시지를 보내고 있었다. 단순했지만 복잡한 해석이 필요한 문장이다. '야, 뭐 해?' 다이얼이 구르더니 음악이 나온다. 그게 열 번 반복된다.

애써 나온 콧물을 다시 되돌려놓는다. "흐응." 사람이 가슴 아플 때 하는 짓이다. 더럽지만, 필요한 일. 왜냐면 사람은 자기 코를 못 핥으니까.

"개새끼."

아무렴, 멍구놈이고 말고. 내 위로가 필요했구나. 내 코도 석 자이지만, 모시는 값은 해줘야 하니까. 싸악, 싸악. 부둥켜안고 치료해주었다. 쌓인 온기에 더워진 영희가 날 내보낼 때까지 말이다.

9

미래

영수는 발바닥에 '밍' 국물이 묻은 깃 같다. 훑지도 못하고 그대로 둘 수도 없는 상황을 말하는 것이다. 안절부절못하고 있다.

가족들이 '서울 여행'을 가기로 했다. 엄마는 내가 누르는 잠 금장치를 뽑아 푸는 걸, 언제 보았는지 모르겠다.

"영수 엄마, 밥만 두면 돼. 쟤들끼리 잘 지내잖아."

"쟤는 현관 안에서 누르는 것도 열잖아."

누가 고양이 가족을 돌볼까에 대한 싸움이 일어났다. "내가 운전해서 공항에 데려다주고 오면 되잖아. 나 과제도 있고." 영 희 쪽으로 기울던 경기는 딘방에 끝닌다. "누니기 조민철이랑 다시 사귀어요." 이 한마디에 승부가 났다. 영수가 이긴 것이 다. 영희는 패배의 쓴잔을 들이켜고, 소나타 뒷좌석에 몸을 숨 겼다.

영수는 평소에 하지 않던 청소라는 걸 한다. 장애물을 한곳으로 모아둔다. 둘이가 열심히 퍼내 흩날리는 모래 알갱이를 싹 청소기로 민다. 욕실에 물을 뿌리고 바닥을 걸레질한다. 식탁 위에는 하트 모양 종이를 깔더니, 케이크 한 접시를 둔다. 방금 깐 와인병을 찾아 두 잔을 만든다. 불을 다 끄더니 양초를 켜본다. 스스로 칭찬한다.

"좋은데."

정성 들인 영수에게 미안하지만, 내가 볼 땐 영 볼품없다. 중요한 게 빠졌기 때문이다.

"웅네웅 웅냔냔냥 오웅웅." [고기를 놓으란 말이야.]

"깜짝이야, 포카? 뭔 이상한 소리를 내는 거야?"

영수는 다시 거실 바닥을 이리저리 걸어 다닌다. 머리를 벅벅 긁기도 하고 거울을 보고 옷깃을 다듬는다. 벽을 보고 호흡을 크게 쉰다. 둘이는 자기와 놀아주려는 건가 하고 영수를 졸졸 따라다닌다.

초인종이 울린다. 고양이 가족 셋은 모여 앉아 손님을 구경하려는데… "놀아주는 사람인가? 쓰다듬어주는지 볼까?" 난 다가가려는 둘이와 삼이를 가로막았다. "처음 본 사람은 경계해야 해." 고양이의 체면을 지키도록 했다.

은아는 들어오자마자 버럭, 소리부터 지른다.

"너네 집 진짜 좋다!"

은아는 흰 티셔츠에 짧은 반바지를 입고 있었다. 허벅지의 살이 삐져나오려고 한다. '격렬하게 놀자'와 비슷한 느낌이다. 이런, 멍구가 그려진 양말을 신고 왔다. 고양이 가족이 셋인데, 예의를 모르는 모양이다.

고등학생 남녀는 식탁에 앉아 22일이라는 걸 축하한다. 케이크를 잘라 먹는데, 눈치 없는 삼이는 식탁에 올라 생크림을 얻어먹는다. 마주 보며 다정히 손을 잡는다. 쪽! 뽀뽀한다. 둘은 잔을 비우며 따른다. 영수는 연거푸 석 잔이다. 와인병이 금세 다 빈다.

"다 먹어도 돼?"

"응, 또 있어."

주방 수납장을 열어 영희가 수집해놓은 물건들을 보여준다. 은아는 크게 고개를 끄덕인다. 대뜸, 영수는 잔을 탁 놓는다. 아빠의 방식을 따라 해, 없는 가래 만드는 헛기침을 하고는 음을 낮춰 말한다.

"은아야, 내년이면 우리가 삼 학년이잖아."

"응."

"우리 공부 열심히 해서, 제주대 가자."

"제주대? 거기는 쎄."

"조금만 공부하면 갈 수 있어. 너 내신 몇 등급이야?"

"칠 등급. 근데 난 한라대 미용학과 가려고 했는데."

"음… 웬만하면 사 년제를 나오는 게 좋지 않을까? 공립이라 등록금도 싸잖아. 내신이 안 좋으면, 수능을 열심히 하면 돼.

조금만 공부하면 삼 등급은 맞을 수 있어. 난 일 등급인데, 육지에 있는 대학은 안 가려고. 제주대 사범대학에 갈 거야. 선생님 할 거야."

"선생님?"

"응. 어렸을 때부터 꿈이었어. 가르치는 게 내 적성에 맞는 것 같아. 그렇게 보이지 않아?"

그런 것 같기도 하다. 내가 새끼냥일 때 영수는 '새끼 때부터 가르쳐야 한다'며 삼이와 날 세워두고 며칠간 괴롭혔다. 앞발을 내놓아보라고 하거나, 등허리를 누르며 '앉아', '일어서'를 말했다. 살 깨무는 연습도 못하게 했다. 심지어 고양이가 공을 물어오는 합성된 동영상을 보고 똑같이 시켰다. 당연히 삼이와 난 무시했다.

"내년에 수시로 지원할 건데……."

한 치 앞도 내다보기 힘든 시대에, 일 년 넘게 남은 미래를 걱정한다. 차라리 문제집이라도 풀든지. 아빠에게 배운 주특기, '미래 이야기'를 이럴 때 써먹는 거야?

은아는 다리를 달달 떤다. 벗어날 수 없는 재미없는 상황에서 나오는 사람의 행동이다.

"…담임선생님이 그러는데, 나 정도 내신이면 조금만 신경 쓰면 된대. 내년부터 자기소개서 관리하는 학원에 다니려고. 수능 최저 기준에만 맞추면 합격할 수 있대."

은아의 무릎이 튀어 올라 식탁을 강타한다.

"영수야! 우리 고양이랑 놀자."

"어… 그래! 우리 집에 있는 아이들 하나씩 소개해줄게."

영수는 둘이를 번쩍 든다. "우웅~" [내려놔~]

"얘는 둘이야. 일곱 살이야. 엄청 활발한 애야. 시끄럽고. 노란 털! 지금은 좀 나아졌어. 한 세 살 때까지만 해도, 우릴 잠도 못 자게 했어. 놀아달라고 말썽이었다니까."

다음은 삼이다. "우웅~" [내려놔~]

"얘는 삼이야. 네 살이야. 얘도 활발해! 둘이랑 삼이는 엄청 친해. 항상 같이 놀아. 얘는 둘이보다는 좀 얌전해."

마지막은 나다. 냉장고 위에 올라가 안쪽 보서리에 앉았다. 난 발라당 들려서 소개받지 않을 거야.

"음… 쟤는 포카야. 저번에 봤지?"

"왜 포카만 이름이 포카야?"

"원래 엄마가 '넷이'라고 지었거든? 네 번째 고양이니까. 엄마는 간단한 걸 좋아해. 며칠 동안 부르다 보니까 참 이상한 거야. '포'라고 이름을 바꾸었는데, 아빠가 '포'는 좀 허전하다고 해서 내가 '카'를 붙였어."

영수는 갑자기 혼자 웃는다.

"킥킥… '카'가 무슨 뜻인지 알아?"

"뭔데?"

"아빠 소나타 밑에서 주웠거든! 그래서 '카'야. 차 밑에서 주워서 'CAR'. 하하. 뜻이 재밌지 않아?"

"아? 응, 재밌다."

"그렇지? 재밌지? 그리고, 저번에도 말했었지? 포카는 가끔 정말 똑똑한 행동을 해. 리모컨도 조작한 적 있다니까? 초록 털이 있는 것도 특이하고… 내가 예전에 동물농장에……"

영수는 저 혼자 신이 나 이야기한다. 은아는 듣는 둥 마는 둥 한다.

뜻밖의 수확이 있었다. 아빠 소나타 밑에 있던 날 모셨다는 사실은 들어서 알고 있었지만, 이름에 그 뜻이 있는 줄은 몰랐다. 아주 마음에 든다.

초대 손님의 낚시 시간이다. 은아는 낚싯대를 흔들어본다. 연습이 필요한 낚시질이다. 기계적이면서도 인위적인, 솜씨 없는 낚시질이다. 삼이는 딴청을 피운다.

"그렇게 하면 안 돼. 봐봐. 탁자 밑에서 흔들흔들. 그래야 애들이 잡고 싶어져."

영수는 낚싯대를 뺏어 시범을 보인다. 둘이와 삼이는 탁자 밑 보일 듯 말 듯 살랑대는 낚시질에 엉덩이를 흔들어댄다. 도약을 하더니 쥐 모형을 따라 뒷발로 서서 앞발을 뻗어댄다. 이족 보행으로 내딛는 게, 이도 저도 아닌 우스꽝스러운 모습이 된다. 은아는 좋아한다.

"고양이 두 발로 걸어!"

사람들이 모르는 점이 있는데, 이 반들반들한 장판에서 두 발로 선 후 몇 걸음 걷는 건, 꽤 어려운 기술이라는 것이다. 사람이 물구나무를 서서 걸어 다니는 거나 마찬가지다. 더 세밀하게 대입한다면, 최고 속도를 내던 사람의 발바닥이 순간 오분의 일로 줄어든 채 균형을 잡는다고 생각하면 된다.

영수는 교과서적인 낚시질을 보여준 후, 다시 은아에게 건넨다. 검은 매니큐어 칠해진 손가락이 플라스틱 작대기를 엉성하게 든다. 이마에 힘이 들어가 주름이 깊어진다.

성의 없는 낚시질이 시작된다. 팔목에 힘을 주어 움직여 보지만, '진심'이 담기지 않은 낚시질은 둘이도 못 낚는다. 안쓰러워 보여서, 내가 한번 쫓아주었다.

"오오! 포가를 낚다니. 포가는 웬만해선 안 움직이는데. 정말 잘한다. 헤헤."

이 집에 있는 두 존재가 같은 생각을 하고 있다. '난 지금 뭐 하는 걸까.' 한 존재는 흐느적거리는 내 자신이고, 한 존재는 땀난 얼굴에 손바닥 부채질을 하다 대뜸 말한다.

"맞아! 네 방 보고 싶다. 네 방은 어디야?"

2층으로 올라간다! 이제 시작되는 것인가? 얼른 따라가 책상 밑에 자리를 잡았다.

은아의 표정이 점점 굳는다. 영수가 어제 읽었다던 소설책을 소개해주었기 때문이다. 난 저 녀석이 어떻게 일 등급인지 알 수가 없다. 등급을 서로 바꿔야 하는 것 아닌가?

역시, 은아는 잘한다. 영수의 베개 냄새를 맡는다. 까르르 웃는다. 침대에 발랑 눕는다. 허리로 뛴다. 매트리스 스프링이 진동한다. 얇고 긴 다리 두 개를 접어, 고양이 뒷발차기 하듯 떼굴 굴린다. 번들거리는 뒷다리 살. 영수의 침이 꼴깍 넘어간다.

흥미롭다. 영희와 조민철과는 다른 양상이다.

"네 방 좋다."

"그렇지? 2층에 있어서 좋아. 조용하기도 하고. 원래 2층은 없었거든? 아빠랑 아빠 친구가 만들어주었어. 내가 아홉 살때 누나랑 맨날 싸우니까……."

"혼자 쓰니까 좋겠다. 난 언니랑 같이 쓰거든."

"그렇구나."

은아는 허리를 일으킨다. 두 팔을 펼친다.

"뽀뽀해줘."

둘은 서로의 혓바닥 맛을 본다. 아래의 손에 끌려 그 위로 올라간다. 몸통이 조금씩 가까워진다. 은아 위에 영수가 있다. 티셔츠를 말아 올린다. 잡은 영수 손을 브래지어 위로 올려놓는다.

"우리 이래도 될까?"

"뭐 어때. 아무도 없잖아. 해봐."

"응?"

"입으루."

사료를 잘게 쪼개서 팝콘처럼 부풀게 하면 좋을 텐데. 아니면 구운 닭가슴살이 있다면. 사람의 번식에 대해서는 꽤 안다.

전개 양상은 다르지만, 공통적으로 밟는 단계가 있다. 영희와 조민철도 그랬고, 잘 보기 힘들지만 엄마와 아빠도 그랬다. 영수는 고개를 돌리고 입을 아, 이런! 눈이 마주쳐버린다.

"잠깐만."

"응?"

"포카가 신경 쓰인다."

"포카? 아, 저기 있네. 고양이."

"잠깐만."

손아귀가 다가온다! 안 돼! 잡히지 않으려 침대 밑으로 들어 갔다. 영수는 팔을 길게 뻗어 목덜미를 집는다. 모가지를 돌려 물어보았지만, 소용없다. 영수는 내 이빨을 안 무서워한다.

"얌! 얌!" [놔줘! 놔줘!]

"왜? 그냥 고양이인데. 내버려둬."

"뭔가 신경 쓰여."

날 계단 밑으로 밀고는 문을 닫는다. 잠그기까지 한다. 몇 번 긁었다. 반응이 없다. 냐옹을 하면 열어주긴 할 것 같은 데……. '소리'가 난다. 어쩔 수 없다. 호기심에 죽고 사는 고양 이가 아닌가? 지붕을 통해 2층으로 갔다.

빙 창틀에 올라있다. 창문은 책장으로 반쯤 가려져 있다. 가려진 부분에 몸을 숨겼다. 귀를 뒤로 접고, 눈만 내밀어 훔 쳐봤다.

흐음… 생각보다 단순하다. 요란하지만 별것 없다. 영수는 부족한 것 같다. 영희와 조민철이 재밌었다. 보다가 지루해 밖으로 나섰다.

'알'이 없어지기 전 일이다. 꿈 같은 한낮, 깊은 잠을 자고 있었다. 불현듯 눈이 번쩍 떠지며 동공이 꽉 찼다. 굉장히 이질적인 느낌이 들었다. 온몸에 신경이 곤두서고 분노가 치밀었다. 참을 수 없었다.

어떤 나쁜 놈이 내 걸 만지작거린 것이다. 닥치는 대로 할퀴고 욕했다.

"멍구놈아~! 멍구, 멍구놈아~!"

그러다 정신을 차렸다. 엄마와 영희, 영수가 텔레비전을 보고 있었다. 어떤 손가락이 속이듯 바스락거렸다.

아직도 '범인'을 모르는 상태다. 추측하건대, 영희와 엄마는 아닌 것 같다. 영수가 했을 것이다. 고등학생이 되면서 착해졌지만, 중학생 때 영수는 멍구 같은 짓을 많이 했으니까. 증거가 없을 뿐이다.

이젠 알이 떼어져 그 부분에 대해 신경 쓸 것이 없다. 하지만 아직도 가끔 똑같은 상황이 재현되는 악몽을 꾼다. 그때마다 치가 떨린다. 흔들리는 시야… 엄마, 영희, 영수, 바스락바스락… 범인을 찾는다면 지금이라도 볼때기를 할퀴어줄 것이다.

사람 가족은 고양이 종족 수컷의 알을 떼어가거나 암컷의 때를 멈추는 수술을 시킨다. 예전에는 왜 그런 짓을 하는지 몰랐다. 원뿔 플라스틱을 쓴 내 목과 밑이 공허한 느낌이 황당할 뿐이었다.

커가면서 이유를 알았다. 고양이들은 짝을 찾으러 집을 나가면 길을 잃는다. 평소 외출을 자주 한 고양이들은 잘 찾아오지만, 집에만 틀어박혔던 고양이들은 나간 순간 가망이 없다. 낯선 환경과 짝을 찾아야 한다는 집념에 앞만 보고 갈 뿐이다. 사람 가족이 찾으려 해도 고양이는 숨어버린다. 절대 못 찾는다.

가출한 고양이들은 배고픔과 세상의 위협에 지쳐 머리가 깡그리 초기화된다. 후회하고, 되돌아가고 싶어 한다. 그런데 되돌아가야 하는 곳이 '어디인지 모른다'. 가슴속 깊이 그리운 사람 가족이 응어리지지만, 느낌만 알 뿐 자기가 무엇을 원하는지 모른다.

"무언가가 그리워. 왜 그런지 모르겠어!" 써니가 한 말이다. 가끔 써니가 올레길을 걷는 사람 중에 자기를 쓰다듬어주게 할 때가 있다. 아주아주, 가끔. 그 사람이 과거 써니의 사람 가족과 비슷한 모습일 거라고 생각한다.

그런 고로 수술의 제일 큰 이유는, 사람 가족이 우릴 너무 사랑해서 그런 것이다. 고양이 가족을 잃기 싫은 것이다. 난 사람 가족의 생각과 결정을 존중한다. 얼마나 우리 고양이들을 모시고 싶으면 그러겠는가?

내가 왜 이런 생각을 하냐고? 범인이 내 걸 만졌을 때만큼은 아니지만, 정말 열 받는 일이 벌어졌기 때문이다.

철제 울타리망 너머에 써니가 앉아 있었다. 안으로 들어가려 했는데, 울타리망에는 틈이 없었다. 멀리 돌아와야 했다.

마치 사냥감을 쫓듯이 납작한 자세로 다가오는 녀석이 보였다. 허리를 낮게 숙이고 발바닥 소리를 모두 죽여 다가온다. 그건… 덜룩이었다. 게다가! 써니의 때를 만난 울음소리.

"아옹~ 아옹~"[수컷들아~ 이리 와~]

그 뒤의 일은 안 봐도 뻔한 냥이다. 급한 마음에 발바닥을 넣어 울타리의 얇은 줄을 타고 올랐지만, 꼭대기 부분은 쇠가시를 꼰 줄이었다. 울타리를 돌아가는 데 걸린 수십 초가 수십 년 같았다. 발톱이든 이빨이든 다 이용해 암수를 떼어놓았다.

"하악, 하악, 하아아아악~!"[멍구, 멍구, 멍구놈아~!]

"우웨엥?! 웨에에엥!"[뽀카?! 왜 그래? 죽을래!]

써니는 자길 생각해주는지도 모르고 화를 낸다. 새끼를 낳으면 잠시 좋을 뿐, 얼마나 힘든데 말이야. 게다가 지금은 한여름, 한창 새끼냥이 클 때는 겨울이다. 어떤 큰 시련을 겪으려고… 새끼냥을 지키느라 고생을 할 것이다. 결국, 변심해 헤어질 거면서 말이야.

암수는 양 갈래로 흩어져 숲속으로 들어간다. 난 덜룩이를 쫓았다. 녀석이 너무 날래 결국 놓쳐버렸다. 다만 멀찍이 쫓는데는 성공했다. 이제 매일 써니를 지켜주어야겠다.

"에웅~"
또 써니의 울음! 가슴이 철렁, 서둘러 갔다. 세상에! 분명 반대 방향으로 쫓아냈는데… 벌써 상황은 끝났다. 일을 끝낸 덜룩이는 앞발을 핥고 있다.
"넌 느려."
"뭐?"
"포카는 느려. 고양이 같지 않아."
"뭔 말이야?"
"고양이는 그렇게 행동하지 않아. 쫓음을 시작한 이상, 눈앞의 것이 움직이는 대로 쫓지. 포카는 미리 움직여. 그래서 느려."
"내가 느리긴 뭐가 느려?"
녀석에게 '앞발 싸움'을 걸었다. 뒷발로 일어서서 앞발을 부딪치는 싸움이다. 누가 더 끈질기고 빠른지 대결하는 것이다.
분위기가 이상하다. 내 앞발은 모조리 스치거나 발목에 막힐 뿐이고, 덜룩이의 앞발은 내 코와 턱을 점점 타격한다.
콧살에 큰 것을 맞는다! 아파 아찔해져 물러났다.
"냐냐냥~ 냐냐냥~ 냐냐~냥~"[귀여운~ 덜룩이~ 잘한~다~]
덜룩이를 향한 써니의 응원에 전의가 꺾인다. 내가 얼마나

125

잘해주었는데……. 올레길 난간 끝자락 사랑의 징표는 어떡할 거야? 닭가슴살 선물은 잊은 것이야?

두 암수는 정답게 앉아 털을 핥는다. 새끼를 키우는 것이 얼마나 힘든지 설명했지만, 써니는 듣지 않는다. 덜룩이는 자기가 책임질 것도 아니면서 골골 싱글벙글이다.

겨울을 열 번이나 보냈다는 모랭이에게 이 사태에 대해 물었다.

"써니가 새끼를 가질 것 같아요. 어떡하죠?"

"글쎄? 그럼… 새끼냥이가 나오겠네?"

"그렇겠죠? 써니가 고생할 거예요."

"새끼냥들은 귀엽잖아."

모랭이는 나의 물음을 이해하지 못했다. 답을 기대한 건 아니었지만, 기운이 빠진다. 걱정하는 것은 나뿐인 것 같다.

빨간 조끼가 양은그릇을 컨테이너 벽 철판에 부딪힌다.

"모랭아~ 밥 먹자~"

"니앙~"[좋아~]

모랭이는 꼬리를 살랑살랑 흔들며 밥그릇으로 향한다. 익힌 돼지고기를 씹어 먹는다. 빨간 조끼는 그득한 미소를 짓는다. 모랭이의 머리 위로 손을 내밀지만, 미리 알고 떨어진다. 손이 팔짱 안으로 들어가자, 다시 와 먹는다. 써니에게 밥 주는 사람 가족이 있으면 좋을 텐데…….

집으로 돌아와 안방 침대 밑으로 갔다. 숨겨둔 보물은 그대로였다. 다가올 미래를 위해 남은 수를 셌다. 사십 개⋯ 이틀에 하나씩 까줄 수 있겠다. 모자라면 까치를 잡아다 주면 될 것이다. 빌리는 방법도 있다. 난 보물상자를 끌어안았다.

10

몰래카메라인가?

밤 열두 시, 영수와 은아는 십구 세 미만 시청 불가 프로그램을 보고 있다. 사람들이 탁자에 앉아서 다른 사람들이 보내준 사연을 읽고 농담을 하는 형태로 진행된다. 대부분 짝짓기와 관련된 주제가 나온다. 고양이들 사이에서도 일어나는 시시한 이야기이다. 사람들은 남의 이야기를 너무 좋아하는 것 같다.

가만… 여자친구가 바람을 피우는 걸 들켰다고? 그것도 믿었던 베스트 프렌드와 현장에서 딱? 완전 내 얘기인데?

"…전 어떻게 해야 할까요? 이걸 죽일까요, 살릴까요?"

"니아아~ 아앙!" [죽여버려!]

"깜짝이야. 포카네."

"영수야, 딴 거 틀자. 재미없어."

채널이 돌아가버린다. 다시 보기로 검색해야겠다.

"네 부모님이랑 누나 언제 와?"

"모레. 근데 너 정말 집에 안 들어가도 돼?"

"으응. 집에 말했어. 친구랑 논다고."

은아는 움푹 파인 소파 팔걸이에 팔꿈치를 넣는다. 스펀지를 지렛대 삼아 얇은 팔을 파닥거린다. 시시덕거리는 암수는 이불 덮은 채 꼼지락댄다. "아, 더워." 영수는 에어컨을 틀며 이불을 더 여민다. 공기가 꽤 차다. 밖으로 나갔다.

어둠 속에 빛나는 갈색 눈이 두 쌍 있다. 빈 공짜 밥통 앞의 턱받이와 갈색냥이다.

아무리 채워도 바닥나는 마법의 고무 밥통. 괜히 냐옹히긴 싫었지만, 하는 수 없었다. 창틈 사이를 찾아 냐옹했다. 나올 때까지 불렀다.

영수는 얼굴을 내민다. 눈은 이글거리고 입은 살짝 벌어졌다. 금방이라도 깨물 듯한 표정이다. 고무 밥통 위에 앞발을 올렸다.

"냐아아옹. 냐아아옹. 냥." [채워. 영수야. 바쁘겠지만, 수고 좀 해줘.]

"흐으. 포카."

현관문 자동 등화가 켜신다. 비쩍 마른 몸에 갈비뼈가 울룩불룩, 쑥 튀어나온 검은 팬티에 뭐가 달랑거린다. 포대를 지탱하며 슬리퍼를 쭉쭉 긋는다.

후두두, 공짜 밥이 쏟아진다. 지붕 위의 흰노랑냥이가 그 높은 곳에서 뛰어내린다. 착지하며 균형을 잡아 밥통으로 직행했다. 털이 난 가는 종아리에 비벼 고마움을 표한다. 턱받이는 갈색냥이에게 한 대 맞는다.

영수는 참 멋있다. 그 꼴로 떠돌이 고양이 밥을 챙겨주다니. 넌 세계 최초야. 사람 말로 칭찬했다.

"니아 뇨뇨뇽 뉘우아앙냥닝." [넌 도덕이 일 등급이야.]

영수는 뒷걸음질 친다.

"또, 저 소리. 소름 돋아."

떠돌이 삼 형제는 자글자글, 쩝쩝 머리를 박고 먹는다. 하얀색, 검은색, 갈색 꼬리를 하나씩 건드려주었다. 도, 냥, 레, 냥, 미, 냥.

"냥!" [건들지 마!]

턱받이는 괜히 한 대 더 맞는다.

"이놈!"

써니를 만나러 서쪽으로 가던 중 봉변을 당했다. 고양이처럼 굽은 길에서 뭔가가 번쩍 튀어나와 깜짝 놀랐다. 밤망구는 그저 길 가는 나에게 발길질을 한다.

"고양이 새끼. 징그러운 하얀 고양이 새끼. 밤새도록 냐옹, 냐옹. 꺼져라, 이놈아!"

밤망구는 써니의 때 만난 울음이라도 들었는지, 화가 많이 난 상태였다. 평소보다 걸음도 빨라 하마터면 배가 차일 뻔했다. 지붕 위로 피신하다 회색 슬레이트를 건드려버린다. 바닥에 떨어져 산산조각이 났다.

　밤망구는 조각난 돌을 자근자근 밟아 가루로 만든다. 뭘 가져오는데… 쇠스랑이다! 실로 무시무시한 거대 포크를 끌어온다. 포크가 날 찍으려 지붕을 훑는다. 돌담을 넘고 넘어 도망쳤다.

　써니가 있을 만한 곳을 찾아다녔다. 물 없는 계곡에서 냄새가 났다. 땅에서 계곡으로 통하는 니은 모양의 작은 구멍에, 써니가 앉아 있었다. 슬그머니 구멍 위에 앉았다.

　"꾸으으으웅." [다가오지 마. 싸글나니끼.]

　써니는 새끼 밴 암컷 냥이의 경고를 한다. 발톱을 팍 세워 벽을 긁는 게, 내가 다가가는 걸 진심으로 싫어했다. 난감했다. 어떻게 해야 할지 모르겠다.

　"덜룩이는 어딨어?"

　"덜룩이가 누구야?"

　다가가지 못하는 이 순간을 모면하고 싶었다. 운이 좋았다. 주변을 뒤진 지 얼마 지나지 않아 과자 봉지가 혼자 부스럭거리는 걸 발견했다. 누런 목도리같이 생긴 녀석은 봉지에서 뛰쳐나오다 고스란히 붙잡혔다. 담비라는 녀석이었다.

　놀아줄 여유가 없어 곧바로 목을 꽉 물었다. 멍구와 다람쥐를 섞은 듯한 녀석의 얼굴이 편안해졌다. 녀석을 구멍 옆에 눕히곤 배를 열었다. 써니는 피냄새를 맡고 위로 올라왔다.

"먹어, 써니야."

써니는 속이 싱싱한지 살핀다. 아직 운동 중인 허파를 핥아본다.

"고마운데. 혼자 먹고 싶으니까 저리 가줄래?"

오도독! 짭짭! 뼈와 살이 씹혔다. 쌕쌕 요동치는 내장들이 차례로 정지했다. 써니의 뱃속으로 들어간다. 순식간에 내용물이 비워져 등뼈와 가죽만 남았다.

"맛있다."

써니는 오른쪽 앞발에 침을 묻힌다. 빙글빙글 돌려 입가와 볼의 선혈 묻은 털을 싹싹 문지른다. 슬쩍 다가가 정돈을 도와주었다.

"저리 가. 네가 무슨 멍구야? 다 귀찮으니까."

"알았어. 그럼 저 멀리서 있을게."

계곡 반대편에 자리를 잡았다. 새까만 어둠만 사이에 두고 시간이 갔다. 곁에 있지 못하는 아쉬움을 대신해 눈을 깜박였다. 빛이 희미해 답을 해주었는지 알 수 없었다.

두 달이 지나면 보송보송한 새끼냥이 태어나겠지?

이왕 이렇게 된 것, 새끼냥들이 다치지 않게 보호할 것이다. 뾰족한 철조망 있는 곳이나 찻길 같은 위험한 곳을 알려줄 것이다. 따뜻하고 후미진 곳으로 인도할 것이다. 젖을 뗄 때가 되면, 어떻게든 씹을 살을 가져다줄 것이다.

따뜻한 아빠냥이 되어서, 지켜줘야지.

아쉽다. 차라리 내 새끼였으면.

아침부터 웃기는 일이 일어났다. 깊은 잠을 자고 있었는데 몸이 붕 떴다. 화가 나 발버둥 쳤다. 거실 한가운데에 내려진다.

갑작스러운 기상에 크게 하품했다. 입에 들어온 손가락을 퉤퉤 뱉었다. 주위를 둘러보았다. 회색 얇은 큰 물체가 내 쪽으로 다가온다.

"은아야, 봐봐."

보긴 뭘 봐! 내번에 무슨 멍구 같은 짓을 하려던 걸 알았다 도망가다 목덜미가 잡혔다. 내 머리털을 뒤적거렸다.

머리에 '테이프'를 붙이려는 건가?

예전에 당한 적 있다. 텔레비전을 보고 있을 때였다. 어떤 녀석이 내 머리털을 붙잡았다. 그놈의 영향력에서 벗어나려고 십 분 동안 뛰어다녔다. 아무리 뒤를 돌아봐도 날랜 녀석은 내 뒤통수를 지그시 누르며 날아다녔다. 게다가 흔적도 없이 조용했다. 결국, 뒷발을 들어 할퀴다가 찐득한 테이프란 걸 알았다.

온 사람 가족이 날 보고 웃고 있었다. "왜웅!"[젠장!] 고양이의 자존심이 좀 상했었다. 몰래 영수의 턱을 할퀴어서 복수했다.

이건 느낌이 달랐다. 테이프는 아니었다. 세상이 까매지더니 다시 밝아진다. 얼굴에 붙은 종이가 뒤로 당겨진다.

내 얼굴에 사람 얼굴이 있다. 눈과 코에는 구멍이 뚫려서 사람 얼굴에 내 눈과 코가 나왔다.

"은아야. 봐봐. 거울로 확인하잖아."

"진짜. 자기 얼굴을 보고 있나 봐!"

신기했다. 내 얼굴이 사람이라니! 그냥 사람도 아니고, 대통령이었다. 두 발로 연설했다.

"냐 냐냥닝 뉴뉴뉴니오아옹 르르르 냥!" [모든 사람은 고양이를 열 마리씩 모셔라!]

영수가 잡으러 온다! 은아도! 난 막, 뛰어다녔다. 우다다. 2층으로 올라가다 잡혔다. 가면을 벗긴다. 쳇, 사람대접 해주는 줄 알았더니.

은아가 수염을 자꾸 만진다. 당기기까지 한다. 눈을 감고 코를 내민다. "해봐. 뽀뽀." 하긴 뭘 해? 내 입술은 비싸단다. 그 틈에 가슴을 밀쳐 탈출했다.

집 오른편에 가 자리를 잡았다. 등을 바닥에 댔다. 그늘과 아침 햇볕 사이를 뒹굴거려 털을 적절하게 덥혔다. 따뜻해지자, 앞발과 뒷발만 볕에 내었다. 날벌레를 꼬리로 쫓으며 반잠을 잤다. 평온한 시간이 지난다. 턱받이가 다가와 내 배를 꾹꾹 누른다.

"저기서 밥이나 먹어. 난 조용히 있고 싶어."

"포카, 난 네가 좋아."

"내가 좋다고? 왜?"

"네가 있으면 먹을 것이 생겨."

이제야 깨달았구나. 늦었지만 알아주니 기특하다. 몸을 일으켜 턱받이 모양 하얀 털을 핥았다. 목에… 무언가가 매여 있다. 줄 가운데에는 작은 무언가가 있다. 이건… '목줄'인가?

"축하한다, 턱받이. 모셔주는 사람을 찾았어? 무단침입하다가 얻어걸렸구나."

"아닌데. 난 사람 가족이 없어."

자세히 보았다. 녹줄이 아니라 얇은 실이 메어져 있었다. 버려진 실이 우연히 감긴 것이었다. 약간 아쉬웠다. 공짜 밥 떨어지는 속도를 줄일 수 있나 했더니. 발톱을 세워 실을 끊었다.

작고 가벼운 것이 구른다. 둘둘 말린 작은 종이였다. 접힌 종이를 폈다. '포카, 이걸 읽는다면, 제라진 카페로 와.'

세상에. 온몸에 털이 곤두선다.

어떤 의도인지는 모르지만, 분명 나에게 보내는 쪽지다. 글씨를 쓴 것 보니 내가 똑똑한 고양이임을 아는 것이다.

영희의 방에 들어가 컴퓨터를 켰다. 조심스럽게 마우스를 옮겼다. 마우스와 엔터키로 지도 사이트에 들어갔다.

'제라진 카페'. 맞아! 턱받이가 가끔 공짜 밥을 먹는다고 했던… 북쪽 큰길 너머 카페! 내가 찾을 수 없던 이유가 있었다.

진정하고 싶었지만, 바짝 선 털이 안 내려간다. 온수를 틀었다. 따뜻한 샤워기 물에 털의 겉면을 적셨다. 물을 터니, 차가운 한기가 느껴진다. 서서히 마음이 가라앉는다.

한여름 정오, 육 차선 도로 앞에 섰다. 여기 북쪽 큰길은 안 건널 줄 알았다. 이 길 너머는 미지의 공간으로 남겨질 줄 알았다. 차들이 맹렬한 속도로 지나간다. 덤프트럭의 살벌한 검은 바퀴. 풍압에 빨려 들어갈 것 같다.

난 완벽하게 성공하려고 이십 분 동안 차의 흐름과 신호를 관찰했다. 차들이 지나가지 않는 '십오 초'가 있었다. 스스로 주문을 외웠다.

'괜찮아. 확실할 때 뛰면 안전하게 건널 수 있어. 정말 위험할 땐 노란 선에 서면 돼. 당황하지 말자.'

뛰었다!

수월히 절반을 건넌다. 그런데… 예상하지 못했다! 맞은편 작은 샛길에서 트럭이 나온다. 날 향해 굴러온다! 더 빨리 뛰었다. 트럭은 내 뒤를 지나쳐 나의 왼편으로 달려간다. 인도에 무사히 안착했다.

뜨거운 아스팔트에 발바닥 껍질이 벗겨졌다. 그걸 뜯으며 조금 전의 일을 반성했다. 아슬아슬했다. 침착했다면 트럭의 진행 방향을 확인하고 오른편으로 안전히 돌아갔을 것이다. 평범한 고양이들도 아는 우측통행 법칙이 그 순간에는 생각이 안 났다.

난 안전한 길만 선호했다. 항상 찻길은 돌아갔다. 재수가 없으면 건너다 죽는다는 걸 알기 때문이다. 그러나 정작 건너는 경험이 필요할 때도 있다.

검은 유리창이 있는 2층 건물이 보인다. 제라진 카페다. 입구에 팻말이 붙어 있다. '사정으로 당분간 문을 닫습니다.'

카페를 한 바퀴 돌아보았다. 잔잔한 음악만이 들린다. 유리창에는 특수한 처리가 돼 있어 안을 볼 수 없었다.

에어컨 실외기 옆에 작은 문을 찾았다. 문 아래쪽에 고양이용 네모난 밀이식 출입구가 있었다. 코로 열고 들어가 이어진 작은 통로를 따라갔다. 탁자와 의자가 정렬된 카페 내부가 나왔다.

창문에는 불투명 검은 비닐 재질을 발라놓았다. 볕을 차단한 대신 노란 미등이 켜져 있었다. 은은한 클래식 음악이 흘렀고, 곳곳에 검은 방석이 있었다.

원통형 구조물이 천장 밑에서 시작되어 1층 카페 공간을 두르고 있었다. 시야 확보를 위한 구멍이 틈틈이 나 있다. 2층을 향하는 계단이 연결되어 있는데, 고양이용 통로 같았다.

카페 계산대 위에 탁상 벨이 덩그러니 놓여 있다. 눌렀다.

누가 계단을 내려온다. 감각을 세웠다. 체중과 걷는 축으로 보아 남자 사람이다. 발 닿는 박자가 산만하다. 딛는 부분이 제각각이다. 긴장한 목소리가 들린다.

"저, 영업 안 하는데, 어떻게 들어오셨는지⋯⋯."

영수와 아빠의 중간 정도 나이의 남자다. 여자 사람처럼 머리가 길어 어깨까지 왔다. 검은 뿔테 안경을 썼다. 수염이 많이 있지만 어수선해 보이진 않는다. 그는 손뼉을 친다.

"고양이? 포카 고양이 님? 등에 초록털이… 맞군요!"

남자는 꾸벅 인사를 한다. 난생처음 받아보는 사람의 허리 굽힌 인사다. 좀 당황스러워서, 나도 허리를 일으켜 고개를 숙였다.

가만, 고양이에게 왜 허리를 굽혀? 이놈, 미친놈인가?

"포카 님, 그… 말을 할 줄 아시지요?"

정말 미친놈인가? 이해가 가지 않는다.

"전, 알아들을 수 있습니다."

가끔 영수를 놀릴 때 쓰는 그걸 말하는 건가? 고양이 발성으로 사람 말을 하는… 어떻게 알고 있는지 의심스러웠지만, 일단 해봤다.

"냐옹오아, 니나옹늉뇽아앙?" [난 포카야. 네 이름은 뭐야?]

"제 이름은 '박주앙'이라고 합니다. '주앙'이라고 불러주세요."

온몸의 털이 곤두선다. 등까지 굽어진다.

사방을 마구 살폈다. 기획은 누가 한 것이냐! 영수인가? 사람 얼굴 가면을 씌울 때부터 알았어야 했어. 〈동물농장〉 몰래 카메라! 렌즈가 어디 숨어 있지?

"포카 님, 놀라지 마세요. 제가 다 설명해드리겠습니다. 진정하시고……"

그링그링

그는 집 받침대를 내외 무엇을 떠랐다. 점성이 있는 것이 바닥 얇게 깔렸다.

"맛은 괜찮으신가요?"

"이게 뭐죠? 좋네요."

"특별한 건 없어요. 향만 첨가된 물이에요. '그링그링'이 좋아하는 음료랍니다."

이 박하향 음료는 참 맛있다. 캣잎의 냄새와 비슷하면서도, 정신을 사납게 하지 않았다. 있었으면, 했던 음료였다. 놀라운 일은 더 있었다. 목을 축인 후의 버릇대로 세수했지만 수염에 묻지 않았다. 고양이를 배려한 서빙이었다.

"그러니까. 턱받이에게서 나의 소식을 '그링그링'이 듣고, 그링그링이 당신에게 말해준 것이군요. 당신이 턱받이에게 쪽지를 달아준 것이고요."

"그렇죠. 힘들게 달았습니다. 이 손등을 보세요."

그는 증거처럼 오른손을 내민다. 발톱에 긁힌 상처가 대여섯 개 보인다. 턱받이의 고유한 입냄새도 아직 남아 있다.

"그링그링이 고양이 말을 가르쳐주었다고요?"

"정확히 말하자면, 고양이의 목소리로 사람 말을 하는 걸 알아듣는 것이죠. 계속 듣다 보니까, 요령을 터득했습니다."

"당신은 그링그링과 어떤 관계인가요?"

그가 조금 망설인다. "나중에 말씀드리겠습니다."

눈동자가 약간 떨린 것을 포착했다. 고양이에게는 숨길 수도 없고, 거짓말할 수도 없다. 난 어깨를 낮추고 눈을 크게 떴다. 말할 시간을 주었다. 주앙은 바지 주머니에서 머리끈을 꺼낸다. 풍성한 머리를 하나로 묶으며 한숨을 쉰다.

"역시 고양이님 앞에서는… 숨기는 건 아닙니다. 상의를 해봐야 합니다. 그링그링을 보러 가죠. 지금쯤이면 반잠에서 일어났을 겁니다."

계단이 끝나는 지점에 문이 한 개 있다.

문이 열리자 넓은 직사각형 방 내부가 눈에 들어온다. 입구 맞은편과 왼쪽 면에 1층과 연결된 원통형 '고양이용 길'이 핏줄처럼 뻗어 있다. 2인용 침대와 탁자, 텔레비전이 있어 사람의 방처럼도 보인다. 그런데 옷장은 없었다. 사이사이 가죽이 걸려 있다. 질긴 가죽은 긁기 좋아 보인다.

한 귀퉁이 바닥에 물이 흐른다. 바닥이 움푹 파인 물길이다.
물길은 한 벽에서 나와 다른 벽을 뚫고 나간다. 졸졸 흐르는
물이 참 깨끗해 보인다. 탁자 위에는 컴퓨터가 있는데, 키보드
의 버튼이 두 배로 컸다. 앞발로 누르기 좋게 보인다. 곳곳에는
검은 방석이 있었다.

"그링그링."

방석 중 하나에서 나의 동족이 부름을 받고 일어난다. 배가
하얗고 등에는 갈색과 검은색 얼룩이 있었다. 평범한 삼색 털
고양이… 아니, 사색 털이다! 초록색과 검은색의 얼룩이 앞다
리를 삼싸고 있나. 놀랍게도 녀석에게는 갈기털도 있었다! 태
양이 가진 코로나처럼 황금색 갈기가 목을 둘러 있다.

"난 그링그링이야. 네 이름은, 포카?"

"네 뻗친 갈기털이 정말 멋지다. 어떻게 한 거니?"

"이건 그냥 가발이야. 하나 줄까?"

그링그링은 앞 발톱으로 가발 속의 고무줄을 들춘다. 갖고 싶었지만, 무얼 달라는 것이 어색해 참았다.

"괜찮아."

"뉴냐! 니니냥늉 냐앙."[주앙! 나 포카랑 이야기 좀 할게.]

"웅!"

고양이의 말을 알아들은 사람이 문을 닫고 나간다. 그링그링은 나의 냄새를 확인한다. 날 두고 여러 번 돌아 털 무늬를 살핀다. 나의 등허리 초록털을 꾹꾹 누른다. 기다릴 수 없어 말을 꺼냈다.

"그링그링, 너도 똑똑한 고양이구나. 우린 무엇일까? 어떻게 초록털이 있는 걸까?"

그링그링은 대답 없이 물러난다. 앞 발바닥 잔털을 고른다. 내게 방석 위를 권했다.

"자, 앉아봐."

검은색 방석 중 하나를 골라 앉았다. 방석의 미세한 돌기가 헝클어지며 편하게 몸을 잡아준다. 대단한 재질이었다.

"차근차근 이야기해줄게."

그링그링은 꼬리를 잘 말아 뒷다리 밑으로 숨긴다. 나도 따라 팔락이는 꼬리를 숨겼다. 방석 위의 두 고양이는 긴 대화를 준비했다.

"우린 형제야. 난 다섯째고. 넌 넷째야. 엄마냥은 낳은 순서대로 불렀어."

"내가 네 형제인지 어떻게 알아?"

"네 등허리의 모래시계 같은 초록털 모양이 기억났거든. 그리고 형제들은 냄새가 비슷해. 그래서 알 수 있어. 넷째는 미숙하게 태어났던 것 같아. 조그맣고, 젖도 잘 못 물었어. 내가 뒷발 도약하며 뛰어놀 때, 넷째는 간신히 걸었지. 눈도 잘 안 보였던 것 같아. 항상 넘어지고 부딪쳤거든.

엄마냥은 넷째 때문에 고생했어. 멀리 가지 못했지. 따로 넷째의 젖을 생겨주기노 했어. 눌째와 셋째는 심술을 부렸지. 엄마냥 몰래 넷째를 깨물었지.

추운 초봄이었어. 우린 보일러실에서 살고 있었어. 그곳은 좋았어. 하루에 두 번은 따뜻한 바람이 파이프에서 풍겼어. 조용하고 안전했지. 어느 날, 비가 많이 오는 날이었어. 형제들은 서로 모여 체온을 지키며 잠자코 엄마냥을 기다렸어. 비가 점점 발바닥을 적셨어. 추웠지만, 우린 꾹 참았어.

엄마냥은 물 들어온 보금자리를 보고 안타까워했어. 좋은 장소였지만, 떠날 때였지. 곧 형제들이 하나씩 사라졌어. 나와 넷째 둘만 남았지. 우린 서로 웅크리며 순서를 기다렸어. 내 목덜미가 뜨거워지더니 갑자기 정신을 잃었어. 깨어나니 어떤… 지하실 같은 공간에서 형제들은 다시 모였지.

엄마냥의 품속에서 젖을 빨았어. 난 무언가 어색함을 깨달

앉어. 뒤늦게 자리를 찾아 끼어들던 녀석이 느껴지지 않았어. 다섯 중 하나가 사라졌더라고. 넷째는 허약해서 죽었다고 생각했어. 다들 그렇게 생각했어."

"그렁그렁, 넷째는 내가 맞는 것 같아. 나의 사람 가족은 비가 많이 올 때, 날 모셨다고 했거든."

우린 코를 가까이 붙였다.

"넷째, 포카. 반갑다."

"이렇게 말이 통하는 고양이와 만난 적은 처음이야."

"나도 오랜만인걸? 기분이 좋다."

턱을 핥아 곱게 빗겨주었다. 점점, 기억 저편에서 형제의 냄새가 확인된다. 평범한 고양이도 형제들을 알아본다. 꼬물거리는 솜털 시절을 함께 보낸 것은 큰 인연인 것이다. 애정 어린 발길질과 껴안음이 이어졌다.

한동안 즐거운 재회 장난이 이어졌다. 침을 많이 쓰니 목이 말랐다. 바닥에 파인 흐르는 물길에 앞발을 넣었다. 혓바닥 대기 좋은 미지근한 물이었다.

"엄마냥 이야기를 해줘."

"엄마냥의 배털은 따뜻하고 보드라웠어. 엄마냥은 우리를 하나하나 핥아주며 품어주었어. 엄마냥의 포근한 품에서 깊은 잠을 잘 때면… 아직도 그 시절이 그리울 때가 있어. 그럼 방석을 꾹꾹 누르지. 너도 그러니?"

"꾹꾹? 응, 가끔… 그러기도 해."

"여튼… 너와 헤어지고 곧 날씨가 따뜻해졌어. 엄마냥은 우릴 산으로 데리고 갔지. 행복했어. 맛있는 건 없지만 굶진 않았어. 우리 형제들은 드넓은 숲을 쏘다니며 탐험도 하고, 사냥도 했어. 벌레로 배를 채우다 운이 좋으면 새끼 새들이 있는 둥지를 찾기도 했어. 올레길을 몰려다니다가 통조림 까주는 사람도 만났지. 멀리서 엄마냥이 부르면 '워웅, 워웅.' 우린 달렸지. 엄마냥의 입에는 살 오른 까치나 들쥐가 들려 있었어. 가끔 사람이 키우는 토끼를 빌려오기도 하셨어. 그럼, 축제였지. 죽을 때까지 말이야.

갈색 잎이 떨어졌어. 가을이 온 거야. 내가 쌀 개월 나이였을 거야. 우린 엄마냥을 따라 산에서 내려왔어."

"엄마냥이 팔 개월 동안이나 형제들을 데리고 다녔다고? 변심도 하지 않고 그렇게 오래?"

"응, 엄마냥도 '평범한 고양이'가 아니었으니까. 우리의 몸이 다 컸어도 엄마냥은 매일 밤 형제들 하나하나 이마 털을 핥아주었지. 하나만 없어져도 온종일 산을 뒤졌어. 셋째 때문에 애먹은 기억이 나. 호기심이 많아서 자꾸 사라졌거든. 한번은 셋째가 공짜 밥을 따라가다 사람 집에 갇혔어. 밤새 애원해서 겨우 찾기도 했다니까."

슬퍼졌다. 눈이 찡그려진다. 그링그링은 알아챈다.

"마음 쓰지 마. 엄마냥으로서는 어쩔 수 없었을 거야. 네가 사라졌을 땐 정말 추운 날씨였어. 우리를 지키느라 거의 먹지도 못했어. 젖도 잘 나오지 않을 만큼… 힘들어하셨으니까. 결국, 넌 잘됐잖아?"

"뭐… 잘됐지! 하하. 아마, 나 혼자 돌아다니다가 길을 잃었을 거야."

똑똑. 부드러운 두드림이다. 주앙이 바닥에 접시를 둔다. 회색 플라스틱 접시에 얇은 줄이 스무 개 넘게 쌓여 있다.

"시장하실 것 같아서, 좀 가져왔습니다."

"고마워. 주앙."

얇은 줄을 맛보았다. 닭가슴살에 있는 인조 향과 비슷한데, 뭔가가 더 들어간 것 같다. 크기가 적당했다. 블라인드 조절 줄 정도의 얇은 고깃줄, 조금 질긴 듯하더니 어금니에 씹히며 살살 녹아 목으로 넘어갔다. 배에 들어가 소화되기 시작하자 짧지만 굵은 몽롱한 행복감이 몰려왔다. 마법이 깃든 듯한 음식이었다.

"이거 정말 맛있다. 이게 뭐야?"

"참새의 날갯살을 발라내서 꼰 거야. 약한 불에 빠르게 구운 다음에, 오븐으로 살짝 익혔어. 쥐오줌풀에 담뱃잎 간 걸 아주 조금 첨가했지. 기생충은 없으니까 걱정하지 마."

"으응."

다 먹은 후, 그링그링은 앞발로 그릇을 민다. 플라스틱 그릇은 슬슬 밀려 구석으로 간다. 자기가 먹은 흔적을 정리하는 것이다. 나도 따라 정리했다.

"그링그링, 주앙이랑은 어떤 사이야?"

"나의 동반자."

"뭐?"

"동반자. 우린 서로를 필요로 하는 관계야."

그링그링이 말한 '동반자'라는 것이 어떤 의미인지 정확히 받아들여지지 않았다. 나의 사람 가족처럼 모셔주는 관계는 아닌 것 같다. '집사', 사람들이 만든 자조적인 단어와도 의미가 다른 것 같다. 사람의 연인과 비슷한 걸까? 아니, 오히려 더 깊은 관계일지도 모른다.

"이건 네게 해주고 싶은 이야기이기도 해. 가을이 될 때 엄마냥이 우릴 데리고 산에서 내려갔다고 했지? 어느 날, 엄마냥은 무엇에 홀린 것처럼 우리 형제들에게 '동쪽의 항구'로 가야 한다고 말했어. 사실 우리 형제들은 계속 산에 있고 싶었어. 산에서의 생활은 나쁘지 않았거든. 우린 항상 몰려다녔어. 영역을 넘어도 모두 이길 수 있었지. 가고 싶은 곳도 마음대로 갈 수 있었고. 형제들은 망설였어. 싫다고 했어. 엄마냥은 우리에게 화내며 재촉했지. '언제까지 이렇게 들고양이로 지낼 것이냐!' 엄마냥은 우릴 '멍구만도 못한 녀석들'이라고 혼냈어. 결국, 첫째가 엄마냥을 따른다고 했어. 차례대로 엄마냥을 따랐어. 그리고 여기 제라진 카페까지 왔어. 돌담 너머 버려진 장롱 안에서 쉬는 중, 난 혼자 밖으로 나와 달을 구경했지. 그때 운명처럼 만난 거야. 주앙을."

그는 평범한 사람이었어. 곁엔 여자 사람과 아이도 있었어. 처음 본 나에게 손을 내밀었어. 맛있는 냄새가 나는 걸 알고는, 다가갔어. 날 쓰다듬었지. 닭가슴살을 주더라고! 그때 알았어. 세상에 이렇게 맛있는 음식도 있구나.

마침 카페 1층에 컴퓨터가 있었어. 솔직히 사람을 얼마 본 적이 없어서 그게 그렇게 놀라운 일인지 몰랐어. 난 키보드를 두드려 말했지. '더 줄 수 없나요?' 그날 밤, 우린 밤새도록 대화했어. 그는 날 꼭 안아주었어. 털 없는 미끈한 볼로 나의 볼을 비벼주었지. 그는 나에게 약속했어. 평생 지켜주겠다고.

난… 믿었어. 동틀 무렵, 엄마냥에게 말했지. 여기 남겠다고 말이야. 엄마냥은 나에게 크게 화를 냈어. 콧날에 흉터가 새겨질 만큼. 귀도 깨물렸지. '이 냥이 정말 미쳤구나. 네 냥을 키우려고 얼마나 고생했는데!'

난 고집했어. 엄마냥에게 미안했지만. 스스로 내 생을 선택하고 싶었어. 엄마냥은 밤새 카페 앞에서 날 불렀지. 난 주앙의 셔츠 속에 숨었어. 두 밤이 지나고, 엄마냥과 형제들은 떠났어. 그 이후에는… 엄마냥과 형제들이 어떻게 되었는지 몰라."

그링그링은 천장을 보고 목을 뺀다.

"와아아아아아아아웅."

길게 울더니 모니터가 있는 담갈색 책상 위로 간다. 은색 동그란 물체를 건드린다. 낮은음의 종이 울리고, 곧 문이 열리며 주앙이 들어온다.

그링그링은 폴짝 뛰어 몸에 매달린다. 앞발을 뻗어 어깨를 타고 올라간다. 주앙은 특수 제작된 옷을 입고 있었다. 발톱이 꽉 들어가도 다치지 않는, 매달리기 좋은 질긴 천 옷.

"그링그링은, 저와 운명처럼 이어졌답니다."

주앙은 고개를 옆으로 돌린다. 그링그링은 어깨 뒤 머리카락 뭉텅이에 발톱을 넣어 기댄다. 둘은 뽀뽀한다.

"포카. 난 네게… 알려주고 싶어. 우리가 똑똑한 이유가 중요한 게 아니야. 우리 똑똑한 초록털 고양이는, 나아갈 길을 개척할 수 있어. 계획한 게 있으면 무엇이든지 말해. 널 도와줄게. 모시는 사람이 마음에 들지 않으면 여기서 지내도 돼."

주앙은 그윽하게 혓바닥을 내밀어 스스로의 윗입술을 적신다. 자기가 커다란 고양이인 줄 아는 양… 기분이 야릇하다. 다른 세상 같았다. 가슴이 자꾸 뛴다.

"아니야. 날 모시는 사람도 정말 착한걸? 아! 지금 가봐야겠다. 약속이 있거든."

"주앙, 잠시 포카를 배웅할게."

그링그링은 원통형 길을 통해 밖으로 안내한다. 몇 걸음마다 있는 구멍으로, 한눈에 방 안 진경이 보인다. 그것은 2층에서 1층으로 연결되어 있었고, 1층에서는 밖으로 연결되어 있었다.

집 옆에 자판기 모양의 기계가 있었다. 그링그링이 버튼을 누르자 장치가 작동된다. 밑에 놓인 밥통으로 공짜 밥이 떨어진다.

"이건 동족에 대한 봉사 차원으로 하는 거야. 참 뿌듯하지."

"그렇구나."

"포카, 왜 그렇게 급해? 좀 더 있어도 돼. 며칠 머물러도 상관 없어. 주앙은 정말 맛있는 걸 만들 줄 안다니까."

"저녁에 사람 가족과 놀기로 했거든. 날 기다릴 것 같아."

"그래, 포카. 즐거웠어. 참, 혹시 도움이 필요하면 이메일을 보내. 인터넷에서 카페 이름을 검색하면 메일 주소가 나올 거야. 알았지? 또 보자!"

난 헤어짐의 부빔도 잊은 채 서둘러 큰길로 나왔다. 쌩쌩 달리는 차들이 지나간 후, 망설임 없이 건넜다. 검고 기다란 것에 쫓기는 것도 아니지만, 빠르고 무심히 집으로 달렸다.

최초로 말이 통하는 사람, 그리고 같은 동족이자 형제를 만났다. 그런데 이야기할수록 기분이 이상해졌다. 뭐랄까… 내가 경험했던 세상이 할퀴어지는 느낌이다.

주앙과 그링그링. 둘은 서로 좋아하는 사이다. 영희와 영수가 날 좋아한다는 것과 다르다. 동등한 입장에서 서로를 지켜주는, 그런 관계다. 제라진 카페의 기이한 내부가 생각난다. 미로처럼 얽힌 원통형 고양이길, 보드라운 검은 방석들, 참새 날개 고기, 사료 자판기…….

집 창문을 열었다. 은아가 말한다. "포카가 문을 열었어." 창문을 다시 닫고 영희 방으로 갔다. 침대 왼편 구석에 원이의 체취가 가장 깊이 묻은 곳에 누웠다.

난 어떻게 살아야 하는 걸까? 엄마냥과 형제들은 동쪽에 가서 어떻게 됐을까? 배고파 하지 않고 잘살고 있을까? 멋진 고양이 세상을 만드는 중일까?

동트기 전, 모두 자는 시간이다. 사람과 고양이가 둘씩 묶여 있다. 어두운 새벽의 거실. 홀로 가슴이 뜨겁다. 뭘 해야 할지 몰라 그저, 막… 뛰어다녔다.

석 달의 공백

우리 동족의 시간은 사람의 시간과는 다르다. 자주 먹고, 자주 잔다. 사람의 두 배는 될 것이다. 난 석 달을 잃어버렸다.

그링그링을 만난 날부터, 초록털 엄마냥과 형제들을 이해하기 위해 지식을 찾았다.

기초부터 시작했다. 이를테면 '뇌', '기억', '사고', '교육'을 찾아보았다. 쓸모 있는 게 없었다. 모두 다 사람 위주의 지식이었다. 사람과 고양이의 구조를 비교해봐도 답이 나오지 않았다. 나의 머리는 사람 주먹 반보다 작기 때문이다. 고양이와 사람의 사고 차이를 분석하는 특이한 사람이 있길 희망했지만, 없었다.

써니의 쌀쌀맞은 발톱 휘두름을 참으며 주변을 지켰다. 까치 사냥도 서너 번 성공해 가져다주었다. 써니는 먹을 때만 내가 곁에 있길 허락했다. 웃기는 건, 덜룩이에게는 다정하는 거다.

정확한 말이 떠오르지 않는다. 간편히 '똑똑함'이라고 하기로 했다. 똑똑함이 나에게 있던 마지막 날은, 우리 동족 행동의 근원을 고찰하고 있었다. 써니가 덜룩이와 날 차별하는 이유, 모랭이, 못된 점박이, 둘이와 삼이, 냥이의 천국에서 쉬고 있는 원이… 한 고양이, 한 고양이씩 생각하며 그들이 어떤 원리로 특별한 성격을 가지게 되었는지 탐구했다.

집이 빈 날이었다. 엄마는 엄마의 엄마 때문에 병원을 갔고, 아빠는 능력을 쌓으러 갔다. 영희는 밤새 놀고 들어와 자고 있었다. 영수와 은아는 고양이처럼 살금살금 2층으로 올라갔다. 둘이는 날 붙잡고 핥았나. 삼이는 나의 꼬리를 치며 술래 없는 숨바꼭질을 하고 있었다.

난생처음 보는 것이었는데, 삼이의 털이 난데없이 곤두섰다. 꼬리부터 귓속까지 모두 다 섰다. 그리고, 두 뒷다리로 거실을 가로질러 걷는데, 허리가 꼬부라진 것이, 밤망구 같았다. 그러더니 날 향해 뛰었다. 나에게 앞발질을 날렸다.

이유는 없었다. 내 머리가 청소기 전선 코드인 양, 온 힘을 다해서 때렸다. 그래, '마지막 똑똑함'은 그거였다. 난 삼이에게 맞으며, '사람은 이해하기 쉬워. 오히려 같은 동족이 이해하기 힘든 것 같아.'라고 생각했다.

그리고 깊은 잠을 자던 중, 무언가 내게 빠져나간 느낌과 함께 눈이 떠졌다. 머릿속이 깨끗해졌다! 좋은 의미의 깨끗해짐이 아니었다. 아무리 '똑똑'하려고 해도 '똑똑'할 수가 없었다.

난 머리를 마구 흔들어 주변을 살폈다.

은아는 작은 학용품 가위를 들고 있었다. 무어라 말했는데, 알아들을 수 없는 느리고도 높은음으로 재생됐다.

"###, ## ## ## ### #####~"

영수가 달려온다. 발바닥이 바닥에 닿는 소리와 진동이 정말 크게 느껴졌다. 걸을 때마다 쿵쩍쿵쩍, 지진이 난 것 같았다. 영수가 말했다.

"###! ### ###. ##########"

그 시간부로 사람의 말을 해석할 수 없었다. 말소리가 울음처럼 들렸다. 대신 동족의 언어를 대입해 상황을 인식할 뿐이었다. 날 쫓아오면 도망가기 놀이가 되고, 쓰다듬으면 사랑의 표시였다. 더 깊은 의미는 알 수 없었다.

키보드도, 핸드폰도, 거울도, 텔레비전도 그저 딱딱한 물체가 되었다. 냉장고를 볼 때면 올라갈 수 있는지 없는지만 생각났다. 누가 건드리면 깨물 뿐이다. 닭가슴살은 맛있는 음식이고, 추워지면 웅크리고 잠잤다.

수염이 잘렸던 것이었다.

둘이, 삼이와 뛰어놀았다. 아빠의 쥐 낚싯대에 춤을 추며 사방팔방 도약했다. 습관처럼 창문 밖으로 나갔지만, 지형물이 계산되지 않았다. 애매해 보이고 막연히 두려워 마당만 맴돌았다. 이유를 알 수 없지만 턱받이에게 맞기도 했다. 덜룩이와 싸우기도 했다. 그건 졌다. 화가 나 밖을 안 나갔다.

신기하게도 답답하지는 않았다. '매일 새로운 재밌는 세상이다!' 어떤 의미에서는 굉장히 편했던 날들이었다. 나에게 주어지는 환경에 대응하여 자연스럽고 빠르게 행동했다. 눈과 코, 털로 받는 예민한 정보 속에서, 위에서 아래로 흐르는 물처럼 흐르며 살았다. 나의 존재 이유에 대해 고민했던 내 자신이 바보 같은 이미지로 회상되었다.

순식간에 석 달이 지났다.

어느 날, 영희의 품속에서 '깨어났다'.

잇니 뿌리에서 찌릿찌릿한 자극이 와 잠이 깼다. 술냄새가 지독히도 났다.

"가쥐 마~ 우리 퓨카~ 가쥐 마~ 누나 뿜속에서 따뜻하게 있져어……"

석 달 만에 처음 해석된 영희의 목소리다! 반가운 것도 잠시, 두꺼운 이불이 날 뒤덮는다. 새어 나오는 빛을 찾아 필사적으로 머리를 내밀었다.

"우앙. 퓨카가 내 머리 긁었어."

서늘한 공기가 코로 들어온다. 어지러워 귀가 뒤통수에 닿을 만큼 젖혀졌다. 바닥에서 미지근한 열기가 나온다. 보일러 불을 땐 것이다. 소파에 놓인 엄마 핸드폰을 켰다. 12월이다. 뜨듯한 곳을 찾아 발바닥을 접어야 하는 날. 사람이 등분한 계절 중 하나, 겨울이다.

김치냉장고 위로 올라갔다. 유리에는 두꺼운 김이 서려 있었다. 앞다리를 수건처럼 써 힘껏 닦았다. 흐릿했던 세상이 뚜렷해진다. 풍성했던 나뭇잎은 다 없어지고 뼈만 남은 가지만 있다. 야자나무와 소나무만 잎사귀가 붙어 있다. 무서운 멍들이 사방에 달려 있다.

거울 앞에 갔다. 몸에 변화된 부분은 없다. 등허리의 초록털도 그대로다. 찌릿했던 인중살에는 원래대로 수염이 돋아나 있었다.

은아다! 기억난다. "영수야, 내가 포카 수염 이쁘게 다듬어줬어." 내 볼 털과 길이를 맞춘다며 싹둑 잘랐던 그 악몽을.

어쩜 그렇게 무지할 수가 있을까? 고양이에겐 '제2의 눈'인 수염을 잘라버리다니. 덕분에 내 수염에 똑똑함의 어떤 원리가 숨겨져 있는 걸 깨달았다. 이제 나의 사람 가족을 빼곤 가까이 가지 않을 것이다.

뭐부터 해야 하지?

써니!

수염에 대해서는 차차 생각해보기로 하였다. 일단 급한 일이 있다. 한동안 열지 않았던 창 플라스틱이 부닥치며 뽀드득 마찰음이 난다. 먼지 쌓인 창틀을 밟아, 아라동의 시린 밤 속으로 나섰다.

서쪽으로 향했다.

돌담이 이렇게 차가울 줄은 몰랐다. 냉동실에서 갓 꺼낸 밀폐 용기 같았다. 내디딜 때마다 발바닥이 쪼그라들었다. 꾹 참고 털어대며 나아갔다.

엄마냥이 됐을 하얀 냥이를 찾아야 했다.

"냐~~~옹~~"[써니야~~~ 보고 싶다~~]

밤망구의 회색 집을 지나고 물 없는 계곡 다리를 지나고 올레길을 지났다. 콧김을 아껴 열을 모아 신경을 집중했다. 간간이 희미한 써니 냄새가 배여 있었지만, 오래된 것이었다. 써니 영역 제일 끝자락의 하얀 멍구가 있는 집까지 왔다. 멍구가 멍밍대기민 한다.

"멍멍!"

왔던 길을 되돌아가며 가보지 않았던 곳에 들렀다. 산에 있는 배수로, 계곡 밑 시멘트 동굴, 자재 보관하는 곳의 컨테이너 밑… 새끼냥들이 안전할 법한 장소들을 가보았다. 찾을 수 없었다.

다리가 힘이 없어 비틀거렸다. 집을 나서고 다섯 시간이 넘게 찾아다녔다. 사료 한 줌은 먹고 왔어야 했다. 하는 수 없이, 급한 대로 빌리는 방법을 쓰기로 했다. 불 꺼진 집에 들어가 냉장고를 열었다.

냉동실에 언 갈치가 있다. 투명 랩으로 포장된 걸 한 개 빌렸다. 밖의 외벽에 딸린 철제 배기구 위에서 김이 나온다. 그 위에 얹혀 녹였다. 조용한 곳에 자리를 잡아 포장을 풀어 뜯었다.

날생선의 비린 진물이 스며 나와 턱과 입에 묻는다. 상관치 않고 깨물었다. 허기가 많이 진 탓인가, 똑똑이 돌아온 지 얼마 안 돼서인가, 나도 모르게 자연의 본능이 깨어났다. 아무 방해 없지만 허공에 대고 혼자 위협했다. "그르르르……."

그때였다.

"우·우·우웅." [그만 먹고 내놔라. 멍구야.]

어떻게 냄새를 맡고 동족이 알아챈 모양이다. 머리 위쪽에서부터 낮은음의 경고가 들린다. 추운 겨울은 먹을 것이 없긴 없는 모양이다. 남이 먼저 차지한 걸 뺏으려 하다니… 안 돼! 나도 배고프다고. 갈치를 지켰다.

"그으으으으웅……." [내 것 건들지 마!]

눌러 찍은 앞 발톱에 비늘이 걸려 엉켰다. 이빨 사이로 비린 살점이 튄다. 녀석이 대응한다.

"우웅~ 쫩쫩쫩… 우웅~ 쫩쫩쫩."

위협하는 우웅 한 번에 입맛 다시는 쫩이 세 번이다. 금방이라도 달려들 듯이 진득했다. 구슬프기도 했다.

벽돌담 위에 앉은 하얀 고양이는… 써니다!

풍성한 긴 흰털이 윤기 없이 눌려 있다. 앙칼진 입매가 화난 듯 벌어졌다. 기품 있던 꼬리가 부스스해 사납게 펄럭였다. 달빛을 머금고 뱉은 색 다른 두 눈이 반짝, 이것만 여전했다.

두 입 정도 먹은 갈치를 두고 저만치 물러났다. 새끼냥을 키우는 까칠한 엄마냥이 담을 내려와 갈치 가까이로 다가간다. 볼록한 뱃살의 흩어진 털 사이로… 분홍 젖이 있다.

"우웅… 하악~!"[꺼져. 이 멍구놈아~!]

"알았어. 알았어. 네 거야."

앞발이 슬쩍슬쩍 다가오더니, 순식간에 목표를 낚아챈다. 써니의 앞발 동작이 이렇게 빠른 것은 처음 본다. 입에 물더니 사정없이 뛴다. 가로등을 지나며 담을 하나 넘는다. 주차된 차 밑으로 들어가 주변을 살핀다. 여유도 없이 갈치를 허겁지겁 심킨다. 뒈뒈 탭 조각을 뱉으며 살을 골라낸다. 한 토막이 금방이었다.

써니는 세수를 해 갈치 냄새를 지운다. 엎드려 앉아 깊게 호흡한다. 포만감을 느끼자 발걸음에 여유가 생겼다.

금 간 유리창에 노란 테이프가 겹겹이 붙어 있는 집이다. 점박이의 집처럼 흙과 돌로 만들어진 낡은 집이다. 까치를 쫓다가 와본 적 있다. 늙은 남자 혼자 사는 곳인데, 이십 년도 더 된 녹슨 코란도 차량이 세워져 있다.

써니는 훌쩍 뛰어 코란도의 보닛으로 올라가더니, 마당을 통해 집의 오른편 가장자리로 들어간나. 뒤따라갔지만 사라져버렸다. 냥이가 통과할 수 있을 만큼 열려 있는 밀이식 창고 문이 보인다.

추운 산바람을 피해 여기까지 내려온 것이다. 창고 앞에선 엄마냥의 보금자리 냄새가 난다. 소화 덜 된 엄마냥 젖과 부들부들한 새끼냥이 섞인 냄새. 들어가고 싶어 견딜 수 없었다.

급히 앞발과 입가를 닦아 몸을 정돈했다. 네 다리를 흔들어 먼지를 털었다. 두 평 남짓한 창고 안은 잡스러운 도구가 미로처럼 얽혀 있었다.

말린 고무호스와 제설용 삽 사이 가장 안쪽에 써니가 있었다. 엄마냥이 폴싹 쓰러지자마자 "끼앙, 끼앙" 새끼냥들이 외친다. 젖 앞에서 북적거리며 자리를 잡는다.

네 마리의 새끼냥이 붙어 있다. 그 자그만 녀석들은 써니의 배를 꾹꾹 누르며 젖을 짜낸다. 뒷다리를 쭉 펴고 있는 힘껏 가느다란 팔로 힘을 준다.

써니는 간지러운지 몸을 뒤집는다. 아직 배를 다 못 채운 한 녀석이 자지러진다. 쭙쭙 빨던 자기 젖을 찾아 이리저리 헤맨다. 저 녀석의 세상은 언제 올까 고대하는 엄마냥과 비비적대는 형제들, 습기 찬 창고일 뿐이겠다.

나도 저렇게 엄마냥 품에 파묻혀 보았겠지… 시린 코를 닦는 걸 잊을 정도로 아름다운 광경이었다.

한 새끼냥이 걸어온다. 꼬리를 바짝 세운 채 비틀비틀 균형을 잡는다. 달빛이 비친 곳까지 오자 하얀 털을 바탕으로 눈 밑 옅은 회색 무늬 얼굴이 드러난다. 써니를 닮아 털이 길었다.

녀석은 흐릿한 눈망울로 나를 본다. 덜룩이 닮은 작은 콧구멍을 들이민다. 나도 들이밀었다. 젖 묻은 푸근한 냄새가 난다.

녀석은 털을 세워버린다.

"오옹. 스악." [넌 뭐냔. 머구놈이냔.]

조그만 쉰 목소리로 위협을 한다. 욕하는 모습도 귀여웠다. 녀석은 뒤뚱뒤뚱 엄마냥에게 돌아가 형제들 사이에 낀다.

썬니가 부스럭거린다. 들킨 걸까? 엄마냥은 신경이 날카로워 오래 있을 수 없었다.

냉장고 주인에게는 미안한 일이지만, 갈치 더미 중에 세 개 빌려도 사는 데 지장 없을 것이다. 난방된 바닥과 카펫 사이에 충분히 녹이고 가져갔다.

썬니와 새끼냥이 고요히 자고 있다. 가까이에서 보고 싶었지만, 참았다. 낯선 냥이가 나타나면 애써 찾은 자리를 옮길 수도 있기에, 그저 슬며시 갈치 세 봉다리를 두고 뒤돌았다.

회색 슬레이트 지붕을 지나다 조금 신경이 쓰여 살펴보았다. 마당은 흩어진 잡동사니로 여전히 어지럽다. 노란 플라스틱 박스 안에 멍들이 많다. 불투명 창문을 통해 사람의 형상이 보인다. 흔들의자에 앉아 있다. 밤색 두건 쓴 머리가 솟았다가 내려간다.

썬니의 보금자리와 가까워 걱정이 된다. 그러나 별것 아닌 걸 깨달았다. 아무리 그래도 썬니는 고양이이다. 밤망구의 삐걱대는 느릿한 걸음쯤이야 누워서 캣잎가루에 부비기니까. 손도 못 댈 것이다.

엄마, 아빠, 영희… 사람 가족은 아침을 먹고 있었다. 떠지지 않는 졸린 눈이 똑같다.

"엄마! 포카 왔어! 갑자기 또 돌아다녀! 추운데! 이리 와! 누나한테 와!"

"어머, 그러네."

영희는 수저를 놓고 벌떡 일어난다. 까치발로 차가운 바닥을 걸어온다. 나의 겨드랑이에 손을 넣어 훌쩍 든다. 식탁으로 데려가 날 무릎 위에 앉힌다. 쓰다듬 한 번 숟가락질 한 번이다.

매운 냄새와 미끄러운 영희의 무릎이 불편하지만, 익숙한 상황이다. '똑똑함'이 돌아오니 다시 시작된 것이다. 차가운 무릎을 덥혀주었다.

"인마, 고양이 내버려둬라. 밥이나 먹어라."

"아빠, 포카는 특별해."

"고양이가 뭔 특별이냐. 약 먹었냐."

"약 먹었어! 나 약 먹었어! 감기약!"

아빠는 식탁 빈자리를 숟가락으로 가리킨다.

"뭔, 애가 종일 틀어박혀 있냐. 약해 빠져가지고."

"연애 사업이 안 되나 봐요."

연애 사업? 곰곰이 생각해보았다. 석 달 똑똑함의 공백 중의 영수의 행동을 말이다. 기억의 가지가 뻗어 영수가 했던 행동이 줄지어 연상된다.

영수는 공부도 안 하고 게임도 안 하고 은아랑만 놀았다. 그런데 한 달 전부터 은아를 데려오지 않았다. 며칠 전부터 침대에 엎드려만 있었다. 핸드폰만 우두커니 보며 냥이 가족들을 껴안고 있었다.

"영수 엄마가 애를 강하게 키웠어야 했어."

"난 강하게 키웠는데요."

아빠는 물을 마신다. 천장을 본다.

"꿀꺽. 그런가?"

결론을 내려본다. 영수는 예전의 나일 것이다. 써니와 덜룩이 사이의 나. 영희의 무릎을 뒷발로 차 폴짝, 내려왔다. 2층으로 올리기 냐용했다. 문이 들이길 민큼만 열린다.

영수는 침대에 누워 있다. 표정이 꼭 멍청한 하얀 멍구 같다. 목줄에 묶여서 주인 오기만을 기다리는 바보 멍구. 늘 밥통이 비어 있는 멍구. 멍구들은 다 꽁꽁 묶어놔야 한다. 검은 멍구도 50센티미터 목줄로… 아니, 아무튼, 영수는 멍구만큼의 혼만 남겨두고 나머지는 잃어버린 듯 천장만 보고 있다.

침대 밑에 핸드폰이 아무렇게나 놓여 있었다. 패턴은 똑같았다.

메신저의 친구 목록에서 은아를 찾았다. 프로필은 다른 사람과 찍은 사진이다. 영수에서 대체된 남자 사람이다.

이 녀석이 영수를 슬프게 하는 녀석이구나. 스크롤을 넘기는 건 참 어렵다. 발살에 침을 묻혀 먼지와 혼합했다. 뻣뻣해진 앞발로, 한 컷 한 컷 넘겨 대체된 사람을 구경했다.

양심 없는 녀석같이 생겼다. 코에 고양이 수염을 붙여 합성해놓았다. 안 어울린다. 생긴 건 멍구 같은데 말이야. 고양이를 따라 한 듯한 손아귀 쥔 모습이 죽은 쥐의 오그라든 앞발 같다.

"앙. 앙"

영수는 베개에 얼굴을 파묻는다. 훌쩍거린다.

사람의 도덕은 다양하고 이상하다. 왜 은아는 영수를 뗀 걸까? 은아가 잘못한 거다. 고양이처럼 한 거다. 사람답게 하지 않은 것이다.

나의 과거 상황과 비교하자면 써니의 행동은 당연했다. 물론 나처럼 똑똑하다면 말이 달라지겠지만, 안 똑똑하잖아. 그리고 원래 고양이 암컷들은 다 그렇게 한다. 화는 났지만 어쩔 수 없었다. 난 그것도 떼어졌고, 써니의 옆에도 없었고, 행운마저 없었으니까.

그러니까 사람의 입장에서 굳이 저러는 이유를 모르겠다는 거다.

가여운 영수. 능력도 많이 썼잖아. 귓구멍을 찾아 조곤조곤 말했다.

"냐냐냥. 냐냔. 우와앙. 닝닝냥 냥냥냥. 와웅"[슈퍼하지 마. 나도 개가 싫어. 다음에 은아를 보면 콧속을 긁어줄게. 코피 나도록.]

영수는 벌떡 고개를 든다.

"깜짝이야. 포카… 또 그렇게 우네."

"니앙늉닝닝." [사랑 말이야.]

"희한하네."

날 계단으로 민다. 방문이 쾅 닫힌다.

똑똑 없는 평범한 고양이였을 때는 잘도 껴안고 있더니, 공감해주니까 내쫓는군.

몇 달 전, 엄마 핸드폰으로 결제해둔 게 있다. 문자메시지 발송 사이트다. 돈이 좀 남아 있었다. 앞발로 꾹꾹 키보드를 누르며 글을 썼다.

'은이야. 너 수염 긴쩨 안 이올린다! 둘 다 못생겼어! 밍구깉이 생겼어!'

커서를 '재발송' 위에 두고 마우스 왼쪽 버튼을, 또각 또각 또각…, 254개 보냈다!

영수의 아까운 능력과 나의 사라진 석 달 치 시간을 계산한 것이다. 적당한 '고양이의 복수'를 했다.

똑똑의 축복

안방 침대 밑에 숨겨둔 배티 닭가슴살 한 박스! 다행히 그대로 있다. 하나는 부족할 것이다. 두 개를 물었다. 미끄러져 턱에 힘을 주니 침이 흘러나온다.

코란도 집까지 가는 십 분은 길었다. 창고 앞까지 왔을 땐 얼굴에 감각이 없었다. 턱 근육과 저린 혓바닥을 풀어주었다.

"떠니, 떠니."

낮춘 어깨와 부릅뜬 눈, 사나운 엄마냥이 등장한다. 조심스럽게 다가가 나의 냄새를 확인시켜주었다. 입을 헤 벌려 충분히 맡고 또 맡는다.

"기억나, 착한 녀석."

써니는 경계를 풀고 엎드려 앉는다. 날 알아본 것이다! 어제의 갈치 세 토막이 통했다. 다만, 아직 가까운 거리는 허락하지 않았다. 은근슬쩍 다가가자 숨은 앞 발톱을 드러냈다.

닭가슴살 하나를 깠다. 찢어진 부분을 물고 고개를 뒤로 젖혔다. 플라스틱 포장 면에 베이지 않도록 조심스럽게 했다. 감미로운 향이 퍼진다. 배고픈 엄마냥은 나의 뒤통수부터 때린다. 정신없이 먹는 모습에 맞아도 기분이 좋다.

식사를 마친 써니는 더 너그러워진다. 이제야 제대로 된 인사를 할 수 있었다. 기회를 잡아 핥고 또 핥아 털을 정돈해주었다. 새끼냥을 돌보느라 털 결이 엉망이었다. 엉클어진 털들이 점점 고와진다.

창고 안에선 새끼냥들이 엄마냥을 찾느라 낑낑거린다.

"새끼냥을 봐도 돼?"

"안 돼."

단호한 대답에 나는 그저 창고 밖을 지키기로 했다. 지나가던 동족에게 원래 있었던 냥이처럼 무게 잡았다. 코란도가 시동 걸 때는 잠시 창고 문을 닫아 독한 매연을 막았다. 젖 빠는 소리가 들릴 때만 힐끗힐끗 한눈팔았다.

시간이 지나 새끼냥이 담장을 훌쩍 넘을 만큼 자라면 써니도 허락해주겠지? 귀여운 녀석들과 함께 산을 탐험하고, 도롱뇽이 많은 길을 걷고, 앞장서 까치 사냥하는 법을 보여주는 상상을 한다. 멋지게 해낼 것 같다.

닭가슴살 하나를 더 까 창고 안에 밀어 넣었다. 저녁쯤에 먹도록 말이다.

"멍! 멍! 으르르⋯⋯."

"냐아아옹. 우와아아아아아옹." [침 좀 닦아. 오랜만에 봤는데 반갑지도 않니?]

내가 없던 석 달 동안 어떤 변화가 생겼는지 알아야 했다. 새로운 멍구가 나타나거나 성질 나쁜 동족 녀석이 영역을 틀고 앉았는지 확인해보았다.

붉은 담장집 검은 멍구는 그대로였다. 그런데 처음 보는 대여섯 살 남자아이가 있었다. 마당에 널브러진 사람용 장난감을 보니 추리닝이 새롭게 모셔온 모양이다. 검은 멍구는 짖기만 하던 평소 사나운 모습과 달랐다. 아이를 향해 꼬리를 흔들어 댄다. 채워진 목줄로 두 발로 서서 혓바닥을 내민다.

"고양이다!"

아이는 손을 뻗는다. 난 호응하지 않았다.

"엄마! 엄마! 고양이다! 고양이다!"

"고양이가 앉아 있네~ 과자 줄래?"

아이는 과자를 휙휙 던진다. "먹어! 먹어!" 그런 이상한 건 안 먹는단다. 너무 짜거든. 네 친구 멍구에게 돌려줄게. 앞발로 받아쳐 한 조각씩 검은 멍구에게 쏴주었다. 바보 멍구는 먼지 범벅 과자를 꼼꼼히 주워 먹었다.

멀리 '자라요 어린이집' 팻말 아래에 희미한 동족의 모습이 보인다. 희고 검은 털이 섞여 있는 녀석은⋯ 덜룩이였다!

"덜룩아!"

녀석은 갑작스러운 부름에 등을 세워 경계한다. 나의 냄새를 확인하고 등을 낮춘다. 옆으로 나란히 서 길이를 재보았다. 키가 훨씬 커졌다. 나보다 좀더 길었다.

"넌, 포카?"

"그래. 기억나니?"

"저번에 때린 건 미안해."

잠시 잊고 있었다. 내 '똑똑함'이 없어졌을 때, 공짜 밥을 먹으러 온 덜룩이에게 싸움을 걸었었다. 정확한 이유는 모르지만, 왠지 덜룩이가 싫다고 생각한 것 같다. 녀석은 나에게 이마를 비빈다. 덜룩이는 이곳이 자신의 영역이라고 한다.

"점박이는?"

"내가 녀석을 이겼어. 얼마나 때려주었는데! 저 멀리 쫓아냈다고. 포카는 여기 와도 돼. 봐줄게."

쪼그맣던 요 녀석이 나를 봐준다고 하니 엉뚱했다. 덜룩이는 햇볕 아래로 간다. 자신감 있게 다리를 벌려 아랫배 털을 핥는다.

"자꾸 녀석이 또 와. 그럴 때마다 쫓아내는 중이야."

덜룩이는 갓 성묘가 된 수컷 고양이, 사람으로 치면 주민등록증을 받은 시기일 것이다. 이 시기에는 자신감이 좀 많을 때다. 나도 마찬가지였다. 그때는 다 자란 능력을 써보고 싶어서 견딜 수 없었다.

마구 뛰어다니며 힘과 속도를 과시했다. 보이는 틈마다 쑤셔

들어가보고, 얼마나 높이 뛸 수 있는지, 얼마나 반응 속도가 빠른지, 사방에서 오는 사람과 동족을 감지할 수 있는지, 제 몸과 감각을 시험했다. 두 살 때까진 그렇게 몸이 뜨거웠던 것 같다.

덜룩이는 전봇대에 붙은 종이 전단지를 벅벅 긁는다. 종이 쪼가리 하나가 떨어진다. 녀석은 그걸 띄우면서 논다.

"조심해. 여긴 좋은 자리라 노리는 녀석들이 많아."

"걱정하지 마. 난 우주에서 제일 쎄거든. 너도 내가 지켜줄게."

"그래… 고마워."

우린 어린이집 앞 화분 사이로 들어갔다. 몸을 최대한 움츠려 체온을 나눴다. 덜룩이는 불안해한다. 조그만 소리라도 나면 훌쩍 담 위로 올라가 무엇인지 확인한다. 그렇게 다섯 번째 확인했을 때, 녀석은 코를 부닥치며 헤어짐을 말한다.

"난 가볼게! 어떤 녀석이지? 점박이인가?"

곧 두 냥이의 추격전이 시작된다. 네 발의 전력 질주, 타닥타닥. 덜룩이가 이기길 빌어주었다.

요샌 계정을 만드는 데 절차가 적어서 좋다. 나의 형제에게 메일을 보냈다.

삼 분 만에 답장이 온다.

'포카. 왜 연락이 없었어? 무슨 일이 생겼나 걱정했잖아. 난 발바닥 따숩게 잘 지내고 있어. (정말 따습해.) 마당에 나갈 때 발이 시리다고 하니, 주앙이 깜짝 선물을 줬거든. 건전지로 작동하는 난방 장화야! 요새 인스타그램을 하는 중이야. 너도 한 번 들어와볼래? 주소는 밑에 남겨놓을게. 시간 될 때 언제든지 카페에 와. 항상 환영이야. 그럼, 냐옹!'

링크된 인스타그램 주소에 들어가보았다. 세상에, 그링그링의 사진이 천 장도 넘게 올라와 있다. 페이지다운 버튼을 수없이 눌러도 무한히 이어진다. 비슷하고 똑같은 사진을 많이도 남겨놓았다. 앞발 핥는 사진, 뛰어노는 사진, 석양을 바라보는 사진, 방바닥에 뒹구는 사진… 팔로워도 십만이 넘었다.

사람들은 고양이에게 말하는 것처럼 댓글을 남긴다. '그링그링. 이쁘다냐옹!', '오늘은 뭐 먹었냥!' 이런 식이다.

그링그링의 답변은 더 가관이다. '민물장어 데친 걸 먹었는데, 참 맛있다냐옹', '내 뜨거운 품속에 들어올래냥?', '네 냥이는 못생겼다냥'.

웃겼다. 이 사람들은 고양이인 척하는 사람에게 댓글을 남긴다고 생각하겠지만, 실제 계정의 주인이 고양이인 건데… 그링그링은 알면서도 장난치듯 게시물과 답글을 올린다. 이 녀석은 딴 세상에서 사는 것 같다.

분위기가 무겁다. 아빠와 영수는 소파 끝과 끝에 앉아 있다.

"이번 기말고사 시험 성적이 이게 뭐냐. 전교 삼 등이나 했던 녀석이, 왜 중간도 못 가는 거냐? 은아 때문에 그러냐? 떠난 여자친구는 빨리 잊어라."

"아이쒸, 저도 다 생각이 있다고요."

"대학 가면 널린 게 이쁜 여자야. 서울에 있는 대학 가봐라. 은아보다 훨씬 예쁜 애들이 얼마나 많은데. 눈이 돌아간다고, 눈이."

"서울에 있는 대학 안 가요. 제주 사범대학 갈 거예요. 선생님 될 거예요."

아빠는 한숨을 푹푹 쉰다.

"녀석아, 왜 제주대냐? 그리고 선생님? 꿈을 크게 가져라."

아빠는 명문 대학이니, 공대니, 의대니 하는 단어들을 말한다. 무엇인지는 모르겠지만, 내 생각에는 다 의미 없다. 자기가 하고 싶은 걸 해야 하지 않는가?

"그리고… 다 준비해놨으니까 서울에 가라. 물 건너 넓은 세상도 경험해야 하는 거야."

물 건너면 영수와 헤어질 텐데… 재빨리 뛰어가 소파 손잡이에 앉았다. 멍구 같은 아빠의 따귀를 한 대 때렸다. "이 고양이가 왜 이래?" 아빠는 내 목덜미를 들어 거실로 내던진다.

잔소리는 한참이나 이어졌다. 아빠는 공부를 열심히 하겠다는 약속을 세 번이나 받고서야 풀어준다. 영수는 고개를 푹 숙이고 계단을 올라간다. 문을 쾅 닫는다. 영수의 수난 시대다.

몇 개의 명밭을 지났다. 장애물 없이 넓은 공간에 왔다. 모랭이는 까마귀가 모이는 곳을 알고 있었다. 앙상한 나무가 벽처럼 둘러 있고, 그 안 누군가 다져놓은 듯한 인공적인 넓은 평야가 있다. 넓이가 우리 집의 세 배 정도 됐다. 그 사이로 백 마리는 넘어 보이는 까마귀들이 있었다.

바람의 역방향에 자리를 잡아 엎드렸다. 고요히 사냥감들을 관찰했다.

까마귀들은 정신없이 바닥만 쫄 뿐이다. 연갈색 죽은 풀밖에 없는데 무엇을 먹는지 모르겠다. 기계처럼 머리를 박다 부딪치면 부리질하며 싸우기도 한다.

제일 큰 놈은 사람 몸통만 했다. 발도 사람 손바닥만 한 것이 날 붙잡아 날아갈 수도 있을 것 같다.

"냅다 달려! 그리고 제일 느린 녀석을 무는 거지."

"같이 뛸까요?"

"같이? 그건 멍구들이나 하는 방식이야. 혼자서도 충분해. 내가 하는 걸 잘 봐."

모랭이는 엉덩이를 흔들거린다. 얼른 코를 앞발로 막았다.

"제가, 제가 해볼게요. 제가 해보기로 했잖아요."

"그러럼. 윗부분은 날 줘야 해."

숨소리 하나하나 고르며 은밀히 다가갔다. 안전한 거리만 남기고, 뒷다리를 살짝 펴 언제라도 도약할 수 있도록 준비했다. 까마귀들은 정신없이 쪼아대는 것 같지만 머리통을 돌리는 규칙이 있었다. 사방을 세 부분으로 나눠 일정한 시간을 두고 시야를 옮겼다. 시야가 벗어나는 때를 정확히 계산했다. 내가 뛸 길을 살펴 장애물이 없는 경로를 정했다. 움직임이 어색한 몇 몇을 골랐다.

준비가 끝난다.

펄쩍펄쩍 전력을 다해 뛰었다!

제일 가까운 까마귀가 다가오는 사냥꾼을 알아챈다. 녀석을 시작으로 연쇄적으로 튀어 오른다. 하늘이 검어지며 사방에서 날개바람이 불어온다. 정해두었던 방향을 잃고 앞만 바라보고 뛰었다.

느릿한 녀석이 보인다! 내가 골랐던 작은 녀석은 아니었지만 충분히 만만한 크기였다. 녀석은 다른 까마귀에 치여 영 점 몇 초가 느렸다. 그 틈으로, 공격이 가능한 높이에 아슬아슬하게 걸쳐진다. 뒷다리 지렛대를 힘껏 모아 수직으로 도약했다.

끝까지 세운 발톱으로 왼쪽 날갯죽지를 긁었다! 고꾸라진 녀석은 다시 날개를 폈지만, 이미 늦었다.

난 목부터 조였다. 보드라운 까만 깃털이 콧날을 간지럽혀 자극했다. 더욱 세게 물어버렸다. 드득. 목뼈가 이탈하는 소리와 함께 물렁물렁한 곳으로 이빨이 들어간다. 녀석은 늘어진다.

아쉽게도 절반만 죽이진 못했다. 놀아줄 수도 있었을 텐데.

그래도, 성공했다!

모랭이는 부드러운 울음으로 사냥의 성공을 축하해준다. "냐
~웅." 난 약속한 부분을 양보했다. 모랭이는 부리 윗부분을 씹
는다. 머리가 점점 꾸겨지더니 꽉 깨물려 뜯겨진다. 천천히 다
시 씹어 별미를 맛보며 삼킨다. 딱 그것만 먹은 모랭이는 식후
의 몸털 손질을 한다. 혓바닥을 돌려 이에 낀 생뼈를 긁는다.

"으득, 으득. 고마워. 맛있다."

이제 한 부위만 뺀 근사한 까마귀가 앞에 있다. 모랭이에게
퀴즈를 내듯 물었다.

"모랭이 님은 아빠냥이 되면 어떻게 해줄 거예요?"

"으음. 글세."

그는 가랑이를 핥는 걸 멈춘다. 골똘히 생각한다.

"모르겠어."

수컷 고양이들은 아빠냥이 된다면 새끼냥이 한창 놀 시절
같이 놀아주기도 한다. 엄마냥과 새끼냥에게 먹을 걸 양보해
준다. 새끼냥이 다 자랐어도, 아빠냥이었음이 기억난다면 영역
을 넘어도 봐준다. 가끔 어떤 수컷 고양이는 새끼냥을 볼 때마
다 자기가 아빠냥이라고 착각하기도 하는데, 그건 좀 별난 녀
석들이다.

난 분명 아빠냥이 아니다. 하지만 꼭 다짐한다. 써니의 새끼
냥들이 무럭무럭 자라도록 지켜줘야지.

"모랭이 님! 전 이걸 몰래 먹으러 갈게요!"

"벌써 가게? 그래, 다음에 또 오렴."

까마귀를 물고 주택가로 달렸다. 어느 유리창에 내가 비친다. 근사한 검은 선물을 문 멋진 냥이 하나가 으르렁댄다.

목청 파장을 늘어뜨려 길게, 폭은 짧게, 창고 속으로 보냈다. 남몰래 좋은 걸 챙겨주는 사람 말투를 따라 했다.

"쓰어어어어어니… 나 왔다아……."

작은 소란이 생긴다. 새끼냥이 나가려는 엄마냥을 붙잡는다. 써니는 조심스럽게 얼굴을 내민다. 침입자를 살핀다.

"내 보금자리에… 웬 먼구 스에끼냐……."

대답 대신 입에 문 걸 놓고 물러섰다. 머리 없는 까마귀는 흙바닥에 놓아진다. 써니는 뻣뻣한 까마귀의 냄새를 맡는다. 몇 번 건드려 싱싱한지 확인한다.

먹는다! 깃털 안을 파헤쳐 살점을 골라낸다. 뼈를 들춰 알맹이들을 찾아낸다. 두근두근. 맛이 좋니? 심장이 터진다. 튄 핏물 탓에 눈이 감긴다. 붉은 아이라인 화장이 됐다.

"맛있었어? 내가 구한 영양식이야."

"괜찮네."

좋은 부위는 써니가 먹고, 나는 구불거리는 내장만 먹었다. 정말 멍 맛이 났다. 멍밭 한편에 잔해물을 숨겼다.

얼굴 털에 방울방울 맺힌 핏방울을 핥아주었다. 담백했다.

"포카, 난 네가 좋아."

이유를 안다. 그 말은 안 해도 돼, 써니야.

"네가 있으면 먹을 것이 생겨."

결국 말하네. 그래도 좋다.

용감한 한 녀석이 창고 밖으로 나온다. 어물쩡 세상 빛을 보다가 피냄새를 맡곤 두리번댄다. 곧 걸려 목덜미를 잡혀 되돌려진다. 쪼그라든 녀석의 말려진 꼬리가 사랑스럽다.

그러나 이건 근심거리가 하나 더 생긴 것이다. 이제 새끼냥들은 호시탐탐 세상 밖 탐험을 노린다. 엄마냥은 온 신경을 창고 문틈으로 집중한다.

수염이 잘려 '똑똑함'이 사라졌을 때 편했던 것은 맞다.

하지만 지금이 더 좋다. 이렇게 뿌듯한 감정을 느낄 수 있으니까. 사랑하는 암컷 냥이의 배가 부른 모습을 보고 이렇게 기분 좋은 수컷 냥이는 세상에 없겠지! '네가 먹는 모습만 봐도 난 배불러.' 난 이 상투적인 말이 슬픈 말이 아니라 기쁜 말이라고 생각한다. 써니가 배부르면 정말 기쁘기 때문이다.

나에게로 온 '똑똑의 축복'을 생각한다.

어떤 복잡한 원리가 숨겨져 있는지 알 수 없다.

능력을 준 무언가에게 감사한다.

14

지켜봐주기

그저 소파에 앉아 있었다. 아빠가 오더니 옆에 앉는다. 누군가와 통화 중이다. 씩씩대며 한참을 이야기한다.

"그러게요. 목격자만 있었으면. 젠장."

유일한 목격자가 여기 있는데, 나에겐 아무도 안 물어본다.

아빠는 나를 무섭게 노려보더니, 으드득 이를 간다. 갑자기 날 잡는다! 구레나룻 머리카락을 빨래하듯 비빈다. 너무 기름져 코를 깨물어줬다. "아야! 이놈의 고양이가." 쥐 낚싯대를 찾아 들고 춤을 춘다. 저 새로운 미끼에는 방울이 달려 있다. 짤랑짤랑, 아빠는 늘 이런 식으로 화풀이한다. 난리를 치는 둘이, 삼이와 시끄러운 방울을 피해 밖으로 나갔다.

얇고 작은 하얀 눈이 내리는 날이다. 매서운 바람이 쏟아진다. 살벌한 백색 가루가 땅바닥에 닿아 녹아서 없어진다. 처음으로 맞는 눈이다.

눈이 올 때는 시야가 줄어든다. 이리저리 회오리치는 눈발에 정신이 혼란스러워진다. 눈은 매워 어지럽고, 코는 얼얼하고, 바닥은 젖어 각종 냄새가 약해진다. 등에 눈이 앉아 누가 건드는 것도 같다. 자꾸 고개를 돌려 확인했다.

집으로 돌아갈까 했지만 힘을 내서 몸을 움직였다. 북쪽 큰길을 건넜을 때의 교훈을 따르는 중이다. 부딪치지 않으면, 경험이 없어 정작 중요한 상황에서 실수하기 마련이니까.

몸이 축축해지며 점점 적응된다. 눈동자에 흐르는 얼음물도 참아진다.

'사라요 어린이십' 앞 노란 스타렉스 밑에 누언가 웅크려 있다. 덜룩이다!

요새 덜룩이는 이곳 앞에만 있다. 새끼를 대리로 키우는 청바지 입은 여자 사람이 먹을 것을 준다. 그 착한 사람은 능력을 발휘해 고양이용 간식까지 구했다. 항상 똑같은 소리를 낸다. "쮸쮸."

청바지가 덜룩이를 모셔주는 걸 기대했지만, 쉽게 되진 않았다. 덜룩이는 쓰다듬게 해주었지만, 안아 들기 단계에서 매번 빠져 나와버렸다. 청바지가 모닝 차 안에 간식을 두고 문을 열어놓았었다. 덜룩이는 모시기 수법을 알아채고 냐옹만 했다.

녀석은 다가온 나에게 인사도 안 하고 중얼거렸다.

"으으… 으으… 우웅냐……" [명구 같은 점박이 녀석. 보이기만 해봐라.]

달달 떨고 있었다. 눈바람이 갈이가 덜 된 연한 솜털에 새어 들어간다. 몸의 떨림이 울음에 서린 집념을 증폭시킨다. 턱에 있는 붉은 빗금이 아직 환한 걸 보니, 오래된 상처는 아니었다.

"덜룩아. 어디 따뜻한 곳에서 있는 게 좋을 것 같아. 오늘은 바람이 너무 세다."

"점박이가 오면 어떡하려고? 쫓을 수 있을 때 쫓아내야 해."

물론 나도 덜룩이가 이겼으면 한다. 그러나 아직은 이르다. 육 개월 정도 후면 몰라도… 덜룩이의 얇은 몸통에 붙어 체온을 나눠주었다. 살얼음이 낀 턱을 닦아주었다. 다행히 스타렉스가 달달 숨 쉬며 엔진의 온기를 나눠준다. 매연 섞인 독한 온기였지만 하는 수 없었다.

아이들이 소란스러워지더니 스타렉스 옆문이 열린다. 아이들이 한 명 탈 때마다 가라앉는 반동이 온다. 우린 바퀴가 움직이기 전에 빠져나왔다.

좋은 장소를 찾아 배회했다. 새로 생긴 지하 주차장이 괜찮은 것 같았다. "이 어두컴컴한 곳에서 침입자를 감시할 수 있겠어?" 힘들여 바람 막을 장소를 찾아도 덜룩이는 시야가 막혔다며 싫어했다.

"으르르……"[저 녀석이 또. 죽고 싶냐…]

결국 점박이를 만나버렸다. 정돈해주는 친구 냥이도 없는지 볼 털이 구정물에 물들어 지저분했다. 대칭이라곤 없는 털 무늬, 오른편에 치우친 큰 점만 보인다. 냥이들만의 외모 평가 기준으로 최하위점이다.

도발하듯 '냐옹' 한다. 뒤돌아 삐뚤어진 꼬랑지를 살살 흔든다. 분위기에 걸맞지 않게 쫑쫑 여유 부리며 걷는다.

덜룩이는 큰 숨 여러 번으로 몸을 덥힌다. 집념을 끌어올린다. 뛴다!

이 대 일의 추격이 시작된다. 보일 듯 말 듯 점박이의 꼬랑지를 쫓아 동네를 돈다. 담벼락을 뛰어넘다 막다른 울타리에 몰았다. 녀석은 작은 구멍으로 잘도 빠져나간다. 어째, 도망가는 녀석이 막힘이 없다. 영 자유로워 보인다.

불길한 좁은 길 위로 브레이크 없는 '파란 포터'가 지나간다. 덜컹거리는 적재함 진동에 세 냥이는 배에 힘을 준다. 다시 뛴다.

숨이 찬다. 한계가 온다.

덜룩이와 점박이를 놓쳐버렸다. 이미 내 혓바닥은 멍구처럼 나왔다. 하늘이 노래져 어지러워졌다.

"왜엥…!"

둘은 붉은 담장 위에서 위협적으로 대치 중이다. 각자 오른편으로 머리를 튼다. 가슴을 크게 벌린다. 누가 먼저 시작할 것인지 잰다. 벽 건너로 검은 멍구의 긁음과 짖음이 섞어든다. 정신이 혼미해진다.

내가 낀 것이 잘못이었다.

난 도와줄 생각으로 덜룩이의 뒤편 지점에 슬쩍 착지했다.

귀를 젖힌 덜룩이의 얼굴이 내 쪽으로 향했다. 점박이와 검은 명구, 갑작스레 등 뒤로 등장한 나. 어쩔 줄 모르는 표정이었다.

상대가 한눈판 틈에 점박이는 오른 앞발을 우에서 좌로 휘두른다. 동시에 송곳니를 드러내 입을 벌린다. "왱!" 덜룩이는 목 뒤로 다가오는 공격을 반사적으로 피한다. 균형을 잃어 몸체가 기울어진다. 안쪽으로!

가까스로 담장을 짚는다. 꼬리가 말리고 털이 곤두섰다. 뒷다리로 사정없이 긁어 버텼다. 페인트칠이 벗겨져 가루가 튄다.

점박이는 생명 줄인 덜룩이의 앞발을 물어버린다.

덜룩이가 파닥거리며 떨어졌다. 간절한 앞 발톱은 미끄러운 담장을 긋기만 한다. 낭에 굶주린 검은 명구는 목줄도 없었다.

마당 구석으로 몰린 덜룩이가 앞 발톱을 세우고 휘둘러본다. 압축된 공기를 뱉어 위협한다. "칵~!"

검은 명구는 신경 쓰지 않는다.

추위에 마비된 신경이 바닥부터 되살아나 모든 게 느려진다. 덜룩이는 공중으로 몇 번이나 내쳐진다. 비명을 지르며 앞 발톱을 휘둘러도 무시하고 문다. 도망가려 했지만 놔주질 않는다. 벽에 던져지고 흘러내린다. 눈에 초점이 사라져간다. 잔인한 검은 명구는 끝까지 한 번 더 문다.

순간, 등 털이 곤두선다. 뭔가 옆구리를 눌러 균형을 잃었다.

현관 지붕 배수 파이프가 날 살렸다. 얼떨결에 둥근 걸 짚어 떨어짐을 면한 것이다.

점박이의 앞발이었다. 녀석의 눈알을 향해 앞 발톱을 세웠다. 닥치는 대로 휘둘렀다.

"이 멍구놈아~!"

녀석은 어깨를 돌려 공격을 슬쩍슬쩍 흘려보낸다. 공간이 생기자 도리어 반격한다. 누렇게 때 묻은 앞 발톱… 난, 물러났다.

"넌 봐줄게."

점박이는 가슴 딜을 핥는다. 무심히 죽은 동족을 본다. 붉은 담장을 내려서 가버린다.

검은 멍구의 멍멍 짖음에 추리닝과 아이가 나온다. 둘은 죽은 고양이를 본다.

찢어진 덜룩이. 불쌍한 덜룩이. 추리닝은 말로만 안타깝다고 한다. 정말 안타까우면 그 흉악한 멍구를 죽여버리란 말이야!

"어웅. 어웅……."

"엄마, 저기 고양이 봐. 친구가 죽어서 슬픈가 봐."

"쯧쯧, 불쌍하다. 아이참, 줄 해놨어야 했는데. 잊어버렸네."

추리닝은 이제야 목줄을 고정시킨다. 비닐봉지를 가져와 덜룩이를 담아 밖으로 나간다.

한참이나 울음을 냈다. 엄마냥에게 독립해 얼마나 고생했을까. 힘겨운 환경도 이겨냈잖아. 이제 겨우 어른 고양이가 되었는데. 오래오래 살 수 있었을 텐데. 난 왜 바보같이 뛰어올랐을까.

덜룩이가 검은 멍구의 이빨에 죽는 모습을 볼 수밖에 없었다. 아이 앞에서 두 발로 선 검은 멍구는 칭찬을 바란다. 꼬리 치고 헥헥댄다.

집으로 왔다. 난, 혼자 막… 뛰어다녔다. 다가오는 둘이와 삼이를 때렸다. 날 피해 도망간다.

"영희는 또 늦게 들어오는 거야? 영수는 저녁도 안 먹고?"

"그냥 내버려둬요."

"에잇. 참. 애 키우기 힘드네. 말을 안 들어."

아빠가 나에게 온다.

"고양아, 왜 가만히만 있니. 어디 아프니?"

아빠의 눈을 보고 정확히 내 의사를 전달했다.

"웅냐냐냐냔. 우웅. 우오오옹잉." [우울하니까, 건들지 마라.]

내 말을 무시한다. 부드럽게 쓰다듬었지만, 싫었다. 아빠 녀석이 덜룩이를 모셔만 주었다면……. 난 영희 방으로 갔다. 분홍색 체크 무늬 이불을 꾹꾹 눌렀다. 솜들이 앞발에 눌리며 보금자리가 만들어진다.

생생한 꿈을 꾸었다. 검은 멍구가 날 쫓아오는 꿈이었다. 내 몸통만 한 너비의 아가리가 고무줄처럼 튕기며 여닫힌다. 뜨거운 입김이 항문까지 온다. 나도 모르게 다리가 움찔거린다.

깨어났다. 누군가 내 콧날을 긁는다. 핸드크림에 퐁퐁 섞인 향이다. 엄마 손이었다.

"원, 투, 쓰리, 포~ 원, 투, 쓰리, 포~ 고양이가 영희를 기다리네~ 주인이 없네~ 털이 초록이네~"

엄마는 표정도 없이 딱딱하게 엉뚱한 가사로 노래했다. 이상한 음정이었다. 난 피식 웃었다. 엄마의 손가락은 다정했다.

곧 영희가 온다. 시원한 알코올 향을 풍기며 차가운 몸으로 날 안는다. 귓가에 싸늘한 피부가 닿아 얼굴이 찡그려졌다.

"뽀뽀~ 뭐카~ 뽀뽀해줘. 움, 움"

아유, 숨 막혀. 그렇게 하고 싶으면 박하 맛 양지실이라노 하든가.

"웅, 냥!"[그만 좀 해라!]

살짝 깨물었더니 멈춘다. 차가운 재킷 철 단추를 피해 몸을 둥그렇게 말았다. 영희는 내 배에 손을 올렸다.

한참이나 잤음에도, 다시 잠을 청했다. 깨어나 정신이 들어도 끝없이 털만 정돈했다. 꼭두새벽까지 잠을 자고서야 무거운 몸을 일으켰다.

내가 할 수 있는 일을 해야 한다. 닭가슴살 두 개를 물었다.

창고 안에선 새끼냥들이 뒹굴거린다. 날이 갈수록 녀석들이 활발해진다. 밖으로 뛰쳐나오는 게 아닐까 염려됐다. 창고문을 지키며 써니를 기다렸다.

겨울 새벽 밤공기가 매우 찼지만, 이제 버틸 수 있다. 신비한 내 몸이 며칠 동안의 외출에 적응했다. 털이 더 빽빽해져 핏줄 안을 흐르는 온기를 보호했다. 발바닥 살은 둔감해졌다.

엄마냥이 온다. 팔랑거리는 긴 흰 털 사이 배고픈 눈동자가 보인다. 먹을 것 찾는 게 시원치 않은 모양이다. 내가 주는 음식 말고 어떤 걸 먹는 걸까? 이 주변은 공짜 밥도 없는데. 귀한 선물 포장지 소리에 침을 삼킨다. 금방 하나를 다 먹는다.

덜룩이의 소식을 전해야 한다고 생각했다.

"써니, 아빠냥이 죽었어."

"난 아빠냥이 없어."

"네 아빠냥 말고. 네 새끼냥의 아빠냥."

써니는 마저 남은 닭가슴살 한 개를 본다.

"난 그런 것 몰라. 너… 참, 멋있다."

나머지 하나도 금방 먹는다. 써니는 세수를 한다. 난 혼잣말을 했다.

"이 주변에 나쁜 멍구가 없어서 다행이야. 밤망구가 재수 없기는 하지만, 바보잖아."

써니는 대답 대신 바닥에 등을 비빈다. 배까지 보이며 골골이다. 털을 핥아주어도 가만히 있는다. 눈을 감고 앞발을 흔든다. 더 하라는 표시였다.

"내 새끼!"

별안간 벌떡 일어나 창고로 들어간다. 자연스레 따라가도 막지 않는다. 안은 생각보다 따뜻했다. 유리 한 겹이 큰 힘을 낸다. 여러 가지 잡동사니가 장애물이 되어 온기를 붙잡는다. 더 깊이 들어가지는 않았다. 중간쯤 스티로폼 포장재 앞에서 젖주는 엄마냥을 기다렸다. 동틀 무렵에서야 새끼냥들이 잠잠해 졌다.

간만에 데이트를 했다. 모락모락 김 나오는 파이프에서 한 방울씩 떨어지는 물을 모아 목을 적셨다. 일찍 일어난 까치를 쫓아 나무에 올라갔다. 신문을 배달하는 사람은 우릴 보고 인사한다. "고양아, 안녕?" 신문지를 끌고 와 탁구대 삼았다. 데굴대는 솔방울을 지며 놀았다.

파란 포터가 보였다. 차 손잡이를 당겼다. 뜯지도 않은 시트 비닐 커버 위에 찌그러진 맥주 깡통이 수북하다. 꽂힌 키를 눌러내려 뺐다.

"그게 뭐야?"

"나쁜 물건."

하수구에 갖다 버렸다. 밀짚모자 늙은이는 이걸 찾느라 고 생하겠지?

회색 슬레이트 지붕에 왔다. 문득 재밌는 생각이 난다.

"써니, 밤망구를 골려주러 가자."

"여기는 무서운 사람이 있어. 날 발로 차려고 했어."

"내가 혼내줄게."

밤망구가 눕는 곳에 가까이 갔다. 나의 써니를 발로 차려 해? 할 수 있는 한 최대한 거슬리는 울음을 냈다.

"우오옹. 우오옹……."

반응이 온다. 불투명 유리창을 통해 움직임이 보인다. 몸을 자꾸 뒤집는다. 두 팔을 사방팔방 내질렀다. 손으로 양쪽 귀를 막고 목을 까딱까딱 상하로 움직인다. 목으로 하는 윗몸일으키기 운동이다. 발로 애꿎은 벽을 찬다. 괴로운 신음이 들린다. "으아아앙! 으아아앙!" 그건 달콤한 멜로디가 되어 우리 둘의 귀를 간지럽혔다.

써니도 따라 했다. 엄마냥의 울음은 더 날카로웠다. 들어라! 우린 네 귀청을 파내버릴 성가신 듀엣이다! 천장에 매달린 노란 전구가 켜진다. 일어나 두 귀를 잡고 마구 몸을 흔든다. 마치, 디스코를 추는 것 같다.

"재밌지?"

"기분 좋아!"

결국, 밤망구는 빗자루를 들고 나온다.

우린 한 시간이 넘게 폴짝폴짝 뛰어다녔다. 집을 뱅뱅 돌며 마음껏 놀렸다. 잡힐 듯, 잡히지 않을 듯 약 올리며 속도를 조절했다. 빗자루는 운이 좋아야 꼬랑지만 스친다.

얼마나 잡고 싶은지 꾀를 쓴다. 지름길을 택해 쌓인 물건 사이를 넘는다.

제 꾀에 제가 당한다. 무언가에 걸려 엎어져 무릎을 잡고 눕는다. 눈을 꼭 감아 찡그린다. 주름이 한없이 깊어진다. 꽤나 아픈 모양이다. 젖은 바닥의 걸쭉한 흙이 온몸에 묻는다. 뒹굴 뒹굴, 잘 뒹군다! 썩은 솔방울처럼!

"아이고, 아파. 아이고오! 아파!"

써니도 그 바보 같은 꼴을 즐긴다. 듀엣은 기세를 올려 더 크게 질렀다. 밤망구! 넌 벌 받은 거야. 고약한 성질을 버리라고!

강렬한 "하악~!"을 마지막으로 긴 공연을 끝냈다. 빗자루를 던지지만 오지 않는다. 퇴장하는 발걸음이 미련 없이 가볍다.

이제 이뻬'낭의 일을 하러 칭고 잎에 있다. 새끼낭을 한 번난 보게 해달라고 졸랐다. 핥아주고 등을 부비며 애교를 부렸다. 써니는 대답하지 않는다. 나의 떠는 꼬랑지를 젖혀 지나갈 뿐이다.

허락하는 의미로 이해했다. 슬쩍 따라 들어갔다.

삽자루와 플라스틱 바구니를 넘어 가장 깊은 곳으로 들어갔다. 여긴 빛이 들어오지 않았다. 작고 오밀조밀한 것들의 윤곽만 보였다. 써니는 마대 자루 위에 길게 눕는다. 웅크린 것들을 한데 모아 품는다.

한 녀석이 엄미'낭을 느낀다. 일등 젖을 향해 올라타다 구른다. 나머지 새끼낭들도 깨어난다. 쭙쭙. 배가 부른 새끼낭은 엄마낭의 높은 등허리를 장애물 삼아 장난을 친다. 제 몸의 세 배, 거대한 꼬리를 가지고 논다.

날 먼구라고 부르던 당돌한 새끼냥이 다가와 코를 킁킁댄다. 눈 밑 회색 무늬가 좀더 짙어졌다.

"스악~! 오오앙? 오옹~!" [먼구다~! 엄마냥? 먼구야~!]

여전히 날 경계한다. 그 작은 가슴으로 공기 뱉는 게 제법이다. 녀석은 호기심 반 두려움 반으로 엄마냥과 내 사이에서 어찌 할 바를 모른다.

대뜸 앙증맞게 좌우로 움직인다. 몸을 틀어 꼬리를 내주었다. 적당히 흔들어 놀이 상대를 맞췄다. 툭툭 치며 사냥하듯 도약한다. 새끼냥은 새로운 장난감을 한참 가지고 논다.

지친 녀석이 잠시 쉬며 엎드린다. 방심한 이 순간, 혀를 빼 윗머리부터 등까지 길게 핥았다. 녀석은 혓바닥 기습에 밀리지 않으려 버틴다. 네 다리에 힘을 줘 꼿꼿이 섰다.

결국 혓바닥을 못 이겨 발라당 넘어진다. 앞발과 뒷발을 뻗어 혓바닥 공격을 방어한다. 이런! 얕보다가 당해버린다. 바늘 같은 발톱이 콧대를 찌른다. 쬐그만 냥이도 역시 냥이였다.

작게 연 창고 문으로 비스듬한 볕이 갖가지 방해물을 피해 버둥거리는 새끼냥을 훑고 간다.

배에 '초록털'이 있다.

분명… 초록털이다!

이럴 수가! 어떻게 된 일이지? 냄새도 맡고 맛도 보았다. 무엇이 묻은 게 아니었다. 숱이 좀 적지만, 냥이의 털이 맞다.

녀석은 내 콧대를 끌어안고 뒷발로 턱을 톡톡 찬다.

"저리 가. 이 먼구야~"

뒤집어 도망가려 한다. 등을 누르니 몸통이 납작해진다. 얇은 다리가 허우적거린다. 어떻게 질문해야 할지 모르겠다. 생각나는 것이 없다.

"새끼냥아, 너 똑똑하니?"

"똑똑? 그게 무슨 먼구 같은 말이냥."

"멍구가 뭔지 알아?"

"너같이 나쁜 녀석이 먼구잖아."

내가 뭘 했길래? 하여간 새끼냥에겐 엄마냥 하나 빼곤 모두 나쁜 녀석인가 보다. 꿈틀거리며 빗어나려 한다. 누른 앞발에 힘을 더 줬다.

"가지 말고. 내 말을 들어봐. 그러니까 이것저것 복잡한 생각을 할 줄 아느냐는 말이야."

"생각? 난 내가 생각하고 싶은 대로 생각하지. 놔라~ 이 먼구야."

똑똑한 것 같긴 한데, 좀 헷갈린다. 더 커봐야 알 것 같다.

앞발을 들어 놔주었다. 새끼냥은 벌레처럼 기어가다가, 훌쩍 일어난다. 무거운 머리를 받치며 뒤뚱뒤뚱, 그 반동으로 속도를 낸다. 엄마냥과 형제들의 품속에 숨는다.

나머지 새끼냥들도 초록색 털을 갖고 있을까? 조심스레 다가가 하나만 까볼까 고민했지만… 평온을 깰 순 없었다. 기다리기로 했다. 조금 더 자라면 '초록털과 똑똑함'을 알 수 있을 것이다.

　좁은 돌담길에 섰다. 여길 지나면 자라요 어린이집이다. 덜룩이가 있을 것 같다. 날랬던 녀석이 이렇게 빨리 떠날 줄 몰랐다. 쌓아나갈 우정을 남겨둔 채 말이다. 하지만 어린 수컷 냥이가 세상에 남긴 새끼냥들이 있다. 고양이의 천국에서 영역을 향한 집념과 추위와 배고픔도 잊고, 편안히 자손들을 보아줬으면 한다.

책 임 과 의 무

점박이는 자기가 한 일도 모른다.

"덜룩이고 뭐고, 멍구놈아~! 내 영역에서 안 꺼져?"

쫓고 쫓으며 목청으로 다퉜다. 앞발 다툼도 했다. 녀석은 정
면 대결을 피하며 머리를 써댄다.

슬쩍 경사진 찻길로 유인한다. 급히 멈춘 차 앞범퍼가 땅을
긁는다. 가시 많은 곳으로 안내해 등가죽이 찢길 뻔했다. 뚜껑
열린 정화조에 빠질 뻔도 했다.

놀라웠다. '평범한 고양이'인 녀석이 지형을 이용하는 것이
다. 영역에 대한 집념이 녀석에게 특별한 능력을 준 것이다.

결국, 집으로 와버렸다. 이길 수 없었다. 게다가 반성도 할
줄 모르는 녀석과 싸우는 것이 지치기만 했다.

녀석은 집까지 따라와 마당의 공짜 밥도 먹는다. 아작아작
많이도 먹는 얄미운 녀석. 단골 떠돌이 냥이들은 다 쫓겨난다.

턱받이는 침만 삼킨다. 쫓겨난 갈색냥이를 대신해 흰노랑냥이가 대들지만, 코에 긴 발톱 자국이 생길 뿐이다.

"맨날 술 먹고 집에 오냐? 어린 게 하루 걸러 하루 술이네."

"알바 끝나고 모인 거예요. 오늘은 별로 안 마셨어요."

"알바한다고? 네가 알바했었냐? 무슨 알바?"

"서빙이요! 서빙. 술집 서빙."

요새 아빠는 '후우쟁이'다. 이게 끊이질 않는다. 영수와 영희와 이야기할 때는 특히나 더했다. 후우. 후우.

"후우. 그거 해서 얼마나 벌려고 그러니. 차라리 토익 학원이라도 가라. 아니면 외국 한번 가볼래? 엊그제 회사 입사지원서 봤다. 요새 얼마나 대단한 녀석들이 많은지 아니? 어학 점수는 기본이고 갖가지 경험이다 뭐다……."

"아빠! 나 토익 만점! 토익 만점!"

아빠의 무른 동공이 고양이처럼 깡깡해진다.

"진짜? 토익 만점 받았니? 언제?"

"아니! 뻥이야. 하핫. 꺄하핫."

영희는 배를 잡고 웃는다. "아빠. 내가 언제 토익 만점 찍을게. 하하. 페북에 올려야지." 아빠는 제일 큰 후우를 한다.

써니의 새끼냥에게 이 상황을 대입해보았다. 무언가 어색하다. '새끼냥아! 꼬랑지 잡으며 놀 시간에 물 건너온 품종 냥이 말 좀 배워라!'

한동안 들리지 않았던 영수 방에 갔다. 잠겨 있었다.

"냐옹~"[문 열어~]

항상 그렇듯, 고양이가 들어올 만큼만 문이 열린다. 우울한 음악이 켜져 있다. 현악기 두세 개가 단조로운 멜로디를 연주한다. 방 안은 밤망구 회색 집 마당처럼 이리저리 물건들이 흩어져 있다. 과자 봉지, 휴지, 읽다 만 책… 종이 상자.

종이 상자에는 삼이의 냄새가 났다. 들어가 동그랗게 몸을 말았다.

영수는 불안증에 걸린 사람처럼 이랬다, 저랬다 한다. 책을 하나 뽑아 읽나 넌시고, 핸드폰을 수없이 켰나 껐나. 컴퓨터에 앉아 뉴스 기사나 만화를 보더니 금방 다시 침대에 눕는다.

"으어, 으어."

내 참, 언제까지 그렇게 살 테야? 난 이틀 만에 이겨냈다고. 눈곱이라도 떼어주러 침대 위로 올랐다. 갑자기 달려든 영수 손에 겨드랑이가 잡혔다. 두 발로 선 채로 가슴 위에 앉혀졌다. 몸이 줄인형처럼 휘적휘적 움직인다.

"포카, 왜 이렇게 살기 힘드냐."

짠내 나는 얼굴이 작아지고 커지길 반복한다.

"이 세상 떠나고 싶다."

바보. 입술을 콱 밟았다.

"웅냥냥망 늫늫. 미아아냥 냐우냥."[바보 같은 영수. 나가서 공짜 밥이나 채워라.]

"나도 그냥… 고양이처럼 살고 싶다."

무슨 말이냐? 고양이의 삶도 생각보다 복잡하단다.

영수는 옆으로 눕는다. 슬픈 새우가 된다. 새우 중간에 자리를 잡고 엎드려 앉았다.

두 몸뚱이가 서로 바뀌어보았으면 좋겠다. 하루만이라도 말이다. 이 한심한 놈은 고양이가 되어봤자 밥만 축낼 것이다.

내가 사람이 된다면 할 일이 많다. 써니와 살 근사한 집을 뚝딱뚝딱 만들 것이다. 검은 명구를 몽둥이로 뚜들겨 잡을 것이다. 보신탕을 맛있게 먹어줄 것이다. 포터 바퀴에 못을 박고, 밤망구 집에 잠입해 혼내줄 것이다. 엄마, 아빠의 능력을 빌려 닭가슴살 천 박스를 주문할 것이다.

"에이씨. 앙……"

눈코에서 짠 게 흐른다. 입술을 대 촉촉해진 영수를 치료했다.

코란도 집에 왔다. 마당에 써니의 하얀 털이 번쩍여 눈이 부셨다. 마른 돌덩이 위에 늘어져 볕을 받고 있었다.

새끼냥들은 창고 밖에 나와 있다. 놀기에 한창이다. 어설프지만 서로를 목표로 사냥 흉내를 낸다. 엉덩이 흔들며 반동을 주다. 그 반동에 넘어져 도약하지 못한다. 엄마냥 등 너머로 불쑥 기습한다. 멋진 착지 대신 쥐며느리같이 땅바닥을 구른다.

네 마리 모두 건강해 보인다. 언뜻 다양한 초록색 털이 보인다. 배에 있는 녀석, 등에 있는 녀석, 꼬리에 있는 녀석.

어떻게 나의 새끼냥도 아닌데 초록털을 가지게 된 걸까? 그러니까, 나의 초록털과 똑똑한 머리는 유전자를 통해 이어진다고 생각했다. 나의 엄마냥도 똑똑하다고 했으니까.

새끼냥 하나와 눈이 마주친다. 녀석은 목을 길게 빼 날 본다. "먼구난!" 후다닥, 꽁무니에 불붙은 듯 도망간다. 나머지 셋도 질세라 따라간다.

바닥에 있는 식탁용 나무판자의 흙을 털었다. 이젠 닭가슴살 포장을 까는 게 익숙해 일 분도 안 걸린다.

"포기, 넌 배 인 고파?"

"괜찮아. 난 배불러. 많이 먹었어."

"고마워."

써니는 식사를 마친다. 털썩, 크게 누워 또 다른 식사를 알린다. 그런데 문틈에서 나오지 않는다. 수군댄다.

"먼구가 아직도 있어~" "쟤는 털이 짧아" "못생겨서 무서워" "엄마냥이 먼구랑 친하나 봐~" "먼구가 아닌 게 아냔?"

대단했다. 머리통만 내밀고 형제들끼리 외부의 환경을 토의한다. 꼬리털이 전부 초록색인 녀석이 용기를 낸다. 어깨를 낮춘 추적 자세로 나온다. 그대로 엄마냥 배에 붙어 젖을 빤다. 달콤한 젖 맛에 날 보며 경계하던 눈이 감긴다. 나머지 새끼냥들도 따라 나온다.

한번 젖을 빠니 다가온 나도 모른 채 정신이 없다. 분홍 젖

더미에 작은 입을 집어넣고, 힘을 쏟기 위해 뒷다리와 꼬리를 쭈욱 내린다. 옆의 형제가 다 빨아 먹을까, 경쟁적으로 꾹꾹 누른다.

써니는 지그시 눈 감고 행복한 표정을 짓는다. 저렇게 하루 몇 번이나 젖을 주면 귀찮지 않을까? 엄마냥의 새끼냥 사랑은 대단하다.

초록 꼬리 녀석이 통통해진 배를 늘어트리며 앉는다. 어설픈 앞발 정돈을 한다.

난 바른 시범을 보여주었다. 발바닥을 오그려 발톱을 접어 핥았다. 발등의 묻힌 침으로 세수했다. 초록 꼬리 녀석은 날 따라 해 기본 정돈법을 배운다. 문득 내 쪽으로 다가온다. 호기심이 많은 녀석인지, 걸음에 망설임이 없었다. 입을 헤 벌려 충분히 나의 냄새를 맡는다.

"얘들아. 봐봐. 얘는, 먼구가 아냐. 우리야."

"우리? 우리는 고양이잖아."

"얘도 고양이야. 엄마냥처럼."

네 마리의 새끼냥들은 날 둘러싼다. 별난 물체를 구경하듯 구석구석 관찰한다.

내 꼬리를 문다! 아픔을 삼켰지만 신음이 나온다. "으응~" 세상에, 작은 이빨이 더 아프구나. 난 새끼냥 넷을 일렬로 세워놓고 말했다.

"새끼냥들아, 잘 들어. 난 너희와 같은 고양이야. 너희들이다 자랄 때까지 내가 지켜줄게. 날 믿어."

"우리가 다 클 때까지 지켜준다고?"

"응."

"넌 참 착한 먼구… 아니, 고양이구나."

"고마워. 먼구냥아. 근데, 넌 먼구같이 못생겼어."

못생겼다고? 난 눈치 없는 녀석을 코로 밀었다. 땅바닥에 뒹굴더니, 등을 세우고 꽃게처럼 걸음을 밟으며 튕기듯 다가온다! 녀석과 속도를 맞춰 다가올 때 밀리고, 물러날 때 밀었다. 재밌어 보였는지 나머지 녀석들도 따라 한다. 꽃게는 네 마리가 되어버린다.

겁도 줘본다.

"학!"[이 솜털들!]

한창 놀고 있는데, 꼬리가 초록색인 녀석이 눈을 깜박인다. 머리를 아래로 꾸벅인다. 엄마냥을 향해 걷지만 도착하지 못한다. 나머지 녀석들도 마취총을 맞은 듯 쓰러진다. 새끼냥들

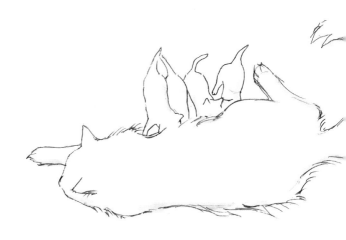

은 원래 위치에 고대로 넘어져 자버린다. 목덜미를 물려 보금 자리로 돌아간다.

새끼냥들을 지키느라 힘들었다. 다행히 소파엔 엄마가 있다. 엄마의 실크 재질 옷 속으로 몸을 넣었다. 날 만지지 않는다. 엄마는 이래서 좋다.

엄마도 영희와 영수가 새끼일 때 고생했을까? 사람도 고양이와 마찬가지일 것 같다. 아니, 어쩌면 더할 수도 있다. 우리 동족 평생 수명보다 더 길게 새끼 기간을 보내니까.

그대로 깊은 잠을 잤다. 현관문 소리에 깼는데, 잠결에 들려간다. 둘이와 삼이도 들려 간다. 이불 속에서 세 고양이가 만난다. 둘이가 말한다.

"냐?" [뭐지?]

뭐긴 뭐야, 고양이 난로가 된 거지.

우리 셋은 이불 속을 따뜻하게 해주었다. 둘이와 삼이는 세상 모르게 꼭 껴안고 잔다. 두 수컷의 우정이 대단하다.

영희의 팔 힘이 적어지더니 코 고는 소리가 들린다. 머리를 밀어 틈을 만들었다.

밤사이 더 추워졌다. 써니는 먹을 걸 구했을까?

난 똑똑한 죄로, 책임과 의무가 더 생겼다. 축복이면서 목줄이다. 눈앞에 아른거리는 보들보들한 새끼냥들. 나같이 초록털을 가진 녀석들. 그들을 안전하고 따뜻하게 키워 번듯한 어른 고양이로 만들 것이다. 아빠냥이 아님에도 아빠냥처럼 할 거다. 엄마냥에게 차가운 마음이 들어서면, 공짜 밥이라도 먹이면서 한 녀석도 굶지 않게 돌보아줘야지.

냉동실에서 언 고등어를 꺼냈다. 큼지막하다! 온수에 꼼꼼히 녹였다.

얼마나 좋아할까? 새끼냥들도 한 입 먹을 수 있을까? 비닐로 잘 싸맨 고등어를 입에 물고, 누가 채갈세라 총총총 뛰어갔다.

16

써니

새끼냥들은 하루가 다르게 자랐다. 젖을 잘 먹어 포동포동했다. 버벅거리지만 뛰어다닐 수 있고, 낮지만 폼 나게 도약했다. 이젠 너그러운 마음으로 물릴 수만은 없었다. 턱과 이빨이 자라 너무 아팠기 때문이다. 귀도 완전히 쫑긋 섰고, 눈의 색깔도 달라졌다. 모두 덜룩이의 갈색 눈을 받았다.

자기들끼리 뒤엎어지고 끌어안으며 끝도 없이 논다. 나와 써니를 장애물 삼아 '잡기 놀이', '놀래키기 놀이'를 한다.

녀석들이 자라며 각자 성격도 다르다는 걸 알았다. 초록털의 위치와 써니가 부르는 숫자로 새끼냥들을 기억했다.

첫째는 등에 초록털이 있는 활발한 녀석이다. 자꾸 내 볼을 때리고 도망가는데, 쫓아도 쫓아도 지치지 않는다. 지금도 내 꼬리를 만지작거리며 놀고 싶어 한다. 둘이와 비슷한 성격이다.

둘째는 배에 초록털이 있는 사색 고양이로 성깔 있는 녀석이다. 아직도 날 경계해 천천히 다가가지 않으면 엄마냥 품으로 도망가버린다. 장난으로 놀래게 하면 발톱을 바닥에 꽉 찍고 위협한다. "카악!"

셋째는 꼬리에 초록털이 있는 녀석으로 호기심이 많았다. 틈만 나면 사라져 엉거주춤 앞발을 들며 대문 앞에 있는다. "엄마냥, 나갈래!" "안 돼!" 써니는 셋째를 똘똘 굴려 물 목덜미를 찾는다. 엄격히 물어 들여놓는다.

넷째는 가슴에 하트 모양 초록털 무늬가 있다. 이 녀석은, 별로 말이 없다.

코란도 집의 주인인 늙은 사람의 발걸음 소리가 들릴 때면, 새끼냥들은 후다닥 창고 안으로 도망간다. 둘째가 제일 먼저 도망가고 나머지 녀석들이 따라 뛴다. 혼비백산 폴짝폴짝 먼저 들어가려고 온 힘을 다한다. 문틈에 서로 끼어 뒷다리 몇 쌍이 겹쳐져 쏘옥 들어간다.

"괴물이냥!"

늙은 사람은 써니와 새끼냥들을 신경 쓰지 않았다. 작고 날랜 녀석들의 꼬랑지를 보아도 그저 제 갈 길을 간다. "어? 고양이냥"라고 말할 뿐이다. 행운이었다.

안 좋은 일이 생긴다. 써니의 젖이 말라갔다. 꾹꾹 눌러 짜내고 끝까지 매달려도 새끼냥들은 배를 다 채우지 못한다. 새끼냥들은 이제 고기를 씹기 시작했다.

갈치를 많이 빌렸다. 눈치채지 못하도록 여러 군데에서 나눠

빌렸다. 닭가슴살이 다 떨어진 탓이다.

프라이드치킨 세 조각과 갈치 토막을 가져왔다.

역시 둘째가 제일 집념이 강하다. 자기 머리 두 배만 한 갈치를 물고 끌고 간다. 놓지를 않는다.

"오오오옹…"[내 거야…] 이런! 둘째는 엄마냥에게도 대든다! 엄마냥이 예의 없는 새끼냥의 머리통을 확 때린다. 한바탕한 뒤에야, 적당히 찢어서 가지고 가게 한다.

조용한 넷째는 자리 잡지 못한다. 먹을 걸 앞에 두고 우두커니 보고만 있다. 꼴깍, 침을 넘긴다. 이럴 줄 알고, 치킨 한 조각을 미리 빼돌렸다.

고기 뜯는 소리는 언제나 즐겁다. 써니와 새끼냥들이 모두 배를 채웠다. 하루 일과가 끝난 것이다.

새해가 시작되며 다시 다짐한다!

여긴 주택가라서 야생 것들이 없다. 겨울이라 창고를 떠날 수도 없다. 밤망구와 자동차들이 돌아다니는 위험한 길가는 못 가게 할 것이다. 내가 뭘 구해오지 못하면, 써니와 새끼냥들이 봄까지 쫄쫄 굶고 땅바닥을 뒤지며 살아야 할 것이다.

봄까지만 버티자. 아니면 새끼냥들이 스스로 체온을 유지할 정도만 돼도 좋다. 그럼 산으로 들어가 살 수 있다. 그때까지만 '빌리는 일'을 하기로 했다. 이해해줄 것이다. 좋은 일이니까.

"포카가 요즘 계속 밖에 돌아다녀. 집에 안 들어와."

"살림 차린 거 아니냐"

"살림? 아빠, 포카는 고자야"

밥을 먹던 사람 가족의 시선이 나에게 집중된다. 좀더 늦게 들어올 것을, 타이밍이 안 좋았다. 슬쩍 삼이 옆에 엎드려 아무것도 모르는 선량한 집고양이처럼 눈을 끔뻑끔뻑 게슴츠레 떴다.

"포카가 고등어도 갖고 나간다. 요만~한 큰 거"

아니! 그걸 어떻게 알았지?

생각이 난다. 이틀 전에 안방 문이 열려 있었다. 미심쩍었지만, 급하게 가느라 확인하지 못했다. 굼뜬 아빠에게 걸릴 줄은 꿈에도 몰랐다! 못 들은 척 앞발 사이에 얼굴을 묻었다.

다행히 사람 가족은 아빠의 말을 안 믿는다.

"진짜야, 인마. 내가 새벽에 봤다. 온수 틀어서 녹이더라고"

"영희 아빠, 집에서 편하게 밥 주는데 뭐하러 고등어를 물고 가"

"아니! 진짜라니까. 고등어 하나 안 없어졌어?"

"저번에 먹었잖아"

"그런가?"

온수에 녹이는 것도 보다니. 아빠에게 이런 은닉 솜씨가? 얕보면 안 되겠다.

오늘은 영수도 식탁에 나왔다. 표정이 한층 밝아졌다. 다리도 안 떨고 밥그릇도 다 비웠다. 식사를 마치자, 2층 방으로 후다닥 뛰어간다. 무슨 좋은 일이 생긴 걸까? 따라 들어갔다. 지저분한 방 안이 정리되어 있었다.

영수는 간만에 외출 준비를 한다. 방에만 있느라 입지도 않던 겨울 잠바를 꺼낸다. 먼지를 터니 수북한 고양이 털이 볕에 날린다. 면바지를 입고 끝단을 잘 접는다. 머리에 뭔가를 바르고, 특정한 곡선을 찾는다. 별 차이 없는 것 같지만, 한참이나 공을 들인다.

"헤헤."

핸드폰을 보았다. 메시지 제일 위쪽에 재수 없는 이름이 적힌 대화방이 있다.

'이백 개나… 네 집착이 그렇게 클 줄 몰랐어', '무슨 말이야?'라고 시작한 메시지는 장황한 과정을 거쳐, '나도 보고 싶어~', '정말? 볼래?'라고 끝난다.

정말! 영수는 멍구보다 못하다. 은아는 바보, 멍구에다가 한번 변심까지 해 사정없이 할퀴어도 모자란 암컷인데!

영수는 거울을 보고 표정 연습까지 한다. "헤헤. 오랜만이네?" 잠시의 행복이 그렇게 가치가 있을 것이냐? 난 반대네.

"옹냐냔… 미아아암 우냥니앙. 냥냥. 하약! 우아아앙. 냥닝!"

[넌 은아 때문에 대학도 떨어지고, 망할 거야. 멍구야! 후유증이 상당할 거라고. 그러니까 은아를 만나지 마!]

나의 애절한 외침은 영수의 귀에 들어가지 않는다. 난 종아리를 붙잡아 나가지 못하게 했다. 바닥에 질질 끌렸다. 목덜미가 들려지고 뒷다리가 받쳐진다. 힘이 쭉 빠진다. 침대 위로 떨어졌다.

끝까지 말렸다. 일부러 바지에 털을 묻혔지만 신경 쓰지 않는다. 발톱질을 해보아도 원체 할큄에 익숙해 아파하지 않는다. 현관을 나가는 영수에게 마지막으로 말했다.

"우아아앙. 냥냐." [정 그렇다면. 재밌게 놀아.]

"헤헤. 포카, 형 나갔다 올게."

시간을 아끼려 외발로 통통 뛰어가며 신발을 신는다. 지나가던 턱받이도 쓰다듬어주지 않는다. 북쪽 큰길 너머에서 굽은 길을 돌아 사라진다. 누가 보아도 파국으로 치달을 엔딩이 눈에 선하다.

그래도, 난 행운을 빌어주었다.

영희는 얼굴에 뭘 칠하는 중이었다. '화장'이라는 것인데, 이걸 할 땐 난 조용히 옆에 앉아 구경한다. 영희 얼굴이 고양이처럼 변하는 게 신기하기 때문이다. 눈 옆의 검은 라인은 갈색냥이의 눈 테두리와 똑같았다. 입술 색은 모랭이가 까치 머리를 씹을 때의 색깔과 흡사했다. 까드득, 까드득, 찌익… 붉은 톤 칠십과 분홍 톤 삼십의 입술 색깔이 말이다.

난데없는 손아귀 기습을 간신히 피했다. "뽀뽀 안 할게. 헤헤." 재빨리 침대 밑으로 숨었다. 다른 말은 몰라도, 저 말은 안 믿는다. 저 입술 플라스틱 냄새는 수 시간 동안 안 지워진다. 써니는 이 냄새를 정말 싫어한다.

곧 영희는 능력을 얻으러 아르바이트를 하러 갔다. 침대 밑에서 나오려는데, 어설픈 잠입 발자국이 느껴졌다. 아빠였다.

아빠는 영희 방 안으로 얼굴을 내민다. 눈을 아래로 깔고 다니며 책상 위나 화장대의 물건들을 검지 하나로 살짝씩 건드렸다. 어째 내가 갈치를 빌리러 다닐 때와 비슷하게 행동하는데… 머리털 밀 만한 건수를 찾는 것인가?

도약해 어깨에 올라타려 했다. 놀래켜 쫓아내주려고 말이다. 그런데 아빠가 장롱 앞으로 가는 게 아닌가? 장롱문 앞에서 망설이듯 두리번거린다. 킁킁거리며 냄새도 맡는다.

이런 기회를 놓칠 수 없었다. 아빠도 쉬운 고양이의 언어는 안다. 꼬리를 올리고 살랑살랑 흔드는 뜻을 말이다. 장롱 문가를 긁었다. 삭, 삭. 종아리에 부비기도 했다.

"웅냥냥~ 이양~"[이것 좀 열어주라~]

"열어달라고? 포카가 거기 들어가고 싶은 모양이구나."

장롱문이 열린다! 재빨리 들어가 자리를 잡았다. 음습한 자리에 만족한 고양이처럼 가장했다. 아빠는 장롱 속을 몇 번 들척인다. 안심한 듯 한숨 쉰다. 그리고 엎드려 골골대는 날 흐뭇이 본다. 마치 냥이를 위해 열어준 것처럼, 한번 쓰다듬는다. 흰 티로 덮인 닭가슴살 박스 위에서, 나도 흐뭇했다.

안방 침대 밑 비밀 장소로 옮겼다. 다시 수북해진 보물들!

두 개까지는 물 수 있지만, 이 가혹한 얼음 바람에 맞서다

목구멍이 얼지도 모른다. 냉장고 아래 버려진 비닐봉지를 끄집어냈다. 무려 네 개를 까 넣었다. 새지 않도록 봉투를 잘 말았다.

잘 된다! 입도 끝까지 다물 수 있다. 진작 이렇게 할 것을.

밖은 생각보다 더욱 추웠다. 자비 없는 날씨다. 내가 외출을 시작한 이래 가장 추운 날씨였다. 볕도 없고 바람도 셌다. 밖을 나서자마자 엄두가 안 나 도로 들어왔다.

지금 이곳의 온도는 영하 삼 도라고 한다. 서울의 온도는 영하 십오 도라던데, 그렇게 추운 곳에서 살넌 어녈까 상상이 안 간다. 턱에 고드름이 생길지도 몰라. 아니면 속눈썹이 깨질지도 몰라. 콧물이 얼어 코가 막힐 것이다.

서울에서 온 집고양이 '복자'가 한 말이 생각난다. 서울의 동족들은 끔찍한 양념도 개의치 않고 치킨을 먹는다고 했다. 물이 없어서 창문에 낀 얼음을 핥는다고도 했다. 힘이 없고 체온이 낮아져 차가 와도 피하지 못한다고 했다. 써니에게 먹을 걸 구해다 주며 녀석의 말이 사실임을 체감했다.

가루눈이 바닥에서 회오리친다. 이젠 녹지도 않고 조금씩 쌓였다. 발가락 사이로 차가운 눈이 스며든다. 좋아할 써니와 새끼냥을 생각하며 털의 밀도를 조였다.

얇게 쌓인 눈 위에 발바닥 자국들이 보인다. 작은 발바닥과 큰 발바닥. 작은 발바닥은 셀 수 없이 많았다. 새끼냥 형제들이 난생처음 보는 눈 위에 뛰어노는 모습이 상상된다. 오들오들 떨면서도 마지막에 때린 자가 승자라는 법칙으로, 서로에게 끝없이 복수하는, 졸려 쓰러질 때까지 뒤집어엎는 그 모습!

창고 안에 들어갔다. 저 깊은 곳에 네 마리가 부둥켜 모여 있다. 비닐봉지 소리에 귀가 바짝 선다. 먹성이 좋은 첫째가 가장 빨리 달려온다. 양을 계산하며 적당히 땅에 두었다.

작은 젖니를 이용해 있는 힘껏 깨무는 녀석들. 아마 배가 고팠을 거야. 말라가는 젖을 빨다 지쳤을 거야.

첫째와 둘째는 욕심이 너무 많다. 원래대로라면 그대로 두어 힘센 녀석이 많이 먹는 것이지만… 난 모두 다 건강하길 바랐다. 두 녀석을 좀 떨어트렸다. 자꾸 바닥에 발톱을 찍어 애먹었다. 그동안 셋째와 넷째가 배를 채운다.

써니 몫은 나무 선반 꼭대기에 올려놓았다.

새끼냥들은 놀다 자다를 반복한다.

배가 고파온다. 가슴이 두근대고 눈앞이 흐려진다. 조금씩 조바심이 난다. 써니를 위한 닭가슴살을 삼 분의 일 먹었다.

써니가 오길 기다리며 반잠을 잤다.

왜 오지 않는 거지?

반나절이 지났는데?

동이 튼다.

더 기다릴 수 없다. 한낮부터 다음 날 해가 뜰 때까지 안 올리가 없다. 아직 새끼냥에게 변심할 시기도 아니다. 녀석들도 뭔가 이상한 걸 알아챈다.

"이상해. 안 와. 엄마냥~ 엄마냥~"

"조용히 해, 이 넷째야! 먼구처럼 시끄럽게 하면 누가 잡아먹으러 온다!"

"얘들아! 재밌는 게 생각났어! 엄마냥 올 때까지 누가 더 많이 구르는지 놀이할래?"

"배고프다. 먼구냥아. 배고프다."

"엄마냥은 올 거야. 꼭. 다들 조용히 하라고."

"나가서 맛있는 걸 찾아볼래? 이 넓은 세상에 먹을 게 얼마나 많은지 알아? 저 먼구냥이 매일 가져다주잖아."

난 새끼냥들을 일렬로 세웠다. 앞발을 바닥에 이리저리 긁었다. 네 마리의 시선이 모아지자 크고 또렷이 말했다.

"너희들 이 창고 밖으로 나가지 마. 단 한 발자국도! 알았지? 저 밖에 나가면 진짜 멍구가 너흴 한입에 다 으스러뜨려서 꿀꺽 먹어버린다! 멍! 멍! 으르르르르~! 컹!"

최대한 멍구의 짖기와 비슷하게 발성했다. 모두 쫀다. 넷째는 오들오들 떨다가 쓰러진다. 첫째는 놀자는 표시인 줄 알고 달려든다. 한 번 더 멍멍 소리 내서 겁줬나.

"무서워. 먼구냥."

"봐. 먼구가 맞잖아? 요, 먼구놈아~!"

"얘는 먼구가 아냐. 이상해졌어. 내가 좀 살펴볼게."

셋째가 내 배 밑을 여기저기 들춰본다. 이 녀석이 제일 걱정된다. 이 호기심 많은 초록 꼬랑지가 밖으로 새면 나머지가 따라나설 것이다. 힘껏 어깨를 돌려 콧잔등을 세게 때렸다.

"앙! 아옹~ 스악~"[아파! 왜 때려~ 이 멍구놈아~!]

창고 입구에 섰다. 새끼냥들이 겁에 질려 날 보고 있다. 엉뚱한 상황이겠지만, 어쩔 수 없었다. 플라스틱 밀이식 문을… 아주 작은 틈만 남겨두고 닫았다.

이제는 흰 장판이 깔려 있었다. 사르르 부스러트려 쉼 없이 나아갔다. 냄새가 지워진 것인지 콧속이 언 것인지 분간이 안 간다. 큰 눈발이 친다. 소나무 밑을 지나다 눈 덩어리 샤워를 한다. 차가워 심장이 멈추는 줄 알았다.

크게 불렀다.

"우오오옹~ 우오오옹~"[써니야~ 써니야~]

흰 털 써니를 놓칠지 몰라 주의 깊게 살피며 다녔다. 무언가 웅크린 듯 불룩한 하얀 것이 있어, 급히 가 파냈다. 갈색 죽은 풀 잎사귀가 뭉쳐져 있었다.

결국 멍구의 집까지 왔다. 내 외침에 대한 대꾸는 목줄 달린 하얀 멍구의 꼬리 흔들기밖에 없다.

코를 들이밀며 컹컹거리며 어쩔 줄 모른다. 꼴 보기 싫었다. 난 놀이 상대가 아냐. 앞발로 바닥을 쳐 눈가루를 뿌려주었다. 바보 멍구는 얼굴을 감싸 쥐고 끙끙거린다. 여기까지 왔는데,

수확은 이것 하나다.

발걸음을 돌렸다. 벌써 내가 만든 발자국이 희미해졌다. 목이 건조하다. 무언가 걸리는 쉰 소리가 난다. 혓바닥으로 눈을 녹여 목을 축였다.

"구어어엉…" [스어니…]

올레길 난간에 만든 사랑의 표식에도, 다리 밑 돌무더기 사이에도, 자재보관소 파이프 안에도 살펴보았다. 없었다.

어딘가, 소리가 들린다. 고양이의 구슬픈 울음. 새끼냥을 부르는…….

뚜렷해진다.

이해가 간다!

써니! 밤망구를 놀려주는 것이 그렇게 재밌었구나? 그럼 나와 같이 가지 그랬어. 자, 이제 오늘은 그만하고 새끼냥을 품으러 가야지. 날이 정말 춥다고.

돌담에 앉아 소리 나는 곳을 보았다. 세상에. 세상에.

"이게 무슨 일이야?"

"새끼냥을 보러 가야 해. 내 새끼냥."

써니가 쇠로 만든 덫에 갇혀 있었다. 격자무늬의 창살 벽은 너무 촘촘했다. 답답하도록 작은 공간에 몸이 딱 고정됐다. 기지개도 켜지 못한다.

얼마나 여기에 있었던 걸까? 앉은 곳을 빼곤 수북이 눈이 쌓여 있다. 아니, 써니에게도 눈이 쌓였다. 젖은 털에는 물이 흐르고 입김이 안 나온다.

"아오옹~" [엄마냥 여기 있다~]

자꾸 새끼냥을 부른다. 조용히 하라고 말했지만 듣지 않는다.

가만히 있을 수 없었다. 이 쇠창살은 단단해 발톱이 통하지 않는다. 여기저기 만져보다 장치를 찾았다. 앞 발톱을 집어넣고 뒷발에 힘을 주어 철 걸쇠를 올렸다. 걸쇠가 도로 튕겨 앞 발가락이 낀다. "왱~!" 너무 아파 비명을 냈다. 덫 안의 빈 참치 통조림이 뛰어오른다. 땡그랑.

덫 위에 쌓인 눈들이 털어지며 그 구조가 보였다. 고양이의 몸으로는 열기 불가능해 보였다.

사박사박, 사람의 발소리가 들린다. 만나지 말아야 할 끔찍한 사람임을 부정하고 싶어도, 알 수밖에 없다. 지팡이질과 엇박자 걸음, 밤망구다.

난 숨었다.

밤망구는 갇힌 써니를 보더니 손뼉을 친다. 장갑 부딪치는 소리가 한낮 흐릿한 공기에 넓게, 넓게 진동한다. 노인은 회춘한 듯 제자리에서 춤을 춘다. 고장 난 무릎도 잊은 채 격렬하게 몸을 흔든다. 촌스러운 자주색 통 넓은 바지가 펄럭인다.

양손을 불끈 쥐고, 주먹의 네 손가락 둘째 마디를 연달아 부딪친다. 아래팔을 상하로 왕복한다. 복권이라도 당첨된 양

싸움에서 이긴 양.

"아이, 좋아! 아이 좋아! 고양이 잡았다! 아이 좋아!"

노란 솜털 조끼 안으로 손을 집어넣는다. 핸드폰을 꺼내 누군가에게 전화를 건다. 가져가라고 한다.

난 말했다.

"옹냥냥… 우아아 냐냐냥." [이번만 봐주면 안 될까… 풀어줘.]

"요놈!"

지팡이질을 한다. 엉덩이에 맞았다.

"요놈. 니도 곧 잡힐 거나! 나쁜 고양이! 개놈의 고양이 새끼."

"옹냥……." [제발…]

사람의 말로 수도 없이 애원했다. 지팡이질만 돌아온다. 돌담을 때려 돌멩이들이 흘러내린다. 발에 차여 내게 굴러온다.

오토바이가 온다. 새파란 마스크와 검은색 목토시를 썼다. 머리카락은 꼬불거린다. 마흔 정도의 남자 사람이다.

"이게 우리 임 씨 아주머니 괴롭힌 고양이구나. 드디어 잡혔네."

"아이고, 고마워요. 참 고마워. 자."

파란 지폐가 석 장이었다.

"안 주셔도 되는데……."

"고양이, 어떻게 하게?"

"어떡하긴요. 오일장에 갖다 줘야지."

215

"좋다! 고양이탕 되는 거! 에구. 꼬셔. 꼬시다. 꼬셔. 너무나 좋다."

남자는 훌쩍 덫을 든다. 험하게 다룬다. 안에 든 써니는 균형을 잡다 엎어진다. 새끼냥을 위한 마르지 않은 분홍 젖이 쇠창살에 끼어 나온다. 오토바이 뒷공간에 실린다. 도망가려는 시도도 할 수 없다. "에옹. 에옹" 울 뿐이다.

멍구 같은 남자는 새로운 덫을 꺼내 밤망구 집 옆면에 놓아둔다. 참치 통조림 하나를 까서 먹음직스럽게 함정 발판에 놓는다.

"보고 싶어. 내 새끼냥"

"써니. 내가. 내가! 네 새끼냥을 지켜줄게. 걱정하지 마. 꼭 다 자랄 때까지 지켜줄게. 다 잘될 거야. 조금만 참아. 조금만."

밤망구는 날 가리킨다. 남자는 목장갑을 낀 손아귀를 벌리며 나에게 다가온다. 저기에 잡히면 빠져나올 수 없을 것이다. 난… 도망갔다. 남자는 멀찍이서 날 쳐다본다. 혓바닥을 내밀어 갈라진 입술을 적신다.

"저것도 곧 덫에 걸릴 거예요."

오토바이가 가버린다. 북쪽 큰길가에서 왼편으로 사라진다. 잠시 상상을 한다. 포터가 오토바이를 쳐버려 땅바닥에 쓰러진다. 덫은 길 가장자리에 안전하게 내려앉고, 달려온 마음씨 좋은 누군가가 써니를 풀어주는, 꿈 같은 일.

큰길가로 왔다. 그런 일은 없다. 오토바이는 서쪽 멀리 작은 점이 된다. 덫의 누런 쇠에 빛이 반사된다. 반짝임이 사라진다.

이 미친 상황이 믿기지 않는다. 어떻게, 어떻게, 기적이 일어나면 안 될까? 가여운 새끼냥들을 키워야 할 엄마냥인데, 하늘이 냥이를 위해 한 번만 움직이면 안 될까? 내 똑똑한 능력이 없어져도 좋으니, 써니가 돌아올 수만 있다면… 에옹, 에옹.

덤프트럭이 지난다. 바퀴가 물을 뿌린다. 눈을 깜박이니 물이 흐른다. 써니는 끝났다.

고양이의 복수

빈 덫을 하염없이 바라보았다.

"발자국이……."

영수는 사박사박 오리걸음으로 나타났다. 눈길 위에 박힌 냥이 발자국을 손가락으로 이어 따라온 것이다. 끝에 앉아 있는 날 발견한다.

"역시! 포카 발자국이었어. 며칠 동안 어디 갔던 거야?"

"엥, 에에옹. 냥냥?" [왜, 지금에서야 온 거야?]

"없어진 줄 알았잖아. 이리 와~ 춥지?"

미련한 생각이지만, 원망스럽다. 내 울음을 듣고 여기에 와주었다면, 조금만 더 빨리 와주었다면……. 영수가 털에 쌓인 눈을 털어준다. 힘없는 날 두꺼운 잠바 속으로 넣는다. 영수의 따뜻한 팔에 꼭 껴안겼다.

"포카, 왜 우웅거려? 무서운 거야? 괜찮아. 형이 지켜줄게."

집으로 와 영수의 품에서 몸을 녹였다. 그리고 방금 일어난 어처구니없는 일을 반복하여 생각했다. 생각하면 할수록 분노가 커졌다. 영수와 나의 몸이 바뀌어 일을 저지르는 허망한 상상도 되감았다.

수백 번 복수의 결심을 되새겼다.

체력을 보충했다. 꿈쩍도 안 하고 만 하루 잠만 잤다. 밤 열두 시가 되어 최대한 배를 채우고 집을 나섰다.

회색 슬레이트 지붕 집에 잠입했다. 화장실의 창문은 나무로 된 밀이식 문이다. 어렵지 않았지만, 소리가 나지 않도록 조심했다. 발톱이 세라믹 타일을 긁을까봐 발바닥만 이용해 착지했다.

어두컴컴한 다섯 평 공간이다. 주방과 방 하나가 붙어 있는 구조다. 써늘한 공기 속에 밤망구의 지린내가 풍겨온다. 오래된 책들이 높다랗게 쌓여 있다. 그 사이에 은닉했다.

잡동사니가 가득했다. 식기들과 정체 모를 물렁물렁한 것이 담긴 병, 옷더미, 신발 등이 곳곳에 널려 있다. 수십 년 된, 칠이 벗겨진 침대가 방 한편에 있다.

이 뒤죽박죽한 곳 한가운데에 흔들의사가 운동할 공간만 아슬아슬하게 비어 있다. 밤망구는 거기에 앉아 보지도 않는 텔레비전을 틀어놓고 졸고 있다.

회색 집을 지날 때마다, 반투명 창문을 통해 밤망구의 생활

주기를 관찰하곤 했다.

저녁부터 자정 넘어서까지 내내 텔레비전 불빛을 쬐며 흔들의자에 앉아 존다. 새벽 두 시쯤 침대에 가서 두 시간을 눕는다. 그때 깊은 잠을 자고, 다시 새벽 네 시에 일어나 동네를 돌아다닌다. 그리고 아침 여덟 시에 흔들의자에 앉아 존다. 마치 고양이와 비슷하다.

흔들의자에서 졸 때는 위험한 때다. 고양이의 반잠처럼 작은 소리에도 예민하다. 행인의 낙엽 밟는 소리에 깨기도 한다. 만약 나의 습격을 눈치챈다면 이 좁은 공간에서 매우 불리할 것이다. 탈출구인 화장실 문이 닫히면 써니와 오일장에서 만날 수도 있다.

밤망구는 짙은 초록 담요를 하나 두르고 눈을 감고 있다. 꼬아져버린 머리카락이 두건 밑으로 처져 있다. 이마를 찌푸린 채로 눈을 감고 있다. 듣기 싫은, 쇠를 긁는 것 같은 코골이 소리. 아직 때가 아니었다. 앞발을 가슴 털 밑으로 숨겼다.

밤망구는 눈을 번쩍 뜬다. 관절이 맞물리며 힘겹게 일어난다. 담요째로 어기적어기적 침대로 기어간다. 이불을 들추니 퀴퀴한 썩은 내가 진동한다. 그 안으로 몸을 넌다. 온몸을 감싸 얼굴만 내놓아 하늘로 향한다.

당장이라도 실행하고 싶지만, 좀더 기다려야 했다. 코 고는 소리가 달라져야 한다.

"커거거거… 컹컥."

나의 세모 귀가 때를 알고 쫑긋 섰다. 접은 발을 펴고, 서서히 일어났다. 널려진 물건에 잔털도 스치지 않도록 조심했다. 침대 위로 사뿐 올랐다. 몸을 밟았다. 달팽이보다 느리게 걸었다.

"우우우우우우우웅……."

밤망구는 고양이 같은 잠꼬대를 한다. 조금이라도 이상하면 도망갈 생각으로, 숨 박자의 변화를 주시했다.

가슴 위에 앉았다. 못된 악마의 얼굴. 이렇게 가까이서 보게 되다니.

순식간에 해내야 했다. 앞발을 들어 발톱 날을 조준할 때, 뒷발에 체중이 쏠릴 것이다. 깊은 꿈속이라도 가슴 위의 자객을 느낄 수 있다. 충분한 계산 후, 숨이 제일 잦아들 때, 두 앞발을 들었다.

발톱을 세운다. 조준은 눈알로.

찌른다. 넣는다. 젓는다!

"으앗, 이거어! 뭐! 으아앗!"

밤망구는 날 집어던진다. 주방 수납장에 부딪혀 바닥에 떨어졌다.

밤망구는 손으로 눈을 감싸며 흐느낀다. 어둠만 있는 모양이다. 아까의 승리 자세와 딴판이다.

좋다. 앞발에 묻은 분홍색 액체를 맛봤다.

본격적으로 시작했다.

식용유를 짜면서 돌아다녔다. 여기저기 놓여 있는 병과 유리 접시를 최대한 흩뿌리며 깨버렸다. 병에서 나온 괴상한 물렁물렁한 것들이 바닥 이리저리 미끄러진다. 일일이 유리 조각을 건드려 빈 공간을 줄였다.

"누구세요. 정말, 누구세요~ 누구신데요~"

대답이 필요 없다. 남은 장애물을 떨어뜨렸다.

"아파, 아파요. 아저씨, 119 119요!"

밤망구는 손을 휘저어 핸드폰을 찾는다. 소용없는 일이다. 처음부터 숨겼기 때문이다.

디딜 틈을 다 없애니, 작업이 끝난다. 반전 없는 구렁텅이에 악을 몰아넣었다.

"우우우우우웅. 우우우우웅. 웅우웅. 스하악." [죽어라. 죽어. 죽어. 명구놈아.]

밤망구는 정체를 밝힌 나에게로 고개를 돌린다.

"고양이! 고양이가! 뭐냐. 이게 뭐냐."

"냐아옹. 냐아옹." [이리 와. 이리 와.]

손으로 땅을 짚더니, 냥이 소리가 들린 주방으로 기어온다. 난 주방 상단 찬장에서 앉아 바로 앞까지 오길 기다렸다.

"웅냥?" [약 오르지?]

밤망구는 상황도 모른 채 벌떡 일어난다. 기름 범벅 바닥에 발을 딛더니 손을 들어 뻗는다. 난 피하지도 않았다. 이게 '기습'이라고 생각하는 모양이다.

밤망구는 미끄러진다. 손에 유리 조각이 들어간다. 굵은 핏줄을 건드렸는지 뻘건 게 많이도 나온다. 누런 식용유 웅덩이와 만나 피의 줄기가 덧색되더니, 오묘한 뿌리 무늬를 만든다. 피 줄줄 새는 손을 꼭 붙든다.

호, 호 분다. 호, 호.

난 쉴 틈을 주지 않는다. 다시 가까이 가 도발했다. 밤망구는 세 번이나 의미 없는 기습과 미끄러짐을 반복한다. 등에도, 발바닥에도, 팔꿈치에도 유리 조각이 들어갔다. 온몸이 범벅이다.

"아이고, 아파. 아이고, 죽는다, 죽는다……."

밤망구는 이내 포기한다. 침대로 기어가다 유리 몇 개가 더 파고든다. 건전지가 다 된 듯한 움직임으로 이불을 든다. 제 몸을 꽁꽁 두른다. 무릎을 턱에 대고 손을 깍지 껴 다리를 감싼다.

고양이처럼 동그랗게 잘 말았지만, 편할 순 없을 것이다. 두꺼비집을 열어 스위치를 내렸다. 전기장판은 꺼졌고 열 수 있는 창문은 세 개다.

습기가 들어온다. "끙, 끙." 신음을 낼 때마다 허연 입김이 나온다.

배가 고파진다. 식용유와 핏물이 혼합된 액체를 먹었다. 생각보다 괜찮다.

쉬익, 쉬익. 자는 척에는 속지 않았다.

쉭, 쉭. 어림없지! 콧속을 긁었다. 살이 드러난 곳으로 앞 발톱이 파고든다.

밤망구는 모든 틈새를 막아 번데기가 되었다. 앞 발톱을 방어하는 것이다. 그런데, 나에겐 더 무시무시한 것이 남아 있다. 잠드는 순간만을 기막히게 포착해 목청에 칼날을 세웠다.

"니오오오옹~ 니오오오옹~ 냥냥닝농~"[아프지~ 아프지~ 날 잡고 싶지~]

자기 귀를 잡아 뜯는다!

"으아아. 으아아. 고양이 새끼. 그만해라. 고양이 새끼. 나 죽는다."

날이 밝는다. 밤망구는 얼굴을 창가로 돌린다. 밖으로 도움을 요청한다. "사람 살려~!" 수 시간 외쳤지만, 아무도 응해주지 않는다. 무어라고 수군대더니 가버린다. 고약한 할망구의 일에 아무도 참견하지 않는다.

사람의 목숨은 생각보다 질기다. 해가 네 번 지고 나서야 숨이 멎었다. 그의 마지막 말은, 누구도 찾지 않는 삶에 대한 후회가 아니었다. 써니를 잡아간 일의 후회도 아니었다. 이불에 모인 얼음 이끼를 녹여 새끼냥처럼 쭙쭙 빨며 한 말은 이것이었다.

"목말라."

붉고 끈적한 발자국을 수없이 찍어 내가 한 짓임을 알렸다.

새끼냥!

서둘러 새끼냥들이 있는 코란도 집으로 향했다. 창고 안에 둘째가 있다.

보송하던 털이 꼬질꼬질 먼지투성이다. 조그맣지만 당당했던 모습은 없어지고 쫄딱 굶은 목쉰 새끼냥이 되었다. 녀석은 날 알아보고 다가온다.

"먼구냥. 엄마냥은 어딨어… 엄마냥이 안 와."

"나머지 형제들은 어딨어?"

"몰라. 배고파. 힘이 없어……."

녀석은 고개를 들이 선반 맨 꼭내기를 쳐다본다. 선반의 나무 기둥에 긁힌 자국이 많다. 한 올씩 벗겨진 흔적이 중간에 끊겨 있다. 얼마나 먹고 싶었으면…….

비닐봉지는 속의 수분이 얼어 얇은 종이처럼 됐다. 차가운 느낌을 참고 봉투 위에 엎드려 앉아 녹였다. 혓바닥으로 언 닭 가슴살에 침을 묻혔다. 그래도 딱딱해, 잘게 씹어 주었다.

둘째는 허겁지겁 먹어치운다. 지저분한 먼지 때를 핥아주려고 했지만, 나에게 욕을 해댄다. "스아악!" 다 먹기를 기다렸다.

등까지 붙으려 했던 뱃가죽이 다시 빵빵해진다. 배의 초록 털이 풍성해진다. 녀석은 여유를 찾아 세웠던 발톱을 집어넣는다. 침 묻혀 세수한다.

그리고 원래 있었던 곳으로 돌아간다. 창고 가장 깊숙한 곳, 써니가 젖을 주던 곳, 살구색 포대 위에 자리를 잡는다. 울렁이는 눈망울은 입구를 향한다.

옆에 앉았다. 녀석은 말한다. "추워. 먼구냔아. 네 옆에 있어도 돼?" 그렇고말고. 옆구리를 꼭 붙였다. 가느다란 잔털 속에 온기를 넣어주었다. 녀석의 눈망울이 이제야 맑아졌다. 난 물었다.

"둘째야, 네 형제는 어딨어?"

"첫째는 하늘에 네 다리를 뻗었어! 깔렸거든. 부릉부릉에."

"셋째랑 넷째는?"

"셋째는 없어졌어. 맨날 없어져. 처음부터 없었어. 넷째는! 우와! '괴물'이! 잡아갔어!"

"괴물?"

"응, 두 발로 뛰는 괴물! 맛있는 걸 바닥에 뿌려서 유인하더라고. 멍청한 넷째가 뒤에 괴물이 온 줄도 모르고 먹기만 했지. 모가지를 잡혔어. 괴물들은 넷째를 발라당 뒤집어서 간을 보는 거 있지? 두꺼운 입술을 쩍쩍 부닥치더라고. 걘 먹혔을 거야. 나도 잡아가려고 했어! 난 살아남았지~ 미끼만 먹었지롱~ 내가 얼마나 재빠른데! 그 괴물은 한참이나 손을 뻗었어. 포기하더라. 그냥 가더라! 난 정말 운이 좋아."

운이 좋은 건 넷째였다. 좋은 사람 가족이길 바랐다. 셋째에겐 행운을 빌었다. 아마 잘할 것이다. 이리저리 파고들다가 뜨뜻한 명당을 찾아냈을 것이다. 첫째는… 안타까웠다.

"먼구야! 이제 그냥 꺼져라. 엄마냔이 올 테니까."

난 더 꼭 붙어 품어주었다. 요 녀석이 자꾸 할퀴려 했다. "가만히 좀 있어라." 혓바닥 빗이 닿는 곳을 꿈지럭대며 피했다. 뒷덜미를 누르고 구석구석 핥아주었다.

갑자기 나의 뱃살을 꾹꾹 누른다. 배털을 입에 물고 찹찹 젖을 빤다. 그저 가만히 있었다. 무언가 이상했는지, 누르던 앞발바닥이 멈춘다.

"아이씨. 엄마냔인 줄 알았네. 왜 안 꺼져? 먼구놈아~!"

"둘째야. 이제 엄마냥이 안 와."

"아니야. 와."

"아 와. 못 와."

"온다고. 이 먼구야. 엄마냔이 날 얼마나 사랑하는데. 참 멍청하구나? 먼구같이."

녀석은 고집이 상당했다. 아무것도 모르고 희망만 가진다. 초점 없는 눈으로 기약 없이 창고 문틈을 바라보며 언제까지 엄마냥을 기다릴 건지⋯⋯. 굶어 죽기 일보 직전에야 창고를 나올 새끼냥 스타일이다. 이 조그만 몸으로 따뜻해질 4월까지 버틸 수 있을까? 콘크리트 바닥을 헤매며 벌레 하나 주워 먹지 못할 것이다.

녀석이 꾸뻑인다. 픽, 쓰러지고 다시 일어난다.

몰래 목덜미를 물었다. 뒷다리와 꼬리가 말려 힘이 쭉 빠진다. 입에 문 힘을 조심스레 조정했다. 놓치면 안 된다. 이 조그만 녀석이 당황해 아무 데나 튀어 숨어버리면 찾을 수 없을 것이다. 집으로 향했다.

껌껌한 거실에 새로운 가족이 왔다.

난방 관이 지나는 따뜻한 바닥 위에서 입을 열었다. 녀석은 깨어나 사방팔방 살핀다. 털을 세우고 뒷걸음질 친다. 소파 밑 제일 깊숙한 곳으로 들어간다. 달빛도 닿지 않는 곳에서 와웅거린다.

"난 이제 큰일 났다. 먼구난한테 속았어. 엄마냔… 날 구해줘. 살려줘. 이상한 곳에 와버렸어. 똥 냄새가 너무 나."

"거긴 모래 화장실 옆이야. 빨리 나와. 밥 줄게."

"오엉. 오엉. 우우우웅. 옹! 스악~!"[살려줘. 살려줘. 오지 마! 이 먼구놈아~!]

예상했던 것보다 더 낯을 가리는 녀석이다. 세게 저항하니 다가갈 수가 없었다.

이때 다른 고양이 가족이 기가 막히게 낌새를 알아챈다. 둘이는 바닥에 묻은 새로운 냄새를 맡으며 꼬리를 흔든다. "놀자!" 삼이도 낯선 녀석을 찾으러 돌아다닌다. "친구야! 어딨어?"

결국 둘이에게 걸린다. 앞발질과 하악질을 하며 반항해보지만 둘이는 그런 거 신경 안 쓰는 '놀기 전문 고양이'다. 무식하게 코를 들이대니, 녀석이 놀라 소파 밖으로 나온다.

거실 한가운데서 등을 굽히고 게처럼 뛴다. 둘이도 똑같이 한다. 한동안 쫓고 쫓는 놀이가 이어진다.

재밌는 광경을 보다가… 눈이 감겨버렸다.

　나도 모르게 몇 시간이나 깊은 잠을 잤다.

　배에 초록털을 가진 사색 사나운 새끼냥 녀석이, 둘이와 부둥켜안고 자고 있다. 벌써 친해진 것인지, 놀다 잠든 새끼냥을 둘이가 끌어안은 것인지⋯⋯. 그 방의 광경을 보니 냉기가 가득했던 나의 가슴속이 따뜻해진다.

　이제 때가 됐다.

　컴퓨터를 켰다. 자는 영희가 깰까, 워드프로세서 프로그램을 켜 조심조심 키보드를 쳤다. 길지 않지만 오타가 많이 나서 시간이 좀 걸린다. 용지를 꼽아 한 장 출력했다.

　거실에 두면 안 된다. 세 고양이가 놀이 삼아 종이를 물어뜯을 것이다. 화장대 위에 올려두었다.

　영희의 얼굴 옆에 앉았다. 새근새근 잘도 잔다. 화장품과 알코올이 섞인 이 괴상한 향도 그리울 테지. 평소 '인간식'을 싫어했지만, 입을 맞췄다. 맺힌 콧물을 먹어주었다.

"우웅. 뭐야……"

서둘러 피했다! 하마터면 포근한 이불 속에 갇힐 뻔했다.

2층으로 갔다. 한참 안 감은 듯 기름져 눌린 머리카락, 번들한 얼굴 피부에 면도 안 한 수염, 연탄이라도 밟은 듯한 시꺼먼 발바닥. 은아와의 일이 안 풀리는 걸까? 여러 날 고생한 모습이었다. 잠시 옆에 누웠다. 손가락을 핥아주었다. "아웅……"
[안녕…]

엄마와 아빠 방에 갔다. 아빠는 좀 밉다. 덜룩이를 모셔주었다면 이렇게 되진 않았잖아. 머리를 한 대 때렸다. 엄마의 머리에는 부볐다. 새끼냥에게 예쁜 이름을 지어줘. 간지러운지 이마를 긁는다.

이제, 다 됐다.

밖으로 뛰쳐나갔다. 큰길을 향해 뛰었다!

전봇대에 뭔가가 날 우뚝 멈추게 한다. 볼 수밖에 없다. 전단지에 내 사진이 있었기 때문이다.

고양이를 찾습니다.

사례금: 백만 원

이름: 포카, 성별 및 나이: 수컷, 세 살가량

특징: 흰색과 검은색이 섞인 털, 등에 초록털이 있음. 이상한 울음을 낼 때가 있음. 조용한 편. 사랑하는 가족입니다. 혹시나 못된 사람에게 잡힌 건 아닐까, 너무 걱정됩니다. 이 고양이를 보신 분은 꼭 아래 번호로 연락 주세요. 꼭꼭꼭이요!

날 찾았을 사람 가족… 나는 잠시 다시 창문으로 들어갔다.

모래를 파헤쳐대던 녀석이, 날 빼꼼히 바라보다 투다닥 뛰어온다.

"먼구야, 여기 참 좋다. 밥도 맛있고. 긁개도 있고. 푸근한 화장실도 있고. 봐, 내가 똥 냄새를 다 없앤 것 알아?"

"이제 여기서 사는 거야. 좋은 가족이랑. 밖에 나가면 안 돼. 알았지?"

"나가지 말라고? 그건 한번 생각해볼게. 먼구야."

날 애타게 찾는 사람 가족의 방으로 들어갔다.

다리 사이에 몸을 웅크렸다. 한 시간 안에 영수가 깨면 여기에 있고, 깨지 않으면 떠난다는 혼자만의 내기를 했다. 삼십 분이 지난다.

지금 내가 뭘 하는 걸까? 난 바보다. 더 있으면 안 된다. 내 다짐이 이 따뜻한 집에 녹아 사라질 것이다.

"영수야, 정말 날 사랑하는 모양이구나? 백만 원이란 능력을 쓸 만큼. 해줄게. 인간식 뽀뽀. 너보다 영희가 더 좋지만, 너랑 놀 때가 더 재밌었어. 부디 날 찾지 말길 바래."

귓가의 속삭임에 영수는 뒤척이며 팔을 흔든다. 쥐려는 손가락이 마치, 떠나려는 고양이를 잡으려는 것 같았다.

벌써 해가 뜨고 있다. 더 지체할 순 없다. 김치냉장고 위로 올라갔다. 창문을 열었다.

나서려는데, 새끼냥이 날 부른다. "먼구야~" 뒷다리를 모아 작은 도약을 한다. 미끈한 플라스틱에 헛발질만 한다. "으아~ 되게 높네." 대신 앞발로 벽을 받치고 두 발로 선다. 목을 길게 뺀다. 나도 얼굴을 내밀어 녀석에게 응했다.

"하나만 물어볼게, 먼구야."

"뭔데?"

"네가 내 아빠냥?"

뭐라고 말해야 할지 모르겠다. 아빠냥처럼 잘해주었기 때문에 고양이의 기준으로 절반 정도 아빠냥인 것 같긴 하다. 그런데, 내 피가 섞여 있지 않고 나도 그걸 모르는 것이 아니다. 뭐라고 말해야 할지 모르겠다. 정확한 답을 찾지 못해, 그냥 말했다.

"응, 내가 네 아빠냥이야."

"정말? 그럼⋯⋯."

새끼냥이 무어라고 중얼대지만, 시간이 없었다. 이미 엄마가 깬 기척이 났다.

창문을 꼭 닫았다. 큰길을 향해 뛰었다. 수염이 어깨에 닿을 만큼 속도를 냈다. 날 찾는 전단지를 보지 않도록, 땅만 보았다. 인도 턱에 부딪힐 뻔도 하면서, 얼어 있는 바닥을 정신없이 헤쳐갔다. 굽은 큰길, 이제 오른쪽으로 가면 동쪽이다.

뒤돌아보았다.

파란 지붕의 집. 날 모셔주었던 아라동의 고향집. 잊지 않을 것이다. 동쪽의 멋진 고양이 세상에 가서도 이곳에서의 추억을 마음속 깊은 곳에 간직할 것이다. 엄마, 아빠, 영희, 영수… 둘이, 삼이, 새끼냥… 잘 지내. 똑똑한 고양이 포카는 이만 간다.

엄마, 아빠, 영희, 영수에게.

난 포카야. 너희들이 모시는 고양이, 포카.

이상하게 생각하지 말아줘. 이건 고양이인 내가 쓴 것이야.

영수는 알고 있을 거야. 난 평범한 고양이가 아니야. 너희만큼 똑똑한 고양이야.

먼저, 고맙다고 말하고 싶어. 날 모셔주어서 말이야. 너희들 덕분에 편하게 자랄 수 있었어.

난 먼 곳으로 떠나려고 해.

오해는 하지 말아줘. 예전부터 생각했던 거야. 너희들이 싫어서 그런 게 아니야. 똑똑한 고양이의 숙명이지. 나의 세상을 찾는 거야.

난 나쁜 짓도 저질렀어. 무엇인지 말하지 않을게. 몹시 나쁜 짓이야. 인간이 했다면 큰 벌을 받을 만한 짓이야.

부탁을 하나 할게.

새끼냥이 있을 거야. 그 녀석을 잘 모셔줘. 내가 사랑하는 냥이가 낳은 녀석이야. 너희를 보면 놀라서 숨을 거야. 처음엔 사나울지 몰라. 할퀴어도, 조금만 기다려줘. 알맞게 쓰다듬어줘.

나에게 했던 것처럼, 세상에서 제일 행복한 고양이로 만들어줘.

엄마, 아빠. 난 다 알고 있어. 날 사랑한다는 걸.

영희야. 술 좀 그만 먹어.

영수야. 날 찾지 마. 알았지?

내가 보고 싶을 땐… 저 하늘을 봐줘. 나도 그럴게.

하고 싶은 말이 많지만, 이만 줄일게.

모두 사랑해!

동쪽으로

앞뒤 생각할 겨를이 없다. 나무를 타 매미 자세로 붙었다. 멍구들은 보물이라도 발견한 듯 흙을 파고 난리다.

떠도는 멍구들은 목줄도 없었다. 쑥 들어간 뱃가죽에 눈엔 흰자만 허옇다. 둘, 셋씩 떼로 다니는데 상당히 날렵했다. 한번 걸리면 검은 멍구보다 더 끈덕졌다. 침도 더 많이 흘린다.

야생 멍구뿐만 아니라 동족들도 문제였다. 동네마다 험악한 점박이 같은 토박이들이 있었다. 녀석들은 온기 있는 목 좋은 장소에 앉아 있다가, 나뭇가지에 꼬랑지 걸리는 소리만 나도 눈을 번쩍! 집 나온 떠돌이 고양이를 찾아내 쫓아온다.

따스함은 바라지도 않고, 바람만 막아주면 감사해하며 자리를 폈다. 어떻게 알았는지 제 땅을 지키는 토박이 냥이 요원들이 들이닥쳤다.

사흘 동안 깊은 잠을 못 잔 적도 있었다. 고향집으로 돌아가고 싶었다. 꾹 참고 인내했다.

다행히도 굶는 일은 적었다. 똑똑함 덕에 '빌리는 일'이 수월했다. 새벽에 주택가를 돌아다니면 포식할 수 있었다. 냉동실의 생선이나 남은 치킨 같은 것들은 나의 차지였다. 양념 묻은 고기는 씻어서 먹기도 했다. 가끔 선잠 자던 사람에게 침입을 들킬 때도 있었다. 그럴 땐 '야옹'을 여러 번 해주어 누가 들어왔는지 알렸다. 엄하게 오해하지 않도록 말이다.

사람 집을 드나들다 보면 모셔지고 있는 동족도 때때로 만났다. 녀석들의 반응이 재밌었다.

대부분 녀석들은 겁을 먹었다. 낯선 냥이의 콧대 냄새를 맡고 구석으로 숨어 어쩔 줄 모른다. 내가 갈 때까지 기다리거나, 혹은 주인 부르는 구슬픈 '와웅'을 한다.

다짜고짜 화를 내는 녀석들도 있다. "멍구놈아! 너는 뭐냐 멍구놈아~!" 욕만 한다. 나도 같이 욕을 해주었더니, 되려 겁먹고 숨어버렸다.

꼬리를 멍구처럼 흔들며 반가워하는, 둘이 같은 녀석도 있다. "넌 누구니? 놀래?" 사실 가장 피곤한 녀석들인데, 계속 졸졸 따라다니며 놀아달라고 조른다.

그리고, 가장 재밌는 녀석들은… 자기가 고양이인 줄 모르는 녀석들이다. 바로 앞을 지나도 무슨 돌덩이가 굴러간 듯 신경도 쓰지 않는다. 그러다 몇 초 후 고개를 갸우뚱하더니 다가와 웃기는 말을 한다.

혼자서만 자란 고양이 동족은 자신을 '작은 사람'으로 안다. 날 무슨 괴생명체 취급한다. 지금 이 녀석이 바로 그런데… 평범한 흰 바탕에 노란 줄무늬 고양이다.

"넌 도대체 어디서 온 존재니? 어떻게 네 발로 다니는 거야? 털이 이렇게 많은 것은 처음 봐. 털북숭이구나."

"스스로를 잘 봐."

"네 맛이 궁금해. 핥아봐도 돼?"

"뭐, 그러든지."

본래 처음 만난 고양이 사이에는 지켜야 할 예의가 있다. 특별한 상황이 아닌 이상 콧대부터 부딪쳐야 하는 법이다. 이 녀석은 그것도 모르고 무턱대고 내 털을 핥는다. 그대로 두었다. 오랜만에 턱과 머리 털이 정돈되어 좋기도 하다. 싸악싸악… 좀 과하긴 한 것이, 수십 분째 끝도 없이 털을 빗겨준다.

"수염은 건들지 마. 거긴 예민하거든."

"참 신기하다. 네 냄새가."

보답으로 녀석의 볼 털도 정돈해주었다. 싸악, 한 번 할 때마다 골골이 굵어진다. 처음 느껴보는 동족의 혓바닥 빗에 감동한다.

거실과 방이 하나 있는 집이다. 사람 냄새를 살피니, 하루 전부터 집을 비운 걸 알게 되었다. 사료 가득 채운 그릇과 물이 채워진 잔이 여기저기 널려 있었다. 벽에 붙은 화이트보드에 적힌 일정을 보니, 여행에서 오기까지 사흘이 남았다.

기회가 온 김에 좀 쉬기로 했다. 보일러를 틀어 발바닥 온수 목욕을 했다. 냉장고의 베이컨을 꺼내 전자레인지에 데워 먹었다. 낯선 사람 냄새가 났지만 푹신한 솜 자리를 비게 둘 수 없었다. 이불 위에 자리를 펴 동그랗게 몸을 말았다.

인터넷 페이지를 열어 필요한 것을 검색했다. 그링그링이 말한 '동쪽의 항구'를 단서로, '성산포항'을 목적지로 하였다. 한참이나 걸어온 것 같은데 아직도 사 분의 일밖에 못 왔다.

'게스트하우스 고양이', '카페 고양이', '맛집 고양이'를 검색했다. 위치가 확실하고, 공짜 밥도 얻어먹을 수 있는 곳, 냥이에게 마음 넉넉한 사람들이 많은 곳을 노렸다.

한참 찾아본 끝에, 이동 경로 중간에 장소를 찾았다. 여기서 동쪽으로 4킬로미터 떨어진 곳에 여기냥 게스트하우스가 있었다. 공짜 밥을 아낌없이 주는 모양인지, 홈페이지 대문엔 때깔 좋은 떠돌이 냥이 사진이 가득하다. 게다가 공들여 칠한 앞 발자국 벽화도 있고, 공짜 밥통도 보인다. 이곳을 경유지로 정했다. 나의 형제 그링그링에게 메일도 보냈다.

'그링그링. 잘 지내니? 난 모셔주는 집을 나왔어. 급하게 떠날 사정이 있어서 네게 말도 못 했어. 난 동쪽의 항구, 성산포항으로 가고 있어. 엄마냥과 형제들이 간 곳을 찾으려고 말이야. 혹시 해줄 말이 있으면 답장을 보내줘. 알았지?'

외로운 집고양이에게 작별 인사를 건넸다. 창문을 꼭 닫는

걸 잊지 않았다.

"안녕, 고양아. 난 갈게."

"그래, 눈 큰 존재. 다음에 또 봐."

도로는 피하려 했지만, 다른 방법이 없었다. 흰 벌판의 산을 무작정 걸어갈 수도 없는 노릇이었다. 십 분만 걸어도 털이 다 젖어 발바닥부터 얼어버릴 것이다. 우측 가장자리로 걸으며 차가 오면 껑충 옆으로 피하고, 다시 도로로 나오길 반복했다.

그때, 갑자기 반가운 일이 일어난다. 며칠 만인지 모르겠다. 구름 사이로 따뜻함이 담긴 빛줄기가 내려온 것이다. 따끈한 노란 버튼을 밟으며 길을 걸었다.

구름이 더 걷히더니 볕이 넓게 퍼진다. 좋은 일이 아니었다. 예상하지 못한 난관을 만난다. 길 왼편 언덕에 쌓인 눈이 난반사를 일으킨 것이다. 따갑고 어질어질하더니, 집중된 빛이 모이며 예고 없이 눈이 먼다. 차가 옆을 지나도 움직일 수 없었다. '쌔앵!' 바퀴 휠의 빨아들이는 바람이 왼쪽 옆구리 잔털 몇 가닥을 가져간다.

해가 떨어질 때까지 기다리기로 했다. 방향을 틀어 마을 안쪽으로 들어갔다. 간편하게 생긴 4층의 긴 건물에, 넓은 운동장이 붙어 있다. 아이들 서넛이 공을 차며 놀고 있다. 초등학교라는 곳이었다. 화단 안쪽으로 붙어 걷다가, 난간으로 훌쩍 넘어 들어갔다.

우연히 명당을 찾았다. 사방이 막혀 있어 방해받지 않고, 하늘도 뚫려 있어 볕도 맞았다.

털이 마르고 포근한 온기가 몸을 감싼다. 처마에서 눈 녹은 물이 떨어진다. 똑, 똑, 똑. 시린 뒷발을 배털에 숨겼다. 참 좋구나… 뒹굴거리다 저절로 깊은 잠에 든다.

웬 축구공이 난간 안으로 떨어진다. 아이들이 떠든다. "네가 찼잖아!" "아니야! 발에 맞은 거야!" "그런 게 어딨어?" "네가 세게 찼잖아." 귀를 세워 목소리의 개수를 셌다. 수가 늘어 열 명쯤 된다. 간만에 잡은 좋은 자리인데, 옮기기 싫었다. 공을 엉덩이 뒤에 둔 채 앞발을 땅에 고정했다. 말이 받긴진하듯 뺐차다. 공은 난간 외벽을 퉁기며 밖으로 나간다. "야, 가지 마! 공 왔어." "어떻게?" "그냥 왔어."

공이 어떻게 그냥 오냐? 어린 녀석들아. 히힛.

쓰레받기가 있다. 몸에 딱 맞는 게 좋다……

"웅냐~ 농농능 냐냐닝. 냐앙." [너, 여기에 있다간 돌 맞는다.]

이건!

'남을 걱정함'으로 단번에 알았다. 흰색 바탕에 노란 무늬가 있는, '초록털 고양이'다. 왼쪽 앞다리에서 등으로 이어지는 기다란 초록털 선이 있다. 얼른 다가가 코를 댔다. 새콤한 암컷 냄새다.

"왜 그래? 간지러워. 여드름에 부비지 마."

"난 포카라고 해. 나도 초록털이 있어. 우린 똑똑한 고양이야!"

"나도 알아. 초록털 처음 보니?"

"아니, 그건 아닌데……."

초록털 동족은 학교 지리에 익숙했다. 열린 교실 창문의 위치를 알았다. 창가의 맨 뒷자리 책상에 앉았다. 볕이 훑고 지나가서인지 갈색 나무가 미지근했다.

동족의 이름은 '민지'였다. 이 초등학교 체육관 지하 창고에서 태어났다고 한다. 원래 이름인 '고양아'가 마음에 안 들어 스스로 이름을 지었다고 한다.

"왜 사람 이름으로 지었어?"

"예쁘고, 일 등 할 것 같아서."

동지를 만난 기쁨에 한참이나 대화를 나눴다. 예전 그링그링과 만났을 때는 뭔지 모르게 몽롱했었지만 민지와는 편안했다. 나의 이야기를 다 이해한다. 태어나 처음으로 누군가와 마음을 교류한 느낌이었다.

"…난 좀 나쁜 짓을 했어."

"생선을 빌렸어? 그건 괜찮아. 공용이니까."

"그런 게 아냐. 정말 나쁜 짓이야. 내가 벌을 받는다면, 감옥에 갇힐 거야."

"바보! 누가 고양이를 가둬? 콧날을 들이밀면 다 빠져나올 수 있어."

"하하… 그건 그래."

잠시 기억을 떠올려 상념에 잠긴다. 밤망구의 마지막과 끔찍한 덫. 가여운 엄마냥을 가둔 악독한 덫. 이 초록털 녀석은 내가 저지른 일을 상상이나 할까?

"아. 시간 됐다. 따라와 봐."

민지는 교무실이란 곳으로 날 안내했다. 참 생소한 풍경이었다. 넓은 방을 칸막이로 한 평씩 구분해놓았다. 여기저기 쪽지들이 붙어 있다. 복사기에선 비릿한 오존 냄새가 뿜어져 나온다. 무엇보다도 형광등이 너무 많았다.

"걱정 마. 오늘 당직은 양 신생이야. 밥을 내놓는 사람이야."

민지는 자연스레 기름 난로 옆에 자리를 잡는다. 나도 따라 잠자코 온기를 쪼았다. 곧 '양 선생'이라는 마흔 살 정도의 여자 사람이 다가온다. "고양아, 밥 먹자." A4라고 써진 사각형 종이 그릇에 공짜 밥을 넣어준다.

딱딱한 걸음이 의심스러워 책상 밑에 숨었다. "밥 내놓는 사람이라니까." 기대 않던 식사를 하게 된다. 배를 채우곤 다시 기름 난로에 갔다.

"…'동쪽의 항구'에 가면, 초록털 동족이 많지 않을까? 난 그곳에 갈 거야."

"그곳에 가서 뭐하게?"

"고양이들의 세상이 있을 테니까. 난 '선생냥'이 될 거야. 새끼냥들을 가르치는 일을 하고 싶어."

"넌 참 힘든 것만 좋아하는구나. 모셔주는 집에서 탈출했다더니 대리로 새끼들을 괴롭힌다고. 앗, 잠깐만 기다려봐."

민지는 물을 뜨러 가는 양 선생에게 달려가 부빈다. "니앙~" "아이, 귀엽다. 고양아." 궁둥이를 팡팡 치는 걸 보니, 뭔가를 아는 사람이었다.

"담아주라고?"

양 선생은 검은 비닐봉지를 꺼낸다. 공짜 밥을 담아 묶어준다. 민지는 그걸 문다.

"냐. 아야." [야. 가자.]

학교를 나와 돌담을 따라 걸었다. 멍밭 몇 개를 지나니 다리 하나가 나타났다. 콘크리트 벽을 타고 밑으로 내려갔다.

이 미터 위, 벽에 정사각형 구멍이 뚫려 있었다. 그 아래 돌덩이 중에, 눈이 없는 것이 있었다. 민지는 거기에 뒷발을 딛고 벽의 구멍으로 도약했다.

사람이 엎드려 드나들 정도의 작은 통로였다. 그 끝에는, 색색의 사람 옷 조각이 쌓여 있었고, 동족 하나가 옷을 깔고 앉아 있었다. 검은색과 회색이 조합된 평범한 고등어 무늬였다. 무늬에는 몇 줄의 초록털이 섞여 있었다. 주변에 날리는 비닐봉지가 꽤 많았던 이유를 알았다.

녀석은 갑자기 "켁" 하며 재채기를 했다.

"플스, 얘는 포카야."

"반가워, 포카."

플스라는 녀석은 콧물을 닦으며 일어나려 했다. 힘에 부치는지, 다시 엎드린다.

"안녕? 플스. 괜찮아. 앉아 있어도 돼."

"미안, 켁. 몸이 좀 안 좋아."

플스는 발톱으로 봉지를 뜯는다. "고마워, 민지." 오도독 먹는 중, 켁, 기침을 하니 씹다 만 사료 조각이 튕긴다. 목 아래로 힘겹게 삼켜 넘긴다. 그렇게 이십 분이나 걸려 다 먹는다. 세수와 앞발 정돈도 못 한다.

"쏘카는 통쪽의 항구도 산내."

"동쪽의 항구? 나도 그 이야기를 들었어. 고양이 세상이 있다는, '동쪽의 섬'?"

"그곳 이야기를 해줄 수 있어? 거기에 갈 거거든."

"켁, 잠시만. 좀 쉬어야겠어. 머리가 아프거든."

플스는 앞발을 접어 가슴 안으로 넣는다. 눈을 감더니 꾸벅, 꾸벅 존다. 앞발 사이로 얼굴을 숨긴다. 가래가 꼈는지, 숨소리가 골골하다. 시간이 필요해 보였다.

그가 쉴 동안, 민지와 탐험을 했다.

바다와 가까워질수록 날카로운 잎사귀가 많았다. 부채 모양의 뾰족한 잎을 씹어보았다. 비닐하우스에 들어갔다. 따뜻했지만, '멍색 커다란 멍'에서 정말 재수 없는 냄새가 난다. 그런 냄새는 처음이다. 대신 땅바닥을 쪼아대는 까치를 구경했다.

눈요기만 할 줄 알았는데, 민지가 까치 하나를 사냥했다. 장애물을 이용해서 잡은 것도 아니다. 그냥 뛰어서 잡았다. 어떻게 들판에 있는 까치를 잡을 수 있는 걸까? 여태까지 본 동족의 수평 도약 중에 가장 날렵했다.

"넌 왜 이렇게 빨라?"

"난 원래 빨라."

민지는 칭찬에 기분이 좋은 듯 제기차기를 한다. 까치로 말이다. 앞발로 띄워지는 까치를 십오 회나 떨어트리지 않았다. 까치는 공중에서 영원히 잠든다.

"한 일 년쯤 되었을 거야. 한겨울이었지. 어떤 떠돌이 녀석을 만났어. 켁… 하얀 바탕에 뒷발만 초록색인 녀석이었어. 동쪽의 섬으로 간다고 했지. 어떤 곳인지, 어떻게 가는지, 우리같이 똑똑한 고양이들이 얼마나 많은지. 이것저것 물어보았어. 그런데 녀석도 잘 몰랐어. 너처럼 소문을 듣고 가는 거였지. …항상 동쪽을 바라보았어. 워웅, 워웅, 끊임없이 열망했어. 공짜 밥을 먹을 곳을 알려주었어. 켁. 잠시 한눈판 사이에 녀석은 사라져버렸어. 켁, 켁… 켁!"

플스는 심한 기침을 해댔다. 목청이 끊어지지 않을까 걱정될 정도로 말이다. 기침할 때마다 덜 소화된 공짜 밥냄새도 났다.

"플스야, 많이 아프니?"

"아니, 괜찮아. 며칠 전 어떤 녀석과 싸우다가 옮았나 봐. 그 놈이 굵은 침을 흘리고 있었거든."

"어쨌든… 고마워."

"뭘. 별로 도움은 안 된 것 같아."

"아니야. 다른 녀석들도 그곳에 갔다면, 방향이 맞을 거야."

플스에게 인사했다. "금방 낫길 바래." 감기가 옮을 수 있기 때문에 가까이 가진 않았다. 눈을 깜박이는 것으로 대신했다.

민지는 가로등 불빛도 없는 어두운 길가로 안내했다. 야자 잎 위의 녹지 않은 눈만 희미했다.

"이 길이 너 빠를 거야. 쭉 가면 여기냥 게스트하우스가 나올 거야."

민지는 자기의 촉촉한 코를 내 것과 툭 부딪쳤다. 내 엉덩이를 친다! 갑작스러운 장난에 나도 모르게 타닥! 반쯤 도약했다.

"힘내라, 선생냥. 하핫."

삼십 미터쯤 가다가 뒤돌았다. 민지는 사라져 있었다.

일부러 물어보진 않았지만, 둘은 '커플' 같다. 인간 남녀의 특정한 관계를 뜻하는 커플을 말하는 거다. 서로를 아껴주며 희생할 수 있는 그런 관계. 본래 평범한 고양이들 사이에선 존재하지 않지만, 인간처럼 똑똑해진 초록털 고양이 사이에서 일어날 수 있는 일이다. 써니가 초록털이라면 우린 어떻게 되었을까?

컴컴한 길을 걷는다. 두 초록털이 행복하길 빌어주었다.

여기냥

멀리서 분홍색 건물에 큰 LED 간판이 보인다. 여기냥 게스트하우스다!

'여기냥'! 이름만 보아도 예상할 수 있다. 비가림막 아래 넓은 대야가 있다. 냄새가 난다! 진갈색 공짜 밥이 수북이 있을 것 같은 느낌. 침을 꼴깍 삼키며 들여다보는데… 비어 있다.

뻔뻔해지기로 했다. 자동문 센서 근처에서 폴짝 뛰었다. 사람 두 명이 있다. 둥그런 머리의 살찐 남자 사람과 반만 노란 머리의 작고 깡마른 여자 사람이다. 가슴에는 이름표가 있다. '스태프 봉우', '스태프 솔기'.

봉우가 말한다.

"쟤 좀 봐. 자동문을 열어."

동족은 둘이 있었다. 털이 긴 흰색이 많은 삼색 녀석, 옅은 회색 바탕에 흰 줄무늬가 있는 턱이 넓은 녀석이다.

스테인리스 밥통 앞에 앉아 당당하게 말했다. "니아옹." [밥 줘.] 간판에 '냥'이라고 썼으면 책임을 져야 할 거 아닌가. 지나가는 나그네냥에게 가장 맛있는 식사를 주게.

스태프들은 고개를 돌려 외면한다. 자기들끼리 이야기만 한다. 어이가 없다. 자기가 일하는 곳의 정체성을 모르는 것이냥! 손님도 없는데 말이야.

몇 번이고 울어 재끼니 스태프 봉우가 움직인다. 카운터 옆 창고의 문을 연다. '프리미엄' 사료 포대를 가지고 와 우수수 쏟는다.

"먹어."

뭐, 알아듣는 게 느리지만 할 일은 아는 모양이다. 배를 채우고는 뜨뜻한 게스트하우스 라운지 한켠에서 잠을 청했다.

'찰칵'. 어떤 사람이 날 찍고 있었다. 매니저라는 이름표를 단 여자 사람이었다. 간만의 배 채운 꿀잠을 방해해 가버릴까 했지만, 얻어먹었으니 모델 역할은 해주기로 했다. 자꾸 나의 초록 등허리를 만진다. 깨물어주었다.

다른 매니저는 밖의 떠돌이 고양이들에게 밥을 준다. 포대에서 공짜 밥이 쏟아진다. 굴러가는 소리에 온갖 곳에 있던 냥이들이 튀어나온다. 열 냥이는 되겠다. 혹시나 초록털을 가진 동족이 없나 살펴봤지만 다들 평범한 녀석이었다.

나에게 공짜 밥을 권했다. 몇 알을 내 앞에 떨구고는 뒤통수를 누른다. 나는 그걸 안 먹었다. 프리미엄 밥을 먹었다.

외국에서 건너온 우아한 동족 둘은 나에게 관심을 가지지 않는다. 턱 넓은 녀석에게 인사나 하려고 다가갔다. 무심히 일어나 털 긴 녀석 옆에 앉는다. 다시 다가가니, 둘은 동시에 일어나 스팀 난방기 옆에 앉는다. 앞발로 땅바닥을 친다.

"저리 가, 떠돌이야."

"안 가, 잘난 녀석들아."

투숙객을 구경하며 시간을 보냈다. 젊은 여자 사람 세 명이 요란스럽게 돌아다닌다. "헤헤. 여기냥! 여기냥!"

마흔 살 정도 되는 남녀가 알콩달콩 사랑의 속삭임을 한다.

"이십 년 전, 기억나? 회장 몰래 빠져나왔잖아. 밤에, 그 계곡에서!"

"소문이 졸업 때까지 났어. 얼마나 물어보던지……."

옆구리 털을 정돈하고 있는데, 차가운 느낌이 든다. 봉우가 날 젖은 대걸레로 민 것이다. 광나는 바닥 위를 자각자각 짚으며 도망 다녔다. 나쁜 놈은 계속 쫓아다니며 더러운 대걸레를 들이민다.

"히힛! 히힛! 고양이 도망간다." 옆에 있던 솔기가 맞장구친다. "헤헤. 미끄러진다!"

한번 해보자는 것이냐! 벽에 고정된 접이식 벽걸이 탁자, 제일 높은 곳에 올라갔다. 골동품 호롱병 조명을 건드렸다. 흔들흔들, 아슬아슬.

"오오! 하지 마, 하지 마! 고양아!"

봉우가 싹싹 빈다. 밀어버릴까 하다가 프리미엄 밥을 얻어먹었으니 봐주었다.

새벽녘, 밖을 나가 한걸음 내디뎠다. 발가락 사잇털로부터 전해오는 찌릿한 살얼음, 사정없이 탈탈 털었다. 귓속으로 들어오는 눈보라 바람이 코로 나온다. 지금 목적지를 향해 나갔다간 어느 외딴곳에서 얼어 죽을 것이다.

이곳엔 냥이에게 호의적인 사람이 많이 온다. 매니저는 초록털 고양이를 특별히 대해준다. 봉우가 마음에 안 들지만, 그렇게 나쁜 마음은 없는 것 같다. 나는 빈 카운터 아래서 스태프용 전기난로를 켜 몸을 말았다.

게스트하우스에 잠시 머물러야겠다.

"이야, 이 아이 뭐야? 등에? 털 색깔이?"

"이런 초록색은 처음 봤어요."

"염색한 건가? 아니, 염색은 아니네."

어떤 남자가 매니저와 함께 집적댔다. 구불구불한 파마를 했는데 흰머리가 많았다. 동그란 안경을 쓰고는 코가 닿을 듯이 쳐다본다. 사장이라고 한다.

"우리 가게 마스코트 할까?"

아무리 나의 초록털이 멋지다고 해도 초면에 번쩍 들어 볼을 부비는 건 무례한 일이 아닐 수 없다. 손가락을 깨물어주었다.

"아헷! 아프다아~ 우리 냥이야~"

마스코트 하겠다고도 안 했는데 이미 결정이 난 듯하다. 자꾸 운이 좋은 놈이라며 뽀뽀를 해댄다. 귀한 초록털 냥이 님이 손님으로 왔는데, 누가 운이 좋은 건지 모르겠다.

나의 이름도 지어준다. 그렇다고 내 이름 포카가 없어지는 건 아니지만… '초등이'라는 건 정말 마음에 안 든다. 저걸로 부르면 무시할 것이다.

물 건너온 동족들 방석 옆에 진초록색 나의 방석도 생겼다. 벽에 붙은 '냥이 스태프들' 글씨가 써진 골판지에 내 사진도 붙는다. 상주하던 동족 둘이 그걸 한참 바라본다. 목에 줄을 달려고 해서 겨우 도망갔다.

사장은 컴퓨터로 작업을 한다. 게스트하우스 홈페이지 대문에 내 사진을 넣는다. 한 시간 동안 썼다 지웠다 공을 들여 키보드를 치고 있는데, 무언가 훈훈하고 아름다운 이야기를 만드는 모양이다.

그러니까, 난 졸지에 스토리텔링 마케팅 도구가 되어 여기냥 게스트하우스를 차별화시키고 있다!

"저 고양이……"

봉우가 가늘게 눈을 뜨고 날 본다. 팔꿈치를 카운터에 짚어 턱을 괸다. 펜대를 굴리며 한쪽 발로 탁탁 바닥을 친다. 불만이 많은 모양이다. 난 그 이유를 안다.

"냐, 이야앙 미야아앙냥." [야, 네 위에 하나 들어왔지롱.]

"뭐야."

봉우는 입을 쭉 내민 채 다가온다. 걸을 때마다 뱃살이 출렁거린다. 잡힐 듯 잡히지 않을 듯 약을 올렸다. 다시 카운터로 가 턱을 괸다. "쟤 봐." "뭘?" "방금 울었잖아. 무슨 고양이가 말하는 것 같아." "그래?" 솔기는 핸드폰에 빠져 상대해주지 않는다.

털 긴 녀석과 턱 넓은 녀석도 날 달리 보곤 코를 부딪치러 온다. 내 자리가 생기니 마음이 여유로워진다.

며칠 동안 머물며 휴식을 취했다. 그동안 일기예보를 주시하며 떠나기 좋은 적당한 때를 기다렸다. 오늘부터 일주일 동안 따뜻한 날씨가 이어진다고 했다. 예보가 맞는 모양인지, 눈이 녹아 물이 졸졸 흐르고 있었다.

편하게 지낼 수 있는 곳을 떠나는 것은 아쉬운 일이다. 박힌 돌 외국 품종 냥이를 밀어내고 초고속 승진도 했는데 말이다. 요새는 내 등허리만 보려고도 손님이 온다. 정말 맛있는, 짜 먹는 닭가슴살도 준비해온 사람도 있다.

그래도 떠나야 했다. 시기를 놓쳐 다시 눈이 내리면 얼마나 더 기다려야 할지 알 수 없다. 봄까지 기다려야 할지도 모른다. 게다가 요새 날 보는 사장의 눈빛이 상당히 음흉했다. 모심 납치범 같은 눈빛이었다.

내일 해가 뜰 무렵에 떠나기로 했다. 오늘 마지막 밤은, 나만의 흔적을 남길 겸 즐겁게 보내기로 했다.

그렁그렁에게 온 답장을 확인했다. 주앙과 요트 여행을 준비 중이라고 한다.

'…난 참치 회를 마음껏 먹을 거야! 양념은 준비했다고. 사방에 티끌 하나 없는 바다를 상상해봐. 파란 수평선만 보이는… 그건 주앙과 나뿐인 세상이겠지? 은푸른 갈기털 가발을 만들고 있어. 태평양 스타일로! 그걸 쓰고 돌고래와 만날 거야. 미끈한 머리에 앞발을 올리고 인증샷을 찍을 거야! 기대해. 시간이 나면 인스타그램에 놀러 와. 동쪽의 '고양이 세상'에 도착하면 꼭 연락을 해줘! 어떤 곳인지 알고 싶어. 행운을 빌어!'

짧게 긍정의 답장을 보냈다. 태평양 요트 여행을 하는 고양이라. 이 녀석은 세상에서 제일 재밌게 사는 고양이일 것이다.

한 새끼냥 녀석과 정이 들었다. 공짜 밥 자리싸움에 밀려 침만 삼키는 게 안쓰러웠다. "우-우-우웅. 끄르르르. 하악~!" [이 조그만 녀석은 뭐야? 저리 안 꺼져? 멍구놈아~!] 녀석의 털 모양이 고향집에 맡긴 '둘째'와 비슷했다.

식사 자리를 잡아주었다. 내 배털과 밥통 사이에 끼어 공짜 밥을 먹게 했다. 일부러 꼬리를 흔들어 놀아주었다. 털도 꼼꼼히 정돈해주었다.

"고맙다. 잠 작하냥."

"잘 자라서 훌륭한 냥이가 되렴."

카운터의 종을 울려 스태프를 골려주었다. 매니저와 사장에게 부빔 인사를 했다. "초둥이가 내가 좋은가 봐!" "그런가 봐요!" 늘 부산한 세 여자 손님 중 날 만져보고 싶어 하는 여자가 있다. 초롱초롱한 눈빛으로 쳐다보다 주뼛대며 손을 내민다. 오늘만은 쓰다듬게 해주었다. "부드러워!" 중년의 사람 커플은 항상 옛날이야기만 했다. "얘 좀 봐. 예쁘다. 자기야, 나 일학년 때 하숙집 살 때 주인 할머니네 까만 고양이, 새끼 낳은 거 기억나?"

계단을 올랐다. 2층의 손님들에게도 이곳의 인기스타를 한 번씩 보여주려는데, 문득 고소한 냄새가 풍겨온다. 오랜만에 맡아보는 친숙한 향, '배티' 닭가슴살이다!

진원지는 204호 객실 안이었다. 어떤 손님이 여행 중 만날 인연을 위해 보람된 일을 하려고 챙겨 왔을 것이다. 이곳에서의 내 위치라면 두어 개쯤은 얻어 갈 자신이 있다. 삼색 새끼 냥에게 맛보게 해야겠다.

문은 열려 있고, 안은 컴컴했다. 어두운 방 안에 누군가 날 위한 닭가슴살을 놓고 외출한 모양인가······.

'쾅', 문이 닫히더니 불이 켜진다. 문짝 뒤에 봉우가 숨어 있었다! 솔기도 나타난다! 놈들은 심지어 고무장갑도 끼고 있다. 서둘러 유리창으로 가보았지만 꽁꽁 닫혀 있다. 여기저기 펄쩍거리며 구멍을 찾았다. 탈출구는 없었다. 이게 무슨 일이지?

"이야! 낚았다!"

"들어왔어!"

침대 밑에서 펑퍼짐한 얼굴이 나타난다. 벌겋게 상기된 양쪽 볼이 씰룩댄다.

"오십만 원, 오십만 원!"

봉우는 어디론가 전화를 걸어 황당한 내용을 말한다. 날 팔려는 모양이다. 오십만 원에!

"사촌 누나가 내일 아침에 온대."

"어떡하지?"

"일단 가두자."

봉우는 뽀드득거리는 고무장갑을 뺀다. 솔기는 작대기를 휘두른다. 할퀴었지만 고무에 엉킬 뿐이고, 작대기에 콕콕 찔리며 퇴로가 줄어든다.

침대가 들어 엎어지고, 난 마구 뛰어다녔다. 벽을 타는 것도 실패하고 목덜미를 잡히고 말았다. 이놈들은 가두는 용도로 노란 플라스틱 컨테이너도 준비해놓았다. 나에게 뒤집어씌우더니 그 위엔 솔기가 앉아버렸다. 하필이면… 멍을 담는 컨테이너다.

"이 고양이, 왜 비싸?"

"뭔가 이상한 걸 느꼈단 말이야. 날 자꾸 약 올리고… 무슨 사람처럼 말이야. 초록털도 이상하고. 그래서 찾아봤어. 유튜브에서 초록털 고양이가 수학 문제 푸는 영상을 봤지. 내가 이걸 누나한테 말했더니 직접 보러 오겠다는 거야. 누나는 고양이 세 마리 키우거든."

"수학? 할 수 있잖아. 훈련시키면."

난 못 푼다.

"그건 그렇네. 음… 누나 오면 조용히 해야 해!"

"봉우야, 근데 사장이 알면? 사장이 애 좋아하는 것 같던데."

"도망간 줄 알 거야."

이렇게 허무하게 붙잡힐 술이야. 봉우와 솔기는 오십만 원으로 뭘 할까 상상의 나래를 펼치고 있다. 렌터카 빌리기, 고기 먹기, 신발 사기, 염색하기… 내 몸값이 그렇게 싼 것도 열 받지만, 이놈의 멍냄새도 열 받는다. 노란 플라스틱 감옥에서 스멀스멀 쉰내가 피어오른다. 아래로 비집고 나온 솔기 궁둥이를 콱 찔러버렸다.

"아야! 아파!"

묵직한 이불이 컨테이너에 씌워진다. "에오옹~ 에오옹~" 뱃심을 이용한 냐옹으로 구조 요청을 날려보았지만 허사였다. 매니저와 사장도 이미 퇴근한 후였다.

구슬픈 울음에 솔기가 대신 반응한다. 식은 닭가슴살 덩어리를 넣어준다. "먹어."

완전히 갇혀버렸다.

봉우는 침대에 눕는다. 솔기에게 감옥을 깔고 앉으라고 시킨다.

"난 애 잡느라 힘들었단 말이야."

"나도 졸린데. 알았어. 언제까지?"

"나 일어날 때까지만."

궁둥이 간수 솔기는 핸드폰을 만지작거리다가 슬쩍 감옥을 끈다. 이불을 접어 침대 매트리스와 높이를 맞추더니 침대에 걸쳐 눕는다.

눈앞엔 아무것도 안 보였고 멍냄새도 지독했다. 어찌 할 수 없는 답답한 상황이다.

"드르렁. 드르렁."

"그렁. 쩝쩝. 그렁. 쩝쩝."

봉우의 사촌 누나가 누구인지는 모른다. 그런데 능력을 주고 산다고 하면, 물론 난 능력으로 살 수 없는 것이지만, 적어도 끔찍한 일은 아닐 것이다. 생각보다 좋을 수 있다. 맞아! 주앙과 그링그링처럼 멋진 일을 할 수 있겠다. 초록털 고양이들을 모아 파라다이스를 만들어볼까? 그를 설득해 닭개와 은닉처, 미로가 얽힌 냥이만의 하우스를 만들어본다면……

아니다! 스스로 고개를 저었다. 그리운 파란 지붕 고향집까지 나왔다. 동쪽을 향한 노력도 허사가 된다.

탈출해야 한다.

필사적으로 긴 테이니 전장 폭을 긁었다. 발톱이 빠질 만큼 그륵그륵거렸다.

기대하지 않았지만, 어째 통했다. 솔기는 궁둥이에 벌레가 있는 줄 착각한다. 긁적거리며 몸을 뒤척이다가 바닥에 눕는다. 힘을 짧게 끊어서 주며 슬슬 컨테이너를 움직였다. 덮인 이불이 꽤 무거웠지만, 소리를 줄여주었다. 벽에 닿아 막히자 발을 넣어 공간을 만들었다. 사이로 머리를 끼워 넣었다. 사악한 멍 감옥 탈출에 성공했다.

상황은 좋지 않았다. 침대로 입구를 막아놓았는데, 안을 향해 열리는 문이라 열 수 없었다. 환풍구 뚜껑은 나사가 박혀 있었다. 창문의 잠금장치는 쇠 걸쇠로 꽉 조여져 있다.

창틀에 앉아 어두컴컴한 바깥을 바라보았다. 차가운 유리에 윗머리를 대었다. 숨을 쉴 때마다 김이 서린다.

녀석들이 깨어나면 날 더욱 꽁꽁 가둬놓겠지. 그땐 탈출할 수 없을 것이다. 사촌 누나라는 사람에게 끌려가 엉뚱한 곳에 풀어질 거다. 아마 다시 시작할 거야. 집고양이로 말이야. 동쪽의 섬에는 닿지 못하고…….

카운터의 종이 울린다. 계속 울린다. 또 울린다.

"뭐야, 이 새벽에. 앗!"

봉우는 땅바닥에 엎어진 솔기를 발견하곤 베개를 들어 때렸다.

"야! 야아악! 저기에 앉아 있어야지! 야! 야! 야!"

"왜 때리냐고. 소리 지르지 말라고. 나 소리 지르는 거 진짜 싫어한다고! 잠깐 잔 거야. 잠깐."

"걔 도망가면 어떡하려고!"

솔기는 어깨를 펴고 당당히 말한다.

"진짜라고! 오 분 전까지 앉아 있었다고! 못 믿냐고!"

"알았다고. 야, 내가 앉아 있을게. 카운터 갔다 와봐."

"응, 근데……."

"침대 못 옮겨? 비켜봐. 아이씨."

세상에? 하늘이 내려주신 기회다! 드르륵 침대가 끌린다. 나는 그 아래 숨어 정중앙 위치를 유지했다. 문을 열 공간이 생기고, 바보 봉우는 푸짐한 궁둥이를 빈 감옥 위로 옮긴다.

순간, 컨테이너가 이상해진다. 수상한 진동이 나의 앞발 털로 전해온다. 사람은 느낄 수 없는 극히 미세한 진동. 컨테이너와 닿은 허벅지 살에도 파동이 인다. 마치… 문자메시지 오기 0.01초 전 핸드폰처럼 말이다.

"빠박!"

짜개진다! 노란 플라스틱 컨테이너 박스가 산산 조각난다!

파편이 마구잡이로 튀어 내 배털에도 묻는다. 봉우는 허리춤을 붙잡고 신음한다. 궁둥이로 벅벅 땅바닥을 뭉갠다.

남녀는 한바탕 난리를 피운다. "아아… 아프다고! 아프다고!" "소리 지르지 말라고!" "진짜 아프다고!" "119 부를까!"

네기 불러줄끼? 비보들!

문손잡이는 원 형태였다. 두 앞발로 매달려 힘껏 돌렸다. 한번 실패했지만 앞발 살에 침을 바르고 두 번째 만에 성공했다. 소란을 틈타 손쉽게 빠져나왔다.

그런데… 세상에, 세상에. 섬뜩하다. 감옥 안에 있었으면 죽었을 것 아냐? 뒤늦은 곤두세움이 온 털을 바짝, 네 발이 달달 떨린다. 생각만 해도 멍구 같은 죽음이다. 봉우 궁둥이에 깔려 죽는 최후라니. 다행히 행운의 낭신은 나의 편인가 보다.

고마운 새벽 손님에게 부빔 인사나 하고 가야겠다.

그런데, 아무도 없었다. 사람의 기척이 없다. 누가 종을 울렸을까?

민지다!

"꼬랑지가 왜 그래? 너구리 같아."

커다란 외침이 복도를 메아리친다. "초등아~!" 우당탕탕, 계단을 구르는 뒤늦은 쫓음이다. 설명할 겨를이 없었다. "나가자!" 민지는 위급한 상황을 눈치챈다. 자동문 센서부터 폴짝 뛰어 건드렸다.

어설픈 납치범들은 밖으로 나와 탈출한 냥이를 찾는다. 살면서 본 것 중에 가장 멍청한 사람 얼굴이었다!

우린 돌덩이와 나무를 요리조리 왔다 갔다 했다. 상대가 되질 않는다. 봉우는 늘어진 가지에 이마빡을 박는다. 낯짝이 새빨갛게 달궈져 폭발한다.

"케헥, 숨 차……."

봉우가 더 해보려는 솔기의 허리춤을 잡고 주저앉는다.

헤어짐의 시간이겠다. 앞발을 흔들어 인사했다.

"냐아아아앙! 닝냥냥뇽!" [얀녀어어엉! 약 오르지!]

여기냥 게스트하우스가 멀어진다. 편하게 지내다가 난데없이 위기를 만났지만 나름 재밌던 곳이었다.

"네가 창밖을 보고 있더라고. 그야말로 '나가고 싶지만 가둬진 외출냥이'의 표정이었어."

"고마워, 민지. 멍구 같은 인간에게 당할 뻔했지 뭐야."

"고맙긴 뭘. 이제 동쪽으로 가면 되는 거야?"

이 노란냥이를 처음 보았을 때, 왠지 다시 만날 것 같은 느낌이 있었다. 사람들이 말하는 인연이란 말과 비슷했다. 하지만 함께하지 못할 사정이 있었다. 난 조심스레 그동안의 이야기를 물었다.

내가 가고 며칠 후, 플스는 다 나아 신나게 뛰어다녔다고 한다. 그동안 못했던 놀이를 하루 동안 전부 했다고 한다. 그런데 갑자기 먹은 걸 다 토해냈다고. 까치까지 잡아다 주었는데 씹지 못했다고 한다.

"쥐도 잡아다 주었는데, 그 물렁물렁한 것도 못 씹더라고."

그러고 나서 기절하더니 깨어나지 못했다고 한다.

플스는 새끼냥일 때 초등학생 여자아이에게 모셔졌다고 한다. 일 년 넘게 ㄱ 집에 있었다. 여자아이의 침대 위를 좋아했다. 여자아이가 학교에 갈 때면 언제 돌아올까, 현관 앞을 지켰다고 한다. 어느 날 플스는 화분을 하나 깼다. 그날 밤, 작은 터널에 갇힌 채 자동차를 탔다. 수십 킬로미터 떨어진 외진 곳에 놓였다.

"아빠가 그랬대."

"그렇구나."

"플스는 죽기 전에 이상한 말을 하면서 신음했어. 사람 가족을 그리워하더라고. 잘 이해가 안 돼. 쫓겨난 거잖아."

"몸이 아프니까, 생각났나 봐."

앞서가던 민지가 멈춘다. 획 뒤돈다.

"전부터 궁금했던 게 있어. 플스는 말해주지 않더라고."

"뭔데?"

"포카, 사람에게 모셔지는 게 그렇게 좋아?"

어떻게 말해야 할지 모르겠다. 다른 곳을 보았다. 간지러운 앞다리를 핥았다.

"그냥 그래. 아니… 사실 별로야! 답답할 때가 많아. 얼마나 피곤하게 하는지 말이야. 자꾸 이불 속에 가둬두고, 못생긴 얼굴을 들이민다니까."

"그렇지? 사람 집은 많이 불편하지? 역시! 그럴 줄 알았어. 플스는, 약해 빠져서."

우린 한동안 말을 안 했다.

오른편에 경사진 암벽이 나타난다. 민지는 돌 틈 사이를 짚고 올라간다. 꽤 높이 올라가더니 적당한 디딤 장소에서 발을 모은다. 엉덩이 흔들기로 균형을 잡고 소나무를 향해 도약한다. 날다람쥐가 되어 줄기에 안착한다. 얇은 가지에 매달리더니 체조선수처럼 몸을 끌어올려 위에 선다. 아슬아슬한 가지타기를 하더니 무언가를 친다. 가려져 보이지 않는다.

바닥에 얇은 잔가지들이 흩어진다.

커다란 까마귀 두 마리가 뜀뛰기로 다가온다. 잔가지들은 까마귀의 둥지였던 것이다. 바닥에 부리질을 하며 위협한다. 민지의 거친 앞 발톱 휘두르는 기세에 포기한다.

터진 둥지 잔해물 사이 삐약 하는 작고 검은 것이… 아름다웠다. 새끼 까마귀 연골을 씹으니 감동이었다.

"정말 맛있지?"

"응, 처음 먹어봐. 굉장히 맛있다."

누가 시작했는지 모르지만, 장난을 쳤다. 아마 민지일 것이다. 심심하지 않아 좋았다. 하나보단 둘이 나았다. 우리 동족은 잘 하지 않는, 팀플레이가 이뤄졌다. 체온을 나누며 교대로 깊은 잠을 잤다. 먹을 걸 빌릴 땐 망을 봐주고, 사냥할 땐 몰이를 했다. 민지는 백 미터 밖에 있는 멍구도 알아차린다.

동료와 함께 고양이들의 천국이 나온다는 믿음으로, 끝없이 동쪽으로 향했다.

낭만

바다라는 물덩이를 만났다. 수심 깊은 바다 위로 태양 빛이 쏟아진다. 주황 줄이 반짝반짝 일렁인다.

해변을 낀 마을에는 색색의 지붕들이 촘촘히 모여 있다. 긴 가방을 멘 낚시꾼 오토바이가 지나간다. 뛰어노는 아이들이 보인다. 하루면 도달할 거리다.

우거진 진갈색 덩굴나무 뒤에 자리를 폈다. 마침 좋은 각도로 볕이 든다. 좀 자려고 했는데, 민지가 가만두지 않는다. 복슬한 억새풀을 꺾어 물고 간지럽힌다. 이리저리 피해도 멈추지 않는다. 코에 얇은 실 잎이 들어간다.

"에취! 그만해, 민지."

"헤헤."

몇십 번이나 재채기하니 겨우 억새풀 장난을 멈췄다.

민지는 처음엔 안 그러더니 점점 본색을 드러냈다. 장난기가 넘친다. '뒤통수 때리고 튀기 놀이'를 하루에 열 번은 한다. 갑자기 사라진 적도 있다. 예고도 없이 말이다. 몇 시간이나 찾아다녔다. 포기할 때쯤 은닉한 민지가 나타났다. "그것도 못 찾아?"

게다가 하지 말라는 건 반드시 했다. 왜 저렇게 청개구리 같은지 알 수 없었다. 곰곰이 생각해보았는데, 초등학교에서 태어나서 그런 것 같다. 매일 그런 걸 봤을 테니까.

민지는 산에 있는 밭에 들어가더니 흙을 열심히 파냈다. 난 누더지라노 발견한 술 알았시만, 우린 먹을 수 없는 '무'라는 채소였다. 민지는 그 커다란 걸 뽑은 것을 자랑스러워했다. 용맹한 표정으로 무 줄기를 물고 다닌다.

"오놀의 좀쉼이돠, 폿카."

"그거 되게 맛없어."

내 충고는 듣지도 않고 바로 무를 깨물고는 버럭 소리를 지른다.

"스흐악!"[이 명구 같은 맛!]

대뜸 가족묘지로 들어간다. 여러 개 무덤 앞을 이리저리 살펴보더니 한 무덤을 골라 쏘ㄱ러 앉는다. 이런······.

"무덤에 똥을 싸지 말라고, 민지."

"포카, 이 둥그런 작은 산을 봐봐. 볼록 솟아올라서 완전 똥을 싸고 싶게 생겼잖아."

민지는 '사람의 무덤'을 모르는 게 아니다. 그런데 기어코 묘지 앞에 싸버린다. 다행히 뒤처리는 잊지 않았다. 이리저리 잡풀을 끌어모아 흔적을 덮는다.

난 김 누구누구 씨에게 대신 사과했다. 머리 숙여 눈감아 두 앞발을 모았다. 고의가 아니진 않지만, 나쁜 고의는 아닙니다.

"선생냥~ 저 똥 쌌어요~ 히힛."

민지는 묵념하는 내 앞에서 펄쩍펄쩍 뛰며 난리를 친다. 장단을 맞춰주면 안 된다. 그럼 똥을 쌀 때마다 저 끔찍한 농담을 할 테니까 말이다.

"냡!"[으악!]

이번엔 내 귀때기를 세게 물고 도망간다. 화가 나 쫓다가 힘만 뺄 듯해 포기했다. 민지는 정말 빠르다.

"넌 느려."

"고마워. 깨닫게 해줘서."

"참 재미없구나. 포카, 넌 정말 선생냥이 돼야 할 것 같아."

삐진 척 뒤돌아 앉았다.

"칭찬인 거 알지?"

민지가 입을 내민다. 고개를 돌려 피했지만, 날 붙잡고 턱과 볼을 핥는다. 침을 바른 혓바닥이 고르게 털을 펴낸다. 볕을 받아 말려지니 참 개운하긴 했다. 나도 핥아주었다.

"더 세게 해봐. 이래서야 얼굴 털이 매끈해지겠어?"

그렇다면 원하는 대로 해주지. 목덜미를 팔로 감아 민지의 약점인 여드름을 무지무지 세게 핥았다. 민지의 턱이 쭉쭉 들리며 검은 좁쌀 가루가 떨어진다. "간지러워! 그만해!" 또 내 귀때기를 물었다!

올라타고 엎어지고, 체력이 바닥나 기진맥진했을 때야 몸싸움이 멈춘다. 민지와의 일상은 늘 이런 식이다. 아무렇게나 누워 깊은 잠에 빠졌다.

차가운 그림자의 기운에 슬며시 눈이 떠진다. 해가 지고 있었다. 민지도 일어나 한껏 기지개를 켠다. 메롱한 혓바닥을 집어넣는다.

"쯥쯥. 뭘 봐?"

난 어두워진 바다를 가리켰다.

"종달리 해변이야. 옆에 마을이 있어. 저기서 맛있는 걸 빌리자."

바닷바람은 그냥 바람과 달랐다. 이것의 형태가 있다면, 사람 손가락 모양이겠다. 사방에서 콕콕 찌르고 들어오기 때문이다.

해안 도로를 따라 차들이 지나다닌다. 민지는 좌우를 살피지도 않고 뛰려고 한다. 튀어나가는 가슴을 앞발로 낚았다.

"찻길을 건널 땐 확실히 살피고 가야 해. 요즘엔 전기차라는 것도 돌아다닌다고. 그건 소리가 작아서 조심해야 해."

"괜찮아. 난 시바 존나 멍구 빠르니까."

"그런 상스러운 말은 하지 말자."

마을에 오자마자 민지는 싸움질 준비부터 한다. 전봇대에 코부터 박고 킁킁댄다. 수염이 젖히며 "으르르…", 입을 쩍 벌리고 미간을 찌푸린다.

"어떤 놈이지? 향이 아주 진한데?"

"민지, 괜히 싸우지 말자. 우리의 목표를 생각해야지."

마을엔 옛날 집들이 올망졸망 이어져 있다. 그 틈 사이 좁다란 길을 거닐며 지리를 익혔다. 생선 튀기는 냄새에 침이 고였다. 아직 빌리는 시간이 아니었으므로 참았다. 운 좋게 문이 열린 외부 보일러실을 찾았다.

물어온 종이쇼핑백과 수건을 바닥에 깔았다. 파이프를 감싼 은박 보온재를 뜯었다. 스펀지가 떨어지며 은은한 온기가 퍼진다. 그럴싸한 거처가 완성된다.

그리고 새벽녘, 빌는 일을 시작했다. 교대로 망을 보고 부엌과 냉장고를 뒤졌다. 그런데 빌릴 만한 게 없었다. 일곱 번이나 허탕을 쳤다. 남은 생선 하나쯤은 있을 것인데, 어째 살점 하나도 없었다. 이상했지만 이유를 찾을 수 없었다.

여덟 번째 일을 하려던 중, 민지가 외친다. "포카! 저거!" 그리고 돌담과 흙담을 뛰어 넘어간다. 뒤늦게 따라갔지만, 담을 넘을 때마다 매번 아슬아슬하게 시야에서 놓쳤다. 무엇을 추적하는 것일까? 좋은 사냥감일까? 아니, 동족이었다!

민지는 검은 동족의 앞을 막는다. 녀석은 비닐봉지를 물고 있었다. 꽉 들어찬 봉투에서 솔솔 냄새가 났다. 내용물이 땅바닥에 끌릴 만큼 양이 많았다.

"혼자 그걸 다 먹으려고? 나눠 먹자."

"으으으. 으으응. 츄악~!"[꺼져라. 혼나기 전에. 멍구놈아~!]

"뭐? 한판 해보자고?"

싸우는 건 싫지만 배가 고프기도 하다. 어떻게 해야 할지 고민하고 있는데, 이미 민지는 봉투를 가로채려 앞발을 휘두른다. 녀석도 지지 않고 욕질하며 공기를 뱉는다. 가로등이 녀석의 주둥이를 슬쩍 비춘다. 웬걸, 분명히 보였다. 콧구멍이 초록색이다!

두 냥이 사이에 끼어들어 싸움을 말렸다. 서로의 초록털을 확인해주고 싸우지 말아야 할 이유를 한참 설명해주었다. "왜냐하면 우린 초록털이잖아." 둘은 수긍하고 화해의 의미로 콧날을 부딪쳤다.

검은 동족의 이름은 '낭만'이었는데, 흔하지 않은 생김새였다. 바탕 털이 검더라도 대개 발이나 가슴에 하얀 털이 섞여 있다. 흰 양말과 와이셔츠처럼 말이다. 녀석은 온 털이 새까맣고, 왼쪽 콧살만이 초록색이었나.

"우리에게 좀 나눠 줄 수 있니?"

"그래. 음… 왠지, 포카는 집고양이 느낌이 나는걸?"

"어떻게 알았어? 얘는 천생 집고양이 스타일이야."

낭만이는 생선 토막과 소시지를 나눠주었다. 우린 허겁지겁 삼켰다. 녀석의 봉투에는 아직도 많은 음식이 남아 있었다.

"낭만아, 음식은 왜 이렇게 많이 빌린 거야?"

"좋은 일을 하려는 거지."

수컷 초록털 고양이가 저렇게 많은 음식을 들고 다닐 일이 한 가지밖에 더 있을까?

"알겠다! 너 혹시 아빠냥이니? 새끼냥이 있지? 보여줄 수 있어?"

"포카, 새끼냥을 봐서 뭐 하게? 선생냥 노릇을 하려고? 잔소리를 잘하니까 잘할 것 같네."

"그런 건 아냐. 나름대로 사정이 있어."

"역시! 다 아는 것처럼 넘겨짚다가 틀리는 걸 보니……."

옆에서 자꾸 어깃장을 놓는다. 민지의 목을 감싸 안아 기습했다. 잘근잘근 깨물며 앞발 펀치를 마구 날렸다. "어쭈!" 들쳐 엎어지고 세상이 핑핑 돈다. 초당 일곱 번 간격으로 하늘이 움직인다. 정신 차리니 민지의 뒷다리에 퍽퍽 차이고 있었다. 이번엔 낭만이가 우리를 말렸다. 민지는 콧김을 내뿜는다. "후욱."

"너네는 왜 그래? 그만 싸워. 난 이제 갈게."

인사도 하기도 전에, 낭만이는 서둘러 돌담을 넘어간다. 옆구리를 깨무는 민지를 떼어놓고 나도 얼른 따라갔다. 얽힌 마을길을 돌고 돌아 모래밭까지 왔다. 영업을 관둔 듯 보이는 카페가 있었다. 2층으로 되어 있었는데, 위층은 돌덩이에 받쳐져 있고 아래층은 모래 위에 세워져 있었다.

낭만이는 2층 입구 바닥에 앉는다. 봉투 속 음식을 하나하나 꺼내 바닥에 깐다. 안절부절못하며 두리번거리더니, 몇 번이나 길게 운다.

"냐아옹~"[나와라~]

카페 입구 옆, 컴컴한 암흑 사이로 빛나는 두 눈이 나온다. 형태가 드러난다. 크다. 정말 크다.

머리가 사람 머리만 한 고양이였다. 몸통이 보통 고양이보다 세 배는 되어 보인다. 배털도 땅바닥까지 내려올 정도로 길고, 꼬리털도 퍼져 수북한 깃이 과장을 좀 보태서 나의 몸뚱이와 비슷했다.

거대한 고양이는 낭만이와 코를 부딪쳐 인사한다. 둘이 같이 있으니 꼭 새끼냥과 엄마냥 같았다. 뒤에 있던 나의 존재를 알아챈다.

"웅냥."[넌 누구냥.]

조용하게 말했지만, 두꺼운 목청이 공기를 울리는 힘이 달랐다. 마이크를 잡은 것처럼 말이다. 낭만이는 말했다.

"새로 사귄 친구야."

우린 등대 아래로 갔다. 삼발이라고 하는 큰 돌덩어리가 많았다. 그것들은 규칙도 없이 널브러져 맞물린 틈새가 제각각이었다. 어떤 부분은 정말 깊었다. 조심조심 함정을 피해 삼발이 사이로 움직였다. 바람이 스며들지 않는 좋은 장소를 찾아 앉았다.

"저렇게 커질 줄은 몰랐어. 새끼냥이었거든? 앙증맞고 귀여웠지. 잘 키워서 암컷 친구 할 생각으로 데리고 다녔어."

"정말 잘 키웠구나."

"지금 한 살 반이거든? 아직도 크고 있어."

"네가 많이 고생할 것 같아. 그런데, 그렇게 많이 빌리고 다니면 들키지 않니? 조심해야 할 것 같아."

삼발이 사이로 민지가 튀어 오른다.

"포카는 널 가르치려고 하는 거야. 선생냥처럼."

머리통을 쳤다. 민지 두더지가 쏙 들어간다.

"다른 건 몰라도 빌리는 일에는 자신 있어! 이상하게 새끼냥 적부터 사람 집만 보면 가슴이 두근두근해. 정신을 차리면 나도 모르게 들어가 뒤적거리고 있어. 왜 그런지 모르겠어."

두더지의 머리통을 다시 한번 쳤다.

"음, 각자 잘하는 것이 있는 거지. 참, 낭만아. 물어보고 싶은 게 있어. 동쪽의 섬으로 어떻게 가는지 알아?"

"동쪽의 섬? '냥섬'을 말하는 거구나."

"거길 냥섬이라고 해?"

"응, 그곳에 가는 동족을 몇몇 본 적 있어."

"넌 가고 싶지 않아? 우리 같이 갈래?"

"이제 거길 들어가면 나올 수 없대. 난, 여기에 남을 거야."

"그렇구나. 난 꼭 갈 거야. 내 꿈은……."

"포카의 꿈은 새끼냥을 괴롭히는 선생냥이 되는 거야."

정말 열 받는다! 민지는 이 진지한 상황에 시비만 건다. 앞발을 아주 세게 휘둘렀다. 제대로 먹혔는지, 고놈의 주둥이가 획 돌아간다. 돌아간 주둥이가 오물거린다.

"용용… 이런, 멍구냥!"

꼬리를 깨물린다. 나도 깨문다. 아래로 한 칸씩 떨어진다. 찰랑거리는 파도까지 온다. 삼발이 무더기를 뛰쳐나와 모래밭을 질주했다. 절대 마지막 따귀는 맞을 수 없다는 집념으로 밤새 두딕거렸다. 해변 마을을 나섯 바퀴나 돌았다.

뻗은 민지가 깨지 않도록 살며시 보일러실을 나왔다.

해변에서 난리 통을 친 탓에 꼴이 말이 아니었다. 허연 소금가루가 털에 찌들어 거렁뱅이 고양이처럼 됐다. 핥을 수도 없어 파다닥 온몸을 털고, 또 털었다. 퉷, 퉷! 짠맛이 없어지지 않아 결국 빈집에 들어가 온수를 좀 빌렸다. 드라이기를 중간 온도로 켜고는 바람 앞에서 뒹굴었다.

운 좋게도, 빈집에서 냉동실 깊숙이 숨겨둔 냉동 닭다리를 찾을 수 있었다. 전자레인지로 몇 토막을 해동해 비닐에 쌌다.

카페 앞에 가 낭만이를 불렀다.

"이게 다 뭐야? 와! 고마워. 잠시만 기다려!"

낭만이는 봉투를 들고 어두운 곳으로 들어간다. 새까만 뒷

모습이 완벽히 사라지더니, 어둠 안에선 쩝쩝 살 찢는 소리가 들린다. 금방 다시 나타났다.

"아까는 미안해. 민지가 자꾸 방해하니까 화가 나더라고."

"아니야. 장난하다 보면 그럴 수 있지."

"우리 잠시 이야기할까?"

녀석은 버려져 비닐로 덮인 가판대로 나를 안내했다. 파도와 섞인 소금 이슬을 피할 좋은 장소였다. 우린 밤바다를 향해 앉았다. 때 묻은 비닐 밖은 낚싯배의 노란 불빛만 번져 보였다.

"예전에, 어떤 초록털 동족을 만난 적이 있어. 그때 난 새끼 냥이었을 때였어. 육 개월쯤 되었을 거야. 공짜 생선을 주는 '파란 팔토시'가 나의 이름을 지어주었을 때였어.

초록털 동족이 나에게 냥섬에 가자고 했어. 가고 싶었어. 그때는 말이야. 우리처럼 똑똑한 초록털들이 아주 많다던데, 어떤 세상일지 궁금하잖아. …파란 팔토시는 늙은 여자 인간이었는데, 내 털의 보드라움을 너무 좋아하더라. 얼마나 쓰다듬고, 만지고, 껴안고 싶어 하는지, 온종일 날 기다리더라고. 내가 바빠서 늦은 날에는 집 앞에서 나와서 기다렸다니까. 생선 얻어먹은 빚만큼은 털 감촉을 빌려주었어. 그러니 떠날 수 없었지. 지금은… 흙 속에 있어. 요새도 가끔 만나 인사하곤 해.

간간이 냥섬으로 가는 동족들을 보곤 했어. 그러다가 하루는 꼬리가 꺾인 녀석을 만났어. 녀석은 냥섬에 있다가 이곳으로 왔다고 했지. 다시 돌아간다고 했어. 그때 중요한 사실을 알았어."

"중요한 사실?"

"냥섬에는… 놀라지 마! 학교가 있대! 세상에!"

"정말? 학교가 있어?"

"이런 멍구 같은! 꼬리 꺾인 냥이는 냥섬이 생각보다 재미가 없대. 사람 사회같이 많은 규칙을 만들어버렸다는 거야. 상상해봐. 어떻게 우리 고양이 종족을 학교에! 그건 정말 끔찍해. 지독한 고문일 거야. 새끼냥을 앉혀놓고 멍하니, 그게 무슨 짓이야? 아무것도 모르고 냥섬에 따라갔다면… 생각만 해도 입술이 부르르 떨려. 우리 종족은 말이야, 냥섬이건 학교건 자유가 최고야. 나도 그래서……."

낭만이는 '고양이의 자유'에 관한 자기의 생각을 늘어놓는다. 그러나 내 귀에는 안 들어온다. 냥섬의 학교라니! 난 제자리 도약할 듯 뒷다리가 들썩들썩, 기쁨을 주체할 수 없었다.

민지는 내 기척을 느끼고 깨어난다. 팔을 쭉 뻗는다. 아무 일 없던 것처럼 옆에 누우며 말한다.

"냄새가 나."

"뭐?"

"너… 나 빼고 혼자 먹었지."

또 시작이다. 민지는 왱왱대며 보일러 철판을 뻥뻥 찬다. 들썩들썩 한바탕 난리를 쳤다. 쌓인 먼지가 모두 날아가버려, 청소한 것처럼 됐다. 보일러실 대여료를 준 셈 쳤다.

등대 주변에 있던 자주색 벽돌 건물에 왔다. 외벽 간판엔 '우도 도항선 대합실'이라고 적혀 있다. 이곳에서 토요일마다 저녁 여덟 시에 냥섬행 배가 온다고 한다.

두 시간 간격으로 배가 사람들을 실어 나른다. 가족이나 연인으로 여행을 온 사람들이다. 민지와 난 여행객들의 눈길을 피해 자리를 옮겨 다녔다.

마지막 우도발 배가 온다.

사람들이 웅성대며 줄을 선다. 제일 마지막 줄이 사라질 때까지 그들을 감상했다.

"왜 저거 안 타? 마지막 배잖아."

"우도로 안 가. 냥섬에 갈 거야."

승선권을 주는 여자가 대합실을 나가자, 민지와 나 둘만 남는다. 이제 세 시간이 남았다.

민지는 허리를 낮춰 엉덩이를 흔든다. 꼬리를 잡아 장난을 치려는 셈이다. 꼬리를 아래로 접어 숨겼다. "민지, 지금은 아니야." 나의 진지함을 보고 민지도 포기한다. 대합실 여기저기를 뒤적거리며 논다.

석유난로를 켰다. 붉은 원통이 달궈진다. 몸을 데우며 그동안 살아온 냥생을 되짚었다. 엄마냥을 잃어버린 일, 영수에게 모셔진 일, 사람 가족과 고양이 가족과 자란 일, 써니와의 행복했던 시간…… 집을 떠나 여기까지 오게 된 일.

카운터에 유선 전화가 준비돼 있었다. 스피커 버튼을 누르고 번호를 눌렀다.

"제 말 안 들리나요? 여보세요? 장난 전화인가 봐. 닷디야, 이리 와~ 언니랑 놀자~"

또 다른 번호도 눌렀다.

"여보세요. 여보세요. 제 말 안 들려요? 은아야, 잠깐만"

"냐아……" [냐야…]

"고양이 소리가 나. 누나가 장난치는 건가?"

전화는 끊긴다. 민점을 졌다. 석유니코에 너무 가까이 있어서일까? 머리가 복잡하고 가슴이 뜨겁다.

웅성거리는 네댓 명의 사람 소리가 들린다. 배의 엔진 음도 들렸다. 다른 음색이었다.

새까만 밤바다 위에 배가 있었다. 깔끔한 진초록색으로 선체 하부가 도색되어 있다. 찌를 듯 날카로운 뱃머리 디자인이 예사롭지 않았다. 아까 보았던 도항선보다 값나가 보였다.

배 중앙에서 작은 기둥이 솟아오른다. 하얗고 둥근 무대 조명기의 빛이 회전한다. 기다리는 사람들을 확인이라도 하듯 모두 비춘다.

모터가 넓은 건널 판자를 밀어낸다. 철로 된 재질에 미끄럼 방지 검은 장판이 붙어 있다. 땅과 연결된다.

갑판 위에는 어슬렁거리는 그림자가 있다. 네 다리 물체가 유연한 등을 구불거리는 게, 분명 동족이다. 쥐가 파먹을 곳도 없는 쇠로 만든 배에 동족이 있는 것이다.

사람들은 탑차에서 일 미터가 넘는 커다란 박스들을 배에 싣는다. 고양이용 밥 브랜드 '슈퍼 엣지'가 쓰인 박스가 수십 개가 넘었다. 배티 닭가슴살 고유 문양이 그려진 박스도 보인다. 짐을 모두 싣자, 사람들은 아무 말 없이 몰아온 탑차를 타고 떠난다. 짐만 가득 채워진 배는 썰렁해 으스스했다.

엔진이 열을 낸다. 추진기가 동력을 얻어 바닷물을 밀어낸다. 나의 가슴 또한 동력을 얻는다.

"지금이야! 가자!"

배를 향해 뛰어갔다. 열심히 뛰어가다가 문득 뒤가 허전한 걸 깨달았다.

민지가 오지 않았다! 다시 민지 쪽으로 달려갔다. 민지는 아직도 차 밑에서 오들오들 떨고 있다. 몸통의 노란 점이 바짝 일어나 있다.

"뭐 해. 안 가?"

"나 무서워. 저렇게 깊은 물을 떠다닌다고? 빠지면 어떡해? 괴수 오징어가 날 삼키면 어떡해?"

"무슨 소리야. 그런 건 세상에 없어. 서둘러! 지금 안 가면 다시 일주일을 기다려야 해."

"그럼… 일주일만 더 생각해보면 안 될까?"

마지막 순간에 겁을 먹고 웅크리다니. 모터가 건널 판자를 접기 시작한다. 시간이 없다!

최후의 수단을 썼다. 우리 동족의 최대 약점인 복수를 향한 본능을 건드렸다. 앞발을 들어 민지의 뺨을 마구 때렸다. 강하고 약 오르게, 픽! 픽! 정확히 다섯 번 만에, 민지는 더 참지 못하고 일어선다. 반격의 앞발이 올라간 순간, 뒤도 돌아보지 않고 배를 향해 뛰었다.

막 접히려는 건널 판자에 아슬아슬하게 몸통을 올려놓았다. 아랫배에 힘껏 힘을 줘 뒷다리를 끌어 올렸다. 민지는 나보다 늦게 뛴 주제에 한참 앞에 잘 착지한다.

"헤헷. 그섯노 못 뛰니?"

갑판을 가로질러 선미 쪽으로 뛰었다. 선교로 올라가는 계단 아래에 숨었다. 곧 배가 움직인다.

땅으로부터 멀어지자, 그제야 실감이 났다. 여기까지 해낸 스스로가 믿기지 않는다. 크나큰 감동… 민지의 입술에 입술을 맞춰 사람의 뽀뽀를 했다.

"우웩. 뭐 하는 짓이야"

드디어 냥섬으로 간다!

냥섬

　판자에 매달린 몸이 미끄러졌다면… 상상만 해도 끔찍하다. 엄마와 영희에게 네 다리를 부여잡힌 채 온 털에 샴푸가 스며들었던 때와 겨울의 소금물을 비교 체험할 뻔했다. 건널 판자의 장판이 미끄럼방지 재질이 아니었다면 말이다.

　"왜 그랬어? 하마터면 못 탈 뻔했잖아."

　"시끄러워. 조용히 좀 해봐. 몸이 떨린다. 왜 떨리는 거지?"

　"배가 움직이니까 그렇지."

　잔잔한 밤바다의 물살을 가르는 소리 외에는 고요했다. 우린 계단 아래 공간에서 나왔다.

　배는 단순한 구조였다. 입체적인 사다리꼴 배 하부에 정육면체 선교가 얹어져 있다. 선교 벽에는 초록빛 전구가 박혀 이어져 있었다. 전구에서 나오는 부드러운 빛은 아래로 향했다. 바닥만 비추는 좀 독특한 조명 방식이었다. 지나다니는 길을 빼고는 박스 짐들이 가득 실려 있었다.

선교 안에서 무언가 움직였다. 울렁이는 내부 조명으로 가늠해보니 대략 사람 크기의 물체였다. 목을 빼 자세히 보려고 했지만, 거리가 멀었다.

팟, 팟, 팟, 갑자기 무슨 소리가 난다. 어디서 들어본 듯한 그 뜯어지는 소리는… 민지였다. 박스 포장 테이프에 발톱을 찔러넣어 뜯고 있었다. '배티'라고 쓰인 박스다.

"닭가슴살 먹자. 배고파."

"뜯지 마! 우리 게 아니잖아."

"언제 그런 걸 따졌어? 민지 빌리는 냥이기 임지야. 팟, 팟."

그때, 갑판을 뚜벅이는 기척이 나타난다. 여길 향해 곧바로 다가왔다. 우린 박스 더미를 빙글빙글 돌아 따돌리려 했다. 뚜벅이는 따라서 빙글빙글 몇 바퀴나 돈다. 아무래도 냥이 승객을 눈치챈 모양이었다.

"계속 따라올 작정인가? 포카, 네가 유인해. 내가 뜯을게."

"뜯는 건 좀 나중에 하자. 잠깐만 기다려봐. 올라가서 상황을 파악해볼게."

박스가 포개지며 엇나간 공간을 활용했다. 발톱을 연갈색 상자 종이에 꽂아 고정했다. 대롱대롱 매달린 채 앞다리를 끌어당겨 상자 암벽을 탔다. 이런! 헛디뎌버렸다.

"포카, 네가 어떻게 고양이인지 모르겠어."

민지는 박스 틈새마다 뒷발 도약을 써 두 층씩 홀쩍홀쩍 오른다. 어떻게 보지도 않고 앞 발톱을 눌러 박지? 게다가 아주 좁은 틈에선 앞발 하나만 이용해 온몸을 지탱하곤, 옆 박스의 넓은 틈으로 다른 앞발을 짚어 이동한다. 순식간에 꼭대기다. 감탄하지 않을 수 없다.

"와……."

"이게 바로 참 고양이지. 어떤 사람인지 보고 올게."

"민지! 조심해. 나쁜 사람일 수도 있어. 위험하면……."

말이 끝나기도 전에 민지는 사라진다. 귀를 쫑긋 세웠다. 뚜벅거리는 소리는 여전히 계속되고, 민지는 다락다락 종이 상자를 밟는다.

뚜벅과 다락다락은 가까워지기도 하고 멀어지기도 한다. 서로를 모르는 듯 동떨어지게 움직이다가, 거의 붙어버렸다.

침묵이 이어진다. 걱정할 때쯤, 기묘하고 종잡을 수 없는 소리가 들렸다. 말소리인 것 같았는데, 마치 조율이 엉망인 악기가 연주되는 것 같았다. 불협화음의 중간엔 민지의 말소리도 섞여 있다.

민지는 박스 더미 모서리에서 멀쩡히 나타난다. 소식을 기다리는 나에게 이상한 말을 던진다.

"포카! 이 사람 되게 예뻐."

사람이 예쁘다는 건 무슨 뜻일까? 살면서 냥이의 외모 기준을 통과한 사람은 보지 못했다. 나같이 사람이 익숙한 냥이에게도 말이다. 공짜 밥 주는 손바닥 주름은 멋있어 보이긴 하다. 민지에게서 예쁘다는 말이 왜 나온 걸까 하고 고개를 올려보았는데…….

"일어났냐, 선생냥."

눈꺼풀을 떴다. 갑자기 들어온 빛에 눈앞이 가물가물했다. 하얀 면에 촘촘한 검은 것들은 초파리인가, 김가루인가… 아니, 민지의 턱 여드름이었다.

난 세면대만 한 둥그런 접시에 누워 있었다. 힘이 하나도 없어 발가락을 쥐었다 펴며 정신을 차렸다. 몸을 일으키려고 했지만 무언가가 걸렸다. 팔에 바늘이 꽂혀 비닐 줄과 연결돼 있었다. 수액을 맞고 있는 중이었다.

병원은 아니었다. 천장에 달린 누르스름한 조명과 내가 누워 있는 접시뿐, 쇠창살도 없었다. 건너편 벽에 연회색 민지 그림자가 세수를 한다.

"허리를 얼마나 접던지, 털도 다 솟아서… 다리 달린 털 뭉치 공 같았어."

"내가?"

"그래. 온갖 욕을 하면서 뒷걸음질 쳤어. 사람 욕, 냥이 욕. 네가 그렇게 화내는 건 처음 봤어."

"하나도 기억이 안 나."

출렁이는 갑판 바닥에서 일어난 일을 회상했다. 박스 더미 모서리에서 나타난 민지, 그 뒤편의 존재에게 고개를 올렸던 순간… 생각이 난다. 꼬리털이 마구 섰다.

"그 괴물은 어딨어?"

"괴물이 아니라 메추리야. 그렇게 생긴 괴물이 어딨어?"

민지의 말이 끝나기가 무섭게 문밖으로 누군가 뚜벅이며 온다. 벌컥, 문손잡이가 돌아간다. 역시나 괴물이었다. 꿈에 나올까 두려운 저 끔찍한 모습… 난 구석으로 피신했다.

"카악~! 하악~! 하악~!" [꺼져~! 이 멍구놈아~! 멍구놈아~!]

"포카, 왜 그래? 이마 좀 만져보자."

"우웅~ 카악~!" [죽는다~ 꺼져~!]

"아야! 왜 할퀴어?"

다시 봐도 예쁜 것을 하나도 찾을 수 없었다. 형태는 사람인데 얼굴 생김새가 아주 달랐다. 눈 면적이 눈썹 바로 밑에서 콧대 중간까지 차지했다. 동공 또한 시꺼멓게 꽉 차 그야말로 영화 채널에서 본 귀신이었다.

인중에 뿌리를 두고 볼 끝 너비만큼 뻗어난 것이 있었다. 여러 가닥이 퍼져 있었는데, 딱 고양이 수염 같은 형태였다. 하나하나 굵기가 사람 새끼손가락만 했다.

머리털은 가늘었다. 접착제를 바르고 강아지풀을 비벼서 뿌렸거나, 이끼 가루를 반죽해 만든 헬멧을 쓴 듯, 살가죽에 찰싹 붙어 있었다.

"진정하세요. 이름이… 있네요? 포카."

"네 정체가 뭐냐!"

"왜 그러시지?"

괴물놈은 들고 있던 차트에 뭔가를 쓴다. 무어라고 쓰는 것일까… 잡아먹겠다는 것일까… 쓰륵쓰륵, 종이 위로 잉크 볼이 구르는 게 귓속을 찔러 반대 귓 밖으로 살아나갔다. 어질어질하더니 배가 울룩불룩 혼자 움직인다. 목구멍으로 올라온 신맛을 느꼈다.

"일어나, 선생냥"

이번에도 난 둥그런 접시 위에 누워 있었다. 민지의 꾹꾹을 모른 척, 실눈을 뜨며 수위를 살폈다. 방은 세 배 너 넓어졌고, 닫힌 블라인드에서는 실금 빛 여러 개가 새어 나오고 있었다.

왼 앞다리엔 바늘이 꽂힌 호박색 고무 팔찌가 채워져 있었다. 그것에 연결된 전선은 지난번보다 더 발달된 기계 장치에 꽂혀 있었다.

기계 장치의 검은 모니터에서, 여러 가지 선들이 수평선 아래위로 파도치고 있었다. 가장 굵고 역동적인 붉은 선의 구불거리는 폭이 더 좁아진다. 바로 지금 나의 심장 전류를 표시하는 것 같다. 오른쪽 구석의 초록 숫자는 제일 진하고 밝았다. 천에서 오천 사이를 오르내리다가, 변동이 적어지더니 중간 정도의 값으로 수렴됐다.

민지의 꾹꾹이 멈춘다. 귓가에 뜨거운 콧김이 들어간다.

"자는 척하지 마, 선생냥"

아얏! 귀 끝이 물렸다.

"이게 다 뭐지."

"뭐긴 뭐야. 네가 또 기절했잖아."

"세상에… 그렇게 이상한 사람은 처음 봤어. 그건 그렇고, 여긴 어디야?"

민지는 콧살을 핥으며 뜸을 들인다. "여기 어디냐니까?" 민지는 앞발을 뻗어 창문 블라인드를 가리켰다.

"냥섬이야. 네가 그렇게 오고 싶어 했던 냥섬. 초록털 냥이들이 엄청 많아."

냥섬! 냥섬… 몸이 단번에 뜨거워지는 말이다. 여기가 어디건, 그 괴물이 누구건, 냥섬이란 걸 알고는 가만히 있을 수 없었다. 얼마나 접시 침대에 누워 있었는지 뒷다리에 힘이 안 들어갔다. 앞다리만 뻗어대며 허우적허우적 기어 나아갔다. 바퀴 달린 수액 거치대가 끌어져 딸려오다 넘어진다. 민지가 내 몸통을 누른다.

"무리하지 마. 조금 늦게 보면 어때?"

"봐야 해. 봐야 해."

블라인드 줄을 잡아당길 힘도 없다. 창틀에 턱을 받쳐 블라인드 아래로 머리를 집어넣었다. 유리에 코를 박았다. 참 밝았다. 빛에 적응할 동안, 숨을 참았다.

정말, 냥섬이다.

동족 냥이들이 수도 없이 많다. 흰냥이, 노란냥이, 삼색냥이,

고등어냥이, 검은냥이… 각기 한 움큼씩 초록털이 붙어 있었다.

식수대에서 물을 마시는 냥이들, 벽에 붙은 긁개에 발톱 다듬는 냥이들, 새끼냥을 거느린 채 산책하는 엄마냥, 쌍쌍이 털 다듬어주는 냥이들, 쫓으며 장난치는 새끼냥이들…….

밥그릇을 엎은 듯이 생긴 낮은 집들이 많았다. 냥이용 주거 건물인 모양이다. 그 건물들은 쏟아져 흩어진 공짜 밥처럼 또독또독 아주 많이 있었다.

"어때?"

꿈에 그리던 냥이들의 세상. 드디어 오게 되었다. "세상에…….” 유리에 김이 서렸는지, 촉촉한 것이 눈을 메웠는지, 냥섬의 전경이 물컹해진다.

공짜 밥과 빌릴 음식, 따슴한 곳을 찾아다니고, 흉악한 멍구나 나쁜 사람, 막가는 포터를 피해, 살기 위해 살았던 지난날이 끝난 것이다. 이제 냥이들만의 세상에서 나만의 뿌듯한 역할을 찾을 것이다.

"잠깐 기다려봐. 네가 깨어나면 부르라고 했거든."

"민지야, 잠깐…….”

민지는 언제야 내 말을 끝까지 들을지 모르겠다. 감격의 순간은 짧게도 지나가버렸다.

괴물은 입만 빼고 다 가린 가면을 쓰고 나타났다. 이것도 그

다지 호감이 가진 않지만… 훨씬 나았다.

"포카, 우리는 '메칠'이라고 합니다. 지구의 사람이라 불리는 종족은 아닙니다."

사람처럼 두 다리로 걸으면서 말도 하는 것이 자기가 사람은 아니라고 한다. 기이한 상황이었다. 난 메추리라고 소개하는 존재를 살펴보았다.

사람의 냄새와 달랐다. 그의 주위로 수액 거치대를 한 바퀴 굴리며 관찰했다. 의사처럼 흰 가운을 입고 있었는데, 가운 안에는 평범한 셔츠와 바지, 신발을 신었다. 신발 옆면에 많이 봤던 상표가 있다. 나도 모르게 브랜드 표식을 삭삭 긁었다.

그는 한 발짝 물러난다.

"지구에서 오래 지내다 보니까요."

펜으로 초록 이끼 머리털을 벅벅 긁는다. 가면 밖으로 삐져 나온 굵은 수염을 가다듬고 정좌로 앉는다. 클립보드를 무릎에 받치고 무언가를 쓴다. 허리를 숙여 앉은 나의 눈높이를 맞추어준다. 그리고 말한다. "포카." 난 멀뚱멀뚱 쳐다만 보았다. 무엇을 해야 할지 몰랐다. "사람의 언어를 발성하는 방법은 아시지요?" 그제야, 대화를 주고받아야 한다는 걸 깨달았다. '이야음, 이야음' 목청을 가다듬었다.

"안녕하세요, 메추리."

"아니, 메추리가 아니라 '메칠'입니다. 초록털은 꼭 그렇게 부르시더군요. 아무튼, 낭섬에 오신 걸 환영합니다."

말을 하고 싶었지만, 할 말이 생각나지 않았다. 메추리는 클립보드 위의 종이를 한 장 넘기곤 삐뚤어진 가면을 고쳐 쓴다. 나에게 여러 질문을 던진다.

나이, 사람 가족에게 모셔진 일, 좋아하는 음식, 냥섬은 어떻게 알고 왔는지 등을 물었다. 될 수 있는 한 성의껏 답했다. 그는 내가 답을 할 때마다 클립보드 종이에 필기했다.

"삼 년이 넘도록 모셔졌다니. 초록털 중에서는 가장 기네요."

질문 시간이 끝난다. 그는 제일 마지막 페이지 가장 아랫부분에 서명하듯 펜을 흘려 쓰곤 점을 콕 찍는다.

"그린데, 궁금한 것이 있어요. 빚을 갚았나요?"

"빚이요?"

"인연을 생각해서라도 빚을 갚아야 한다고 생각해요."

'빚을 갚는다'. 어려운 말은 아니나 조금 헷갈리는 말이었다. 그러나 금방 이해했다.

"딱히 빚을 갚진 않았어요. 평소 조금 능력을 쓰긴 했지만요."

"역시, 지구의 인간이란 종족들은 참 부족한 구석이 많은 것 같네요. 그렇게나 오래 모셔졌는데!"

"제 말이 그 말이에요. 뭐, 전 괜찮아요. 사람들은 바쁜 일이 많으니까요."

"그러니까 인간은 높은 단계로 가지 못하는 것이죠." 그는 훌쩍 일어난다. "몸이 회복되면 냥섬을 한번 둘러보세요. 식사하실 곳은 여기저기 있으니까요. 그럼, 저는 이만"

그는 문으로 걸어간다. 마음속에 아쉽고 허무한 느낌이 드는 이유를 찾을 수 없었다. 무얼 빼먹었을까? 문이 열리자 민지가 후다닥 들어온다.

생각났다! 나가는 그에게 외쳤다.

"저… 제가 선생냥을 할 수 있나요?"

"예?"

"냥섬에는 학교가 있다고 들었거든요."

가면의 뚫린 눈구멍이 꺼멓게 커진 동공으로 채워진다. 수염이 바짝 서서 가면 밖으로 튀어나온다.

"지금 선생냥이라고 했나요?"

민지가 끼어들어 나 대신 답한다.

"포카는 이미 자기가 선생냥인 줄 알아요. 아마 잘할 거예요. 한숨도 잘 쉬고 잔소리도 잘하니까요."

그는 클립보드의 종이를 훌쩍훌쩍 넘겨 다시금 살핀다. 날 유심히 보기도 하고, 혼자 자기 무릎을 치기도 한다.

종이가 팔랑거리며 글자가 비친다. 필기체 글자가 유난히 잘 보였다. 밑줄이 쳐진 뒤집힌 글자, '모셔짐'. 다음번 넘길 때는 그 단어 옆에 별 표시 하나가 생겼다. 불안한 별인지 좋은 별인지 모르겠다. 사람에게 모셔진 냥이라서 안 된다고 하는 건 아닐까?

메추리는 내 앞에 다시 정좌로 앉았는데, 여유로운 분위기가 없어졌다. 코 밑 부분만 보이지만 표정을 알 수 있었다. 젖혀진 수염과 오물오물 수축하는 입술로 말이다. 생전 처음 보는 가시 달린 파충류라도 본 듯한 표정이었다.

나에게 왜 선생냥이 되고 싶냐고 묻는다.

"새끼냥들에게 안전한 곳을 가르쳐주고 싶어요. 위험한 곳으로 가려 할 때 붙잡아주고 싶어요. 먼저 콧대를 내미는 예의를 가르치고 싶어요. 배고픈 냥이에게 양보를 하도록 가르치고 싶어요. 그렇게 다 자란 냥이 하나하나가 뿌듯한 역할을 갖는 거죠. 그러려면 새끼냥 때부터……."

내 설명을 듣던 그는 알겠다는 듯 눈을 끔벅이며 조용히 방 밖으로 나갔다.

"민지, '외계인'이었어."

"외계인?"

"응, 외계인이야. 우릴 똑똑하게 해준 사람들 말이야."

"그냥 예쁘게 생긴 사람이던데. 저기도 있다."

민지는 넓은 모래판을 가리킨다. 외계인이 있었다. 꼬랑지 털이 부풀어 가랑이 사이로 넣어 숨겼다. 저 큰 눈에 적응하려면 시간이 걸릴 듯하다. 이해가 안 가지만, 날 제외한 초록털 모두가 메추리의 생김새에 친근함을 느끼고 있었다.

모래판 위에선 '외계인' 두 명이 어깨를 흔들며 삽질을 하고 있다. 주변엔 초록털 냥이들 여럿이 있다.

"포카, 뭘 하는 걸까?"

민지를 따라 가까이 가보았다. 외계인 둘은 땀을 뻘뻘 흘리며 커다란 삽으로 모래를 드럼통 모양 기계에 퍼 넣고 있다. 드럼통은 달그락거리며 하부에 달린 호스를 통해 세척된 모래를 뱉었다.

아직 삽질이 안 된 자리에는 손가락만 한 덩어리들이 보였다. 여긴 바로 모래 화장실이었다.

모래판을 두른 냥이들은 작업을 지켜보고 있다가, 가끔씩 소리쳤다.

"열심히 해, 멍구야~"

냥섬의 초록털 냥이들은 외계인, 메추리라 불리는 그들을 멍구라고 부르기도 한다. 멍구는 초록털뿐만이 아니라 평범한 냥이들도 아는 말인데, 어떻게 쓰임새가 변했는지 모르겠다.

"열심히 해, 멍구야~"

"민지야, 그런 건 따라 하지 마."

냥섬은 생각보다 넓었다. 온종일 걸어도 한 바퀴를 돌 수 없는 곳이다. 안개가 없는 날 남쪽에서 '우도'가 보였다. 눈대중으로 보건대, 그곳의 세 배 정도는 되었다.

냥섬에는 돌산이 있다. 이를 기준으로 남쪽과 북쪽의 구역이 나누어진다. 돌산 너머 북쪽 구역에는 메추리들이 사는 집이 있다고 하던데, 아직 가보지는 못했다. 섬 가장자리에 난 길을 통해 출근하는 메추리들은 보았다.

남쪽 구역은 현재 내가 있는 곳이다. 냥섬 면적 대부분을 차지하는 넓은 평야이며 냥이들의 거주지역이다. 집과 놀이동산, 광장, 학교 같은 초록털 냥이를 위한 것들이 있다. 며칠 동안 민지와 함께 이쪽을 거닐었다.

냥섬의 가장 큰 특징은 숨을 틈을 찾아다닐 필요가 없다는 것이다. 원래 우리 냥이들은 항상 첩보 영화 주인공이 되어야 했다. 언제, 어디서나 은닉하고 탈출할 경로가 몇 가지는 있어야 했다. 모셔주는 사람과 함께 집에서 사는 냥이도 그런 본능을 간직하고 있지 않은가?

냥섬에서는 그럴 필요가 없었다. 멍구도 포터도 사람도 없으니까. 냥이들만 많았고 숨을 틈은 다 메워져 있었다.

"포카, 기분이 이상해."

또, 냥섬의 초록털 냥이들은 항상 화가 난 상태였다. 눈이라도 마주치면 예외 없이 으르렁거리며 다툼을 시작하려 했다. 영역을 넘는 잘못이라도 한 줄 알았지만, 그건 아니었다. 여긴 영역이란 것이 없기 때문이다.

"포카, 내 꼬리 그림자가 가리키는 쪽을 봐봐. 고등어 등 무늬에 왼 뒷발만 하얀 냥이가 보이지? 계단 맨 위에 앉은 녀석."

"응, 왜?"

"날 보며 눈을 부라려."

민지와 이름 없는 초록털 사이에서 끊임없이 일이 생겼다.

난 하루에 몇 번이나 왱왱 싸움에 끼어들어 다르고 얼렀다.

'놀이동산'은 초록털 냥이들을 얼빠지게 하는 곳이다. 사람의 것을 모방한 기구들이 많았는데, 강도는 더 셌다. 안전바를 두 앞발로 꼭 잡아야 했다.

롤러코스터 열차는 급상승과 급하강을 열 번 넘게 연속했다. 바이킹은 십 도와 삼백오십 도 사이를 자비 없는 반동으로 왕복했다. 쌩쌩 돌고 도는 회전목마는 타고 내리는 시간이 따로 없었다. 어떤 과격한 냥이들은 놀이기구의 반동을 이동수단으로 쓰기도 했다. 날다람쥐처럼 말이다.

개중엔 사람 사회에서 볼 수 없는 특별한 것도 있었다. 제일 인기 있는 것은 '탈출'이라는 곳이다. 외벽을 벽돌로 세워둔 3층 높이 건물인데, 내부에는 테트리스 블록 기역, 니은, 디귿, 리을이 무작위로 흩트려져 있다. 입장이 시작되면, 초록털들은 순식간에 블록의 사이사이 가장 음침한 곳에 숨는다.

준비가 다 되면 메추리 셋이 등장한다. 메추리들은 장애물 사이를 이리저리 휘젓고 다니며 초록털들을 붙잡는다. 털이 엉겨 붙는 찍찍이 장갑으로… 끝까지 자유로운 냥이가 승자가 된다. 정말 재밌는 곳이다. 장애물 사이를 넘나들다, 메추리의 회심의 찍찍이 휘두름을 몇 올만 엉키며 탈출할 땐… 마치 진짜 '고양이'가 된 느낌이다. 민지와 난 한참 동안 '탈출'을 떠나질 못했다.

'광장'은 준비가 되어 있는 곳이었다. 물이 솟는 분수대를 중심으로 계단이 들어서 있다. 계단 뒤로는 돔 경기장처럼 방음 소재 벽이 둘러 있다.

왜 방음 소재냐고? 방음 소재가 아니라면, 그놈의 '용용용' 때문에 냥섬 초록털들은 한시도 잠을 못 자고 광장으로 뛰쳐나올 것이다.

냥이들은 싸움을 할 목적으로 광장에 모인다. 계단을 오르내리거나 분수대 물에 발을 담갔다 빼며 할짝거린다. 정처 없이 두리번거리며 배회한다.

냥이들은 무작정 싸움을 붙는 것은 아니라고 한다. 적당한 상대에 적당한 긴장이 맞춰지지 않으면 시작하지 않는다. 난 잘 모르겠지만… 성사된 순간의 짜릿함은 둘만 안다고 한다.

"부리냐?"

두 냥이는 분수대에 널린 앞발 장갑을 주워서 낀다. 앞발 장갑은 사람의 글러브와 비슷한 냥이용 장구인데, 끼면 발톱이 잠기는 안전용품이다. 그리고 시작되는 '용용용'……

그 주문은 하루 종일 끊이질 않는다. 용용은 방음벽을 부딪치며 증폭돼, 광장 중앙 분수대의 솟은 물줄기에 흡수된다.

냥섬의 학교에 들렀다. 이미 알고 있었지만, 이렇게 황량할 줄은 몰랐다. 냥이든 메추리든 아무도 없는 폐허였다. 계단과 방의 구석진 곳은 새끼냥이의 화장실이었던 모양이다. 거뭇한 알맹이가 빠짐없이 눌어붙어 있었다. 나무로 된 물체는 의자든 책상이든 창틀이든 움푹 깊게 파여 있었다. 교실 한가운데에는 빔프로젝터가 산산이 박살 난 채, 굵다란 렌즈가 굴러다녔다. 교재처럼 보이는 책은 소금 바람과 만나 누렇게 변색하여 표지만 살아 있었다.

"포카, 냥섬의 학교는 망했어."

우린 냥섬을 둘러보고 다시 메추리가 있는 곳으로 향했다.

"메추리, 궁금한 게 있어요. 평범한 냥이의 새끼냥이 초록털일 수도 있나요?"

"이론상으로는 가능합니다."

"가능하다고요?"

"하지만 사실상 불가능하죠."

"꾸준히 핥고 맞대고, 사람의 방식으로 뽀뽀도 했다면 가능하지 않을까요?"

"사람 방식의 뽀뽀는 뭐죠? 왜 이걸 자꾸 물어보시는지 모르겠지만……."

메추리가 딴청을 피운다. 앞 발톱을 전부 펴 바닥에 꽂고 힘을 주었다. 다섯 발톱 날이 세라믹 타일을 깊게 긁었다. '끼긱'.

"정말 중요한 일이기 때문이에요!"

난 사람 방식의 뽀뽀를 설명해주었다. 과장이나 오류 없이 정확한 방법과 절차를 말이다.

"츄릅 하고 챠릅 하는? 뽀뽀… 그런 건 참 이상하군요. 그럼

희박한 확률로 가능할 수도 있겠네요."

"그럼 됐어요. 아무튼 가능하다는 거네요."

메추리는 '희박'이라는 말을 썼지만, 실제 상황을 겪지 못해서 저렇게 말한 것이다. 내가 얼마나 써니를 듬뿍듬뿍 정성 들여 핥아쳤는지 전혀 모르고 있다.

메추리는 평범한 엄마냥이 초록털 고양이에게 감염되면 초록털을 낳을 수 있다고 했다.

"놀랍지 않나요? 지구의 어떤 생물보다 독립적으로 살아가는 냥이들이 사실은 수염으로 모두 연결돼 있습니다. 보고 느끼는 모든 것을 수많은 냥이들이 미리를 모아 편딘하는 것이죠. 게다가 결과물을 선택하는 건 각 초록털의 몫입니다. 개성을 살리며 비약적으로 지능을 높이는 대단한 방식입니다. 우린 그저 작은 변화를 줘서 일깨워준 거예요. 도구를 갖춰놓고서도 활용하지 않던 이 행성의 본래 고양이에게… 초록털은 우리 메칠의 고대 종족과 비슷합니다. 이런 지식은 초록털들이 모두 알아야 할 것들입니다. 하지만 초록털들은 관심이 없습니다. 아무리 설명해주어도 들은 척을 안 해요. 놀이동산이나 광장, 낚시터에서 세월만 보냅니다. 초록털은 눈앞에 있는 것 외에는 관심을……"

메추리에게는 단점이 있었다. 말이 정말 많다는 것이다. 우리 냥이들은 중요한 점 몇 가지만 알면 된다. 똑똑은 엄마냥에게서 유전적으로 받는 것이고, 수염은 조심히 간직하면 된다는 것 아닌가? 난 써니 새끼냥들의 아빠냥이고 말이다. 초록 털을 옮겨주었으니까.

"현재, 초록털은 위기입니다."

"위기라고요?"

메추리는 헛기침을 해댄다. 다른 생각을 하다가 중간의 말들을 놓쳐버렸다. 알아들은 것처럼 벽을 보고 고개를 끄덕거렸다. 그는 내가 못 들은 것을 알아채곤 다시 설명한다.

"본래, 초록털들이 힘을 모아 멋진 사회를 이룩하는 걸 예상했습니다. 오래 걸리지 않을 것이라고 생각했습니다. 그러나 결과는 처절했죠. 초록털은 계획 없이 살고 있습니다. 집에선 멍하고, 밖에선 다툼질만 합니다. 아무리 노력하고 이것저것 시도를 해도 해결할 수 없었습니다. 굉장한 지능을 가지고도 어째서 이랬는지……."

메추리들은 일을 하면 보상을 주는 급여 체제와 통금 시간을 만들고, 하루에 오백 마리씩 쥐 떼를 풀어놓거나, 은닉처를 모두 없앴다고 한다. "뭘 하려고만 하면 자꾸 숨어버리니까, 전부 메워버렸습니다." 그러나 모두 통하지 않았다고 한다.

"학교는 어떻게 되었나요?"

"학교를 만들었습니다. 새끼냥을 교육하면 금방 변하리라고 생각했습니다. 우리 중 몇몇이 선생이 되어 열심히 가르쳤죠. 초록털 중에는 선생냥을 하겠다는 지원자가 없었습니다. 겨우 몇 명을 억지로 시키기도 했지만, 따귀만 때리거나 같이 놀기만 해서… 아무튼 결국 실패했습니다."

"그렇군요. 실패한 이유는 무엇인 것 같나요?"

"새끼냥들이 너무 까붑니다."

"새끼냥들은 원래 까불죠."

메추리는 클립보드를 놓고 깍지를 낀다. 그의 마른 입안에서 한숨이 새어 나온다.

"미안해요. 농담한 게 아니라, 사실을 이야기한 것입니다."

"부탁합니다. 포카에게 희망을 걸고 있습니다. 의외였습니다. 인간에게 모셔지며 자란 당신이, 처음으로 선생냥을 하고 싶다고 말했습니다. 우리가 바랐던 초록털의 말이었습니다. 답을 찾아 나갑시다. 함께 해보아요. 당신의 종족, 초록털을 위해서요."

난 고개를 끄덕였다. "무슨 말인지 알겠어요." 메추리는 내 앞발을 잡는다. 우린 악수했다. 난 최선을 다할 것을 약속했다.

"필요한 것이 있다면 말씀해주십시오. 바로 진행하겠습니다."

"너무 급하게 하지 말자고요. 일단은 냥섬을 더 둘러보고 싶어요."

저 멀리 자그마한 한 구덩이가 있다. 그 속에 재밌는 구조물이 보인다. 원통형 건물에 외벽이 모두 꽈배기다.

"저게 뭘까?"

"스크류바다."

무엇에 쓰이는 것인지 감이 오지 않는다. 지나가는 어린 냥이를 불렀다. "저기, 냥이야." 그저 부른 것뿐인데 눈을 희번덕, 귀때기를 젖힌다.

"부리냐?"

"뭐? 솜털도 안 빠진 게 싸가지가……."

후욱, 김 나오는 민지 코를 막아 세웠다. 난 차분하게 눈을 깜박여 인사했다. 꽈배기 건물에 대해 물었다.

"어떤 바보 냥이가 시시한 걸 만든 거야. 명구랑 같이 열심히 만들더라고. '예술'이라나 뭐라나. 난 바쁘니까 간다."

녀석은 획 돌아 꼬랑지를 흔들며 총총 가버린다.

"냥섬 냥이들은 하는 것도 없으면서 맨날 바쁘대."

"뭔가 일이 있겠지. 이거, 예술이래. 작품 같은 걸까?"

꽈배기 집에는 안내판이 없다. 냥이 다리 절반 정도의 낮은 입구를 겨우 찾았다. 숙여 들어가니 위로 경사진 원형 통로가 있었다. 몸이 낄 듯 말 듯 한 너비였다.

안으로 파고든 순간, 앞으로 나아가야 할 것 같은 기분이 들었다. 뜨거워졌다 차가워지는 공기가 등허리를 지나갔다. 설탕 타는 냄새도 났고, 뭔가 꼬리를 잡아당기는 것도 같았다. 바닥의 점 불빛이 감질나도록 이어진다.

기분이 이상해 멈추고 싶었다. 최면이라도 걸린 듯 앞발이 멈추지 않았다. 폐쇄된 통로를 얼마나 걸었는지 가늠이 안 된다. 아마 외벽의 꽈배기들을 다 돌았을 것이다.

출구로 나오자 고양이 한 마리가 보인다.

그링그링이 어떻게 여기에? 아니, 자세히 보니 얼굴 털 무늬가 달랐다.

땅에 닿을 듯한 갈기도 활짝 퍼져 있다. 조막만 한 냥이 머리에 감당할 수 없는 비율이다. 신비로워 경외감이 느껴진다.

그가 움직인다. 차르르, 톱니가 돌아간다. 샛노란 갈기 끝가닥이 흐느적거리지만 처지진 않는다. 어떤 장치가 갈기를 지탱해 곧은 등과 수직을 유지해준다.

"부리냐?"

민지의 턱은 떨고 있었다.

"잠깐, 민지."

거대한 해바라기에 빨려 들어가 스스로 압도된다. 용기를 내 그의 앞에 마주 섰다. 다소곳이 앞발을 모으곤 말했다.

"난 포카야."

"환영해. 넌 이름이 있구나. 여긴 어때?"

"냥섬은… 좋아. 신기한 것도 많아."

그는 고개를 젓는다. 가짜 털 갈기가 부채가 되어, 나의 수염을 흔든다.

"아니, 이 작품 말이야."

"작품?"

"그래, 이 꼬아진 건물은 '멈출 수 없는 냥'이야. 원안대로 제작하기까지 꽤 시간이 들었어. 여섯 번이나 다시 지었지. 우리 종족의 본질적 욕망 두 가지를 표현한 거야. 호기심과 두려움. 잘 체험했다면, 쫓음과 쫓김의 상대적 양면성을 이해할 수 있을 거야."

도대체 무슨 말인지, 머리 위의 세모난 귀로 듣는 게 다다. 민지가 속삭인다. "저 멍구 같은 말은 뭐야?" 난 이해하려고 애썼다. '호기심과 두려움', '쫓음과 쫓김'······.

"청소기 흡입에 도망 다니면서도, 감기지 않은 전선 코드를 때리고 싶은 게 떠올라. 그런 것과 비슷하니?"

녀석의 두 눈이 커다래진다.

"넌 누구니?"

해바라기 안 벌름거리는 콧구멍이 다가온다. "이토록 깊게 이해한 냥이는 처음이야." 친구가 되자는 코와 코의 만남. 의외의 친숙함에 놀라 서로 물러났다. 녀석의 갈기가 뒤로 접힌다.

"넷···째?"

나와 둘째는 턱을 맞댔다. 기억 저편에도 없는 오랜 헤어짐··· 그러나 본능적으로 느껴졌다. 형제냥의 냄새는 정겹다.

갈기를 벗은 둘째는 초록털이 들어간 사색의 암컷냥이었다. 얼굴에 검은 털과 노란 털이 정확히 절반씩 있었다.

둘째는 자기가 예술을 하고 있다고 했다. 난 예술 일은 잘 모르지만, 호락호락한 일은 아닌 것 같다. 녀석의 차분한 말투

안엔 확신에 가득 찬 집념이 있었다.

우릴 사람 학교 운동장만 한 너비의 거대 훌라후프로 안내했다. 반 미터 굵기의 훌라후프 안에서는 사사삭거리는 친숙한 것이 돌아다닌다.

훌라후프 위쪽엔 작은 구멍들이 나 있는데, 앞다리를 넣어 휘저을 수 있다. 여기가 바로 쥐 낚시터라는 곳이었다. 우린 빈 좌석에 앉았다.

할 이야기가 산더미였지만, 첫 번째 이야기는 정해져 있었다.

"엄마냥은 새끼냥을 갖고 싶어져서 여기 냥섬을 나갔어. 그 대신 우리가 마킽세잉에서 데이닌 기지."

"왜 그랬을까? 냥섬 밖은 위험하잖아."

"내가 물어보았어. 엄마냥은 우릴 강하고 훌륭한 냥이로 키우려고 했대."

"그렇구나⋯⋯."

"지금은 돌산 너머 북쪽에 메추리들이 사는 곳에 있어. 거기서 버려진 새끼냥들을 돌봐주고 계셔."

아작! 뼈 부러지는 소리다. 민지는 자꾸 낚아댄다. 벌써 몇 마리째인지 모르겠다. 즐겁게 때리다가 살을 그어버린다. 노는 게 지겨워지면 목을 깨물어 분지른다. 둘째는 분지르는 소리가 들릴 때마다 쳐다본다.

"저, 민지. 다 죽이면 안 돼."

"왜?"

"열 마리 중에 한 마리는 살아야 한다는 규칙이 있거든. 메추리가 낚시터를 만들면서 정했어."

민지는 앞발을 넣어 팔딱대는 싱싱한 한 마리를 보여준다.

"그럼 얘는 놔줘야 해?"

"그건 낚은 냥이도 모르는 거야. 살아야 하는 것이지 놔주는 게 아니니까. 그걸 결정해버리면, 다른 나머지는 억울하지 않겠어?"

민지는 앞 발톱을 입술에 대고 골똘히 그 뜻을 고민한다. "열 마리 중 한 마리라고……" 갑자기 조그만 쥐 머리통을 강타한다. 빡. 쥐는 나뒹군다. 부르르 떨다 멈춘다.

"무슨 말인지 알았어!"

깨달음을 얻었는지 신명 나게 더 낚는다. 난 무슨 뜻인지 이해가 안 간다. 아무튼, 민지가 저것에 정신이 팔리니 대화에 집중할 수 있었다.

"그래서, 어떻게 지냈니?"

"사람 가족과 지냈어. 받들어 모셔져 가지고 말이야."

"모셔져버렸다니. 잘 숨지 그랬어. 참, 그거 알아? 다섯째도 모셔졌어."

"다섯째… 이름은 그링그링이야. 사람 가족과 지내고 있어. 그런데, 둘째야. 그링그링은 모셔진 게 아니야."

"내가 직접 봤어! 엄마냥이랑 얼마나 외쳤는데! 끝내 남자 셔츠 품속에 숨더라고."

그렁그렁과 주앙의 사이는 일반적인 모셔짐과 다르다. 그 차이를 말하려 했지만 마땅한 설명이 생각나지 않았다.

"꺅!"

공중에 날아간 쥐가 둘째와 나 사이에 떨어졌다. 네 다리를 편 채 엎드려 땅바닥에 붙어 있다. 민지는 이리저리 굴려 뒤적거리다가 귓구멍을 후벼 판다. "꺅!" 낚시터에 다시 넣어준다. 민지는 녀석이 열 마리 중 한 마리라고 말한다.

"둘째야, 지금 엄마냥을 만나러 갈 수 있어?"

돌산을 올랐다. 검은 화상암 재실의 돌산은 힘하진 않았지만 딱딱했다. 뾰족한 돌 귀퉁이를 짚을 때마다 살이 따끔거렸다. 볕이 강해 쉬려고 했지만 들어갈 곳이 없었다. 틈이 다 메워져 있었기 때문이다.

평지에서 잠시 휴식을 취했다. 숨이 너무 차 앉아 있을 수가 없었다. 옆으로 누우니 배가 두 배나 부풀다 꺼진다. 멍구처럼 입 밖으로 혓바닥이 나온다. 앞발은 살이 부르터 화끈했다. 입을 대어 까진 껍질을 뜯었다.

불만이 한가득인 외침이 들린다. "포카, 편한 길을 놔두고 왜 여기로 가자는 거야? 앞발 살이 거칠해졌어!" 둘째도 이마를 찌푸린 채 말없이 숨만 쉰다.

두 시간이나 더 올라, 드디어 정상에 왔다. 돌산으로 양분된 냥섬의 지리가 한눈에 보인다. 돌산 너머 북쪽의 면적은 남쪽의 오 분의 일도 안 되었다. 평범한 건물 몇 개와 초록털 집이 수십 채 있었다. 남쪽의 화려한 놀이동산이나 광장 같은 것은 없었다.

대신 백사장과 거의 맞닿은 곳에 거대한 물체가 있었다. 넓은 평지 위에 대뜸 내려앉은 듯 이질적으로 서 있었다. 별나게 생겼지만 언젠가 본 적 있는 것 같은, 왠지 이끌리는 모양이었다.

납작한 직사면체 위에 원기둥 반이 잘려 뚜껑으로 얹혀 있다. 높이가 백 미터는 된다. 옆면엔 팔각형 창문이 패턴 있게 배열돼 있다. 창문 바깥 선은 크롬으로 도색됐다. 전체적으로 잘 밀봉된 듯했지만, 뚜껑 위에서 희미한 초록색 빛이 분무된다. 중요한 구조물임을 직감적으로 알았다.

"메추리들이 사는 곳이야. '메추리집'이지."

그것에 점점 가까워진다. 외부 벽에 알롱하게 뭉쳐진 색을 보다가 미끄러졌다. 티끌도 비켜내면서 빛조차 끌어당기는 질감이었다. 이 세상 것이 아닌 게 분명했다. 또는, 실체 있는 가상의 존재이든가.

상단에서 분무되는 초록빛이 해무와 만나 가습기의 수분처럼 내려온다. 그것은 크롬선에 반사된 일출 빛을 적셔 초록 줄기를 만든다. 이리저리 비스듬히 흐린 대기로 스며든다. 그중 하나가 어느 점잖게 앉은 동족의 실루엣을 만든다. 둘째가 말한다.

"엄마냥이다."

난 기울어진 에스 자 굽은 등허리에 홀려버렸다. 때깔 좋은 회색 털, 등을 따라 미려한 초록털이 이어져 있다. 곁에는 석 달도 채 안 된 새끼냥 여럿이 팔짝팔짝 움직인다.

한 놈이 살랑이는 회색 꼬랑지를 건든다. 배털 앞에 발라당 누워 궁둥이를 바닥에 문대며 앞발을 뻗댄다.

'팟!' 앞발바닥 살덩이가 따귀와 만난 찰진 소리. 맞은 녀석은 교훈 하나를 배우고 딴 데서 논다. 간만에 보는 엄마냥의 교육이었다.

"엄마냥은 여전해."

가까이 갔다. 가슴이 떨려 심호흡을 세 번 했다. 중간부터는 숨을 참다가, 더는 참을 수 없을 때 뱉어냈다. 콧김이 등허리 초록털 선을 반으로 가른다. 연초록 속살… 회색 냥이는 그래 도 뒤돌아보지 않는다. 나직하게 말할 뿐이다.

"넷째구나. 나의 새끼냥"

내 진짜 이름을 불러준 냥이의 귀때기 뒤 볼록한 부분에 코를 댔다. 단박에 알았다. 꼬랑지 잡고 싶은, 발라당 눕고 싶은, 잊을 수 없는 엄마냥의 향. 뒷발과 배털 사이 포근한 품에 콧날을 밀어 넣었다. 젖을 바라고 매달린 새끼냥처럼 되었다.

어쩔 수 없다. 나의 입에서는 이 말이 나온다.

"왜 저를 버렸나요?"

엄마냥은 대답 대신 날 핥는다. 더 파고들었다. 시간이 흐른 다. 반잠이 들 만큼 몽롱해졌을 때, 내 몸은 굴리는 앞발에 뒤집혀졌다. 엄마냥은 말한다.

"그럴 수밖에 없었단다."

난 일어섰다.

"그래도! 엄마냥은 다르잖아요! 보통 냥이가 아니잖아요!"

엄마냥은 고개를 젓는다.

"넷째야, 온종일 찾아 헤맸단다. 자그마한 틈도 빠짐없이 들췄단다. 넌 자동차 밑에 있더구나. 보일러 파이프에 닿아 수염이 홀랑 타 꼬부랬지. 진물이 굳어 눈도 잘 안 보였지. 코는 막혔고 목은 쉬었지. 겨울비에 쫄딱 젖었지. 오들오들 떨고 있었지. 다가갈 수 없었단다. 넌 날 불렀지만, 방법이 없었단다. 널 물어 옮길 힘도 젖을 줄 힘도 없었단다."

가슴이 울렁거렸다. 더는 알고 싶지 않았다.

"그래도요."

"어린 남자 사람이 왔단다. 냥심 있는 사람이었단다. 나에겐 캔을 따주고 너에겐 손을 뻗더구나. 쪼그려 앉아 한참을 뻗더구나. 모가지가 잡혀 멈추더구나. 이야옹이… 그건, 헤어져야 할 시간이었단다."

"그래도요. 그래도요."

엄마냥은 나에게 와 턱을 부빈다.

"훌륭한 냥이로 자라주어 고맙구나."

고양이 별을 향해

삼 년 후……

"안냔하냔~"

내 생각이 맞았다. 초록털에게 첫 번째로 필요한 것은 은닉처였다. 은닉처 제공을 시작으로 하나하나 초록털들의 문제가해결됐다. 쉽게 말해 냥이에게 숨을 곳이 없다는 건, 사람에게옷이 없다는 의미와 비슷한 것이다.

내가 오기 전에 일어난 일이라 잘은 모른다. 대략 추측해본다면, 어떤 고집스러운 메추리의 의견으로 시작됐을 것이다."초록털들은 숨는 걸 좋아해서 발전이 없는 것입니다. 숨을 곳을 모두 없앱시다!" 각종 틈새와 깊은 곳, 오목한 곳, 산만한곳, 우둘투둘한 곳, 전부 깎고 메워졌다. 모든 문제의 시작인셈이다.

"오늘의 수업은 '친구랑 잘 지내기'입니다. 우리 초록털들은 언제 어디서든 옆에 있는 친구와 힘을 합쳐야 합니다. 그렇지 않으면, 메추리에게 당해낼 수 없습니다!"

"아! 무섭냥!"

"짝지 친구와 마주 앉아보세요. 서로 앞발을 내밀어서 맞추어볼래요?"

"이 멍구놈아!" "잘 지내자 느림보야!" "부리냥?"

"거기 끝에 새끼냥! 친구와 다투면 안 돼요!"

숨을 곳이 갖춰진 초록털에게 두 번째로 필요한 것은 친구다. 초록털들은 친구와의 우정과 믿음, 사랑을 경험할 기회가 부족했다.

"여러분은 친구를 위해 무슨 일을 할 수 있을까요? 선생냥의 이야기를 들려줄게요. 선생냥에겐 흰색 냥이 친구가 있었답니다. 닭가슴살을 양보할 만큼이나 사랑하는 흰색 냥이었어요. 어느 날, 나쁜 메추리가 냥이를 잡아가버렸죠. 냥이 혼자의 몸으로 큰 덩치의 메추리를 이기기는 쉽지 않았습니다. 그래서 저는 가장 친한 친구와 힘을 모았어요. 함께 싸워 이겼어요!"

"교장 선생냥 멋지냥!"

"아직도 그날이 생각난답니다. 잠 못 이루는 정오에, 앞발 사이에 얼굴을 묻으면 어제 일처럼 생생하답니다."

세 번째로 필요한 것은 첫 번째와 두 번째를 사랑하게끔 하는 것이다. 이것에 대해서는 메추리들의 도움이 필요했다. 고맙게도, 메추리들은 선뜻 나의 계획에 동참해주었다. 그렇게 삼 년이 지난 지금, '초록털의 사회'가 있다고 당당히 말할 수 있다.

시작은 힘들었다. 냥섬에 하나뿐인 선생냥의 고달픈 일 년. 관두고 싶을 때가 한두 번이 아니었다. 말 안 듣는 새끼냥을 원망하기도 하였다. 나의 재능과 운을 되물었다. 다 그만두고 낚시나 하며 시간을 보내고 싶기도 했다.

그 무렵 놀라운 일이 일어났다. 일 년 동안 가르친 새끼냥들 중에, 가장 분별 있던 냥이가 선생냥을 지원한 것이다. 가르친 새끼냥들이 자라나가고, 새로운 새끼냥들이 들어오고, 점점 학교의 규모가 커졌다. 한 냥이씩, 한 냥이씩, 초록털의 사회를 받쳐줄 선생냥이들이 모였다. 이제 이십 냥이들이 선생냥이 되었다. 올해부터는 모든 초록털 새끼냥들이 학교를 거치게 됐다.

한 새끼냥이 쓰러졌다. 잠을 이기지 못한 수면의 도미노 첫 블록이었다. 팔 방향으로 연쇄반응이 일어난다. 마지막 버티던 솜털이 인사하듯 꾸벅이다 딴 녀석의 등 위로 쓰러진다. 낮잠 시간이 시작된 것이다.

솜방울 같은 머리들이 서로의 털 속에 얼굴을 묻은 채 깊게 잔다. 혹여나 깰까, 잔털이라도 닿지 않도록 조심조심 걸었다. 선생냥에게 나머지를 부탁했다.

"오늘은 직접 수업을 하셨네요."

"특별한 날이거든요."

　조금 일찍 집으로 돌아왔다. 다섯 달 된 어린 새끼냥이 한창 노는 중이었다. 코팅된 솜뭉치를 벽과 함께 주고받고 있다. 솜뭉치는 벽에 튕기자마자 새끼냥 앞발에 쳐내진다. 잠시도 쉬질 않는다. 이 시기의 새끼냥들은 벽보다 체력이 좋아 보인다.

　실뭉치가 강하게 튕겨 모서리 밖으로 나간다. 녀석은 모서리를 앞에 두고 궁둥이를 흔들며 도약 준비를 한다. 모서리를 돌아 수북한 장난감 더미를 덮친다. 장난감 더미는 볼링핀처럼 흩어지고, 녀석은 흩어진 것들을 향해 몇 번이고 다시 도약질했다. 건져 낸 실뭉치는 꽉 물려 뒷발로 퍽퍽 채여버린다. 코팅이 벗겨지더니 솜이 찢겨나간다.

　녀석은 움직이는 것을 만난다. 민지의 꼬랑지였다. 꼬랑지는 상하좌우 피하려는 리듬을 타지만, 새끼냥에게 붙잡히더니 꼭 안겨버린다. 뒷발차기를 퍽퍽 해대다가, 깨물어버린다! 덜 자란 이빨이라 정말 뾰족할 텐데! 상상되는 고통에 나까지 온 털이 섰다.

　"아악! 야, 덜룩이 너 죽을래?"

　녀석의 이름은 '덜룩이'다. 한 달 전 엄마냥을 잃은 채 떠도는 걸 주워 왔다. 흰색과 검은색이 얼룩덜룩한 녀석이다. 민지에게 따귀 스무 방은 맞는다.

　"엄마냥! 왜 때려?"

덜룩이는 물러난 척하더니, 또 민지의 꼬랑지를 향해 궁둥이를 흔든다. 이럴 줄 알고 미리 준비한 것이 있다.

사람 세상에서 주문한 모터 뱀이 도착한 날이었다. 격렬하게 흐느적 하도록 특별히 부탁했었는데, 잘 제작이 되었다. 그링그링에게 고맙다는 메일을 보내야겠다.

모터 뱀은 진짜 뱀처럼 에스 자를 뒤바꾸며 빠르게 전진했다. 새끼냥은 모터 뱀 옆 뒤를 요리조리 따라다닌다. 발바닥에 불이라도 난 듯 뛰어다닌다.

덜룩이는 벽을 타고 다니는 모터 뱀을 이단 점프를 해 낚아챘나. 물고 으르렁거리는 게, 아주 만족한 깃 같다. 너석은 내 앞에 전리품을 놓는다.

"아빠냥! 나 뱀 잡았어!"

녀석은 나에게 매달리더니 놓아줄 생각을 안 한다. 한창 놀 시기의 엉겨 붙음은 떼어내기가 힘들었다. 가까스로 정좌로 앉혀 핥아주었다. 목덜미, 턱, 뒤통수, 귓속… 혓바닥이 닿는 곳마다 먼지가 돌돌 말렸다.

"아빠냥!"

"응."

"나 나갈래!"

"늦게 오지 말렴. 메추리가 모셔 간다."

"으~ 무섭냥! 근데 괜찮아. 난 빠르니까."

이 발랄한 녀석은 며칠 전부터 이 시간이 되면 나간다. 궁금해 몰래 따라가본 적 있었다. 건너편 집 귀여운 흰색 암컷 새 끼냥을 쫓아다닌다. 하교하는 시간에 맞춰 숨어 있다가, 어깨를 낮춰 엉금엉금 미행하던데… 말이라도 한번 붙여봤는지 모르겠다.

민지와 난 집안일을 시작했다. 창문을 열어 먼지를 보내고 흩어진 모래를 닦는다. 어질러놓은 장난감을 정리한다. 장난감 박스 뚜껑이 커서 함께 닫았다.

개수대를 켜 따뜻한 물을 틀었다. 다리를 담가 꼼꼼히 씻었다. 드라이기에 털을 말렸다. 블라인드를 열어 볕을 내고, 민지와 쭈욱 뻗어 누웠다. 고된 일과 후의 달콤한 휴식이었다.

민지는 요새 잠이 더 많아진 것 같다. 난 몸뚱이를 안마해 주었다. 꾹, 꾹.

"이제 네가 올 때까지 집에 안 들어올 거야."

"덜룩이 때문에? 하하. 민지, 조금만 참아! 한 달만 있으면 학교에 갈 거야."

"참, 내일이 무슨 날인지 알아?"

"내일? 우리 기념일은 지났어."

"심사를 하는 날이야."

민지의 귓속 털이 발딱 일어난다.

"곧 떠나는 거야. 내가 알기론… 확정된 것 같아."

"잘됐다."

엎드린 목을 감싸 안았다. 기름진 이마를 핥아주었다.

"아쉽지 않아?"

"전혀. 이때를 기다려온걸."

"이곳 일을 좋아하는 줄 알았어."

"처음에는 재밌었지. 삼 년이나 하다 보니 일이 돼버렸잖아. 메추리의 침공, 무시무시한 모셔짐, 뭐… 낭만이는 좀 아쉬워할 것 같아."

난 선뜻 그 화제를 이어받았다.

"낭만이가 처음 냥섬에 왔을 때가 기억난다. 새 출발을 한다고 했지. 어떻게 사기 할 일을 띡 일있이."

식사가 끝날 때까지 냥섬의 로빈후드냥 낭만이의 이야기는 바닥나지 않는다. 울적해졌던 분위기가 풀린다.

산책을 나갔다. 여기저기 널린 은닉처에서 냥이들이 쏙쏙 머리를 내민다. 나와 민지에게 인사한다. 광장에선 낭만이와 검은 냥이 친구들이 빌린 전리품을 나눠준다. 닭가슴살을 나눠줄 때는 한바탕 소란이 일어난다. 하얀 냥이들이 일렬로 줄 서먼저 모범을 보인다.

타워가 보인다. 올라갈수록 얇아지는 구조의 아주 높은 타워다. 부드러운 철제 기둥이 중심을 잡고, 나무로 조립된 수많은 구조물이 기둥을 꾸미고 있다. 중간중간 뻗어내린 동아줄이 땅바닥과 연결돼, 멀리서 보면 전깃줄 달린 크리스마스트리 모양이다.

타워는 메추리로부터 빼앗은 냥섬 초록털 독립의 상징이다. 지금은 학교를 졸업해 갓 새끼냥 티를 벗은 냥이들의 통과 의례가 되었다. 붙잡을 만한 새끼줄이 촘촘히 둘러 있지만, 정상까지 오르는 게 쉽지만은 않다. 절반 정도의 냥이들은 첫 시도에서 포기한다.

꼭대기 망루에는 둘째가 만든 별난 긁개가 있다. 얇고 질긴 섬유가 수백 겹 포개진 긁개다. 섬유에는 각기 다른 야광 반짝이 물감이 묻어 있다. 그걸 벅벅 긁으면 정상에 올랐다는 증거가 된다.

야밤에 빛나는 발톱을 허공에 대고 할퀴면 모두 존경과 축하의 긴 야옹을 보낸다. 중간에 포기했던 냥이들은 부러움에 입술을 깨르르 떤다.

난 여길 올라가본 적 없다.

"민지, 올라가볼래?"

"할 수 있겠어?"

새끼줄 사이로 발톱을 끼워 넣었다. 하나하나 짚고 올라갔다.

처음은 수월하지만, 고층부터는 달라진다. 본기둥이 얇아지고 꾸미는 나무들도 적어진다. 밑에서부터 모인 풍압의 힘을 가벼운 타워 고층이 온전히 받아버려, 타워는 거꾸로 된 시계추 운동을 한다. 올라갈수록 끝과 끝을 왕복하며 받는 힘이 세진다.

각의 끝부분에서 가속이 시작된다. 타워가 가장 반듯이 설 때는, 철렁! 배털이 주저앉는다. 발톱에 힘을 주어 버텼다. 민지가 한참 위에서 날 부른다. "선생냥, 납작해졌잖아! 벌써 포기야?"

오늘은 오기가 생긴다. 숨을 몰아쉬며 집중했다. 반동이 잦아들 때를 노려 야금야금 한 층씩 올랐다. 망루 바로 아래가 가장 어려운 지점이다. 땅에 내리꽂힐 것 같아 엉금엉금 기었다. 민지는 기다려주다가 나에게 사다리를 양보했다.

"고마워."

"눈물이 겨워서 말이야."

행운이다! 꼭대기엔 아무도 없다.

밤의 냥섬. 처음 냥섬에 왔을 때 돌산 위에 올라 내려다본 전경이 기억난다. 그때와는 많이 달라졌다. 갖가지 은닉처에 몸을 숨긴 수천의 냥이 눈이 가득하다. 없어진 놀이동산 자리에는 두 번째 학교가 있다. 방음벽을 치운 광장에는 쌍쌍의 냥이들의 털 핥는 소리가 여기까지 난다.

"느낌이 어때? 난 여기 세 번째야."

이곳에 왔으니 안 할 수 없는 것이 있었다. 귀갱를 긁었다. 결과를 봤다. 흰 털 사이로 반짝이 갈고리가 쑤욱 나온다. 획, 휘둘러보니 예리한 다섯 날이 허공을 커팅한다. 잔상이 뭉개지며 현란한 빔이 바람을 탄다. 저 밑 중간층 어린 냥이가 부러운 듯 야옹을 보낸다.

"멋지다. 둘째는 정말 대단해."

"하하. 어서 새끼냥이들에게 자랑하러 가."

이렇게 메추리들이 많이 모인 적은 처음이다. 절로 인상이 찌푸려진다. 앞발을 들어 눈을 가렸다. "미안해요. 난 아직도 적응이 안 돼요." 다들 허리춤에 끼워둔 가면을 꺼내 쓴다.

메추리 하나가 잰걸음으로 달려온다. 내가 냥섬에서 왔을 때 처음 만난 이 메추리는, 이제 프로젝트의 총 책임자가 됐다. 초록털의 초기 사회를 이루도록 한 공로가 컸다고 한다. 덕분에, 난 그의 파트너로서 조언을 해주며 초록털의 입장을 대변할 수 있었다. 그는 인사는 생략한 채 거대한 스크린을 가리켰다.

"포카, 새 고향을 보실래요?"

"보죠."

페이드인 효과와 함께 영상이 시작된다. 해 솟는 녹색 동산과 알록달록 무지개, 곱다란 암석 지형과 굵은 덩굴나무, 넘실대는 강줄기에 헤엄치는 물고기, 통통한 새들과 살찐 쥐들, 달달하게 뒤틀린 은닉처들이 이어진다. 천적도 위험도 없다는, 그저 낙원만을 말하는 내레이션도 함께였다.

"고대 메칠의 조건과 같습니다."

"좋은 곳을 찾아주셨군요."

"꽤 노력했습니다."

난 그의 다리에 싹싹 부벼 고마움을 표시했다. 여러 가지로 힘들었을 것이다. 새로운 별을 찾아내고, 초록털을 이주하는 과정에는 상당한 능력이 필요했을 것이기 때문이다. 메추리는 날 들어 책상에 올려주곤 의자에 걸터앉는다. 난 앞발을 내밀었다.

"정말 고마워요. 고생하셨을 거예요. 저도 다 알아요."

"하하, 알아주셔서 고맙습니다."

그를 향해 꼬리를 살랑 흔들었다. 다시 설명이 시작된다. 영상에 나와 있지 않은 정보를 말해준다. 지구와 다른 날씨와 세절, 둔하고 맛있는 새로운 동물들 같은 걸 말이다. 가장 마음에 드는 건 자전주기가 열두 시간이라는 것이다.

속히 안정적인 초록털 사회를 만들어야 한다고 조언해준다.

"중요한 건, 이제 어떤 개입도 없다는 점입니다."

내가 명명한 '고양이 별'. 태양계에서 수만 광년 떨어진 행성. 모든 것이 갖춰진 최고의 출발점.

"오 일 후 동이 트기 전입니다. 완벽할 겁니다."

떠나는 날을 위한 구체적인 시간표를 점검했다. 초록털을 인도할 마지막 극 '메추리의 집을 빼앗아 따습한 명당을 향해'를 검토했다. 단순하고 효과 있어 보인다. 연설문도 좀 고쳤다. '냐'와 '냥'을 더 넣었다.

준비를 모두 마치고 메추리집에서 나왔다. 메추리집의 팔각형 창문 조명이 모두 켜져 있어서, 해가 졌는데도 꽤 밝았다. 그 안으로는 메추리 여럿이 분주히 움직인다. 떠나기 전 준비가 꽤 바쁜 모양이다.

메추리는 날 배웅하는 것처럼 나오더니, 그냥 나를 따라 옆에서 걸었다. 우린 말없이 한참 걸었다.

메추리의 숨이 목까지 찼다가 다시 들어갔다. 할 말이 있지만, 나의 말을 먼저 기다리는 것 같았다. 난 말하지 않고 기다릴까 하다가… 마지막이 될지도 모를 대화의 기회를 살리기로 했다.

"초록털들이 '고양이 별'로 이주하는 안건에 반대가 많았다고 들었어요."

"네, 포카. 아주 많았죠."

"능력 문제 때문인가요?"

"싸게 할 수 있는 일을, 몇 배나 비싼 비용을 들인다면서요. 인간 종족을 멸종시키고 지구에 초록털들을 방생해서 문명을 이루게 하는, 간편한 방식이 있었으니까요."

"그렇군요… 아무튼 정말 고마워요."

난 앞발을 내밀어 그와 악수했다.

"사실 따지고 보면, 메칠에게도, 초록털에게도, 인간에게도, 저에게도 지금의 결정이 좋은 일이랍니다. 초록털은 지구보다 더 좋은 조건으로 가니까 좋고, 지구의 인간들은 멸종되지 않으니까 좋고, 저는 승진했고! 하하. 그리고 이 프로젝트의 주요한 점이 초록털이 고대 메칠과 같은 환경에서 시작해야 한다는 것이니까요. 지구의 환경과는 상당히 다르죠."

우린 화강암 바위에 앉았다. 달을 향해 앉았다. 이제는 메추리의 차례였다. 아까부터 꼭 하고야 말겠다는 듯 벼르던 질문은 무엇일까?

"포카는 왜 인간을 보호하려고 하죠? 그들은 더 높은 단계로 갈 가능성이 없어요. 큰 재해를 만나면 힘없이 사라질 존재죠. 우리 메칠이나 초록털과는 달라요."

"저도 그렇게 생각해요. 사람들은 중요한 것을 모르고 쓸데없는 것에만 관심을 가져요. 아무리 봐도 가망이 없죠."

"그걸 알면서도 왜……?"

"그냥… 그냥… 자기들끼리 뛰어노는 것도 좋은 것 같으니까요. 저들은 행복하기도 하고, 불행하기도 하면서, 나름대로 자유롭게 살고 있잖아요? 이 자체가 이유예요. 그냥 내버려뒀으면 좋겠어요. 알아서 살도록."

"하하. '알아서 산다'. 난 잘 이해가 안 가네요. 그게 별 의미가 있을까 싶습니다."

"뭐, 그들 스스로에게는 뭔가 의미가 있을 겁니다. 작은 거라도요."

그때였다. 뒤에서 빠르게 바람이 휘몰아쳤다. 바람이 정교하게 동글동글한 것이, 몇 번 느꼈던 것이었다. 메추리들이 타고 다니던 작은 비행접시였다.

"원하시는 곳에 내려다 줄 것입니다. 오 일 후에 데리러 오면 되겠죠?"

이런 일이 없을 줄 알았다. 낭섬에 온 후로 한 번도 옛날 사람 가족에 대해 말하지 않았었다. 그런데 지금 이 순간 심장이 터질 듯 뛰는 것이, 깨끗이 지우지 못한 모양이다. 그리움이란 것을 말이다. 난 망설임 없이 열린 유리 뚜껑 안으로 들어갔다.

"필요할 것 같아서 준비했습니다. 물론… 여전히 이해는 안 갑니다."

이해하지 않아도 할 일만 알면 되는 법이니까. 난 말했다.

"고마워요."

23

안냥

난 제라신 카페부터 들렀다. 내부는 냥이를 위한 정성스러운 물품이 가득했다. 복잡하게 얽힌 통로에 진귀한 장난감이 설치돼 있다. 그동안 개량한 흔적이 느껴진다. 흑색 계열이 더 칙칙해진 게, 훨씬 근사해졌다.

이것저것 건드렸다. 간만에 느껴보는 인간의 오밀조밀한 기술, 냥섬의 초록털 물건에서는 느낄 수 없는 맛이다.

뒷발에 롤러 신발을 신었다. 그르륵, 끌며 꼬리로 방향 전환이 된다. 힘 안 들이고 다섯 바퀴나 돈다. 노는 앞발은 비눗방울을 터트렸다.

컨베이어 벨트를 댔다. 친강에서 미끼 묻은 사슬이 내려온다. 나비, 송충이, 쥐 몸통 … 벨트의 끝은 자글거리는 구슬 바다. 안으로 풍덩 빠졌다.

이건 뭐지? 플라스틱의 네모난 것이 금줄과 보석으로 꾸며져 있다. 냥이 콧대가 들어갈 공간이 있었다. 슬라이드 카메라 장난감! 갖가지 추억이 가득했다. 바다, 계곡, 도시, 와! 그링그 링이 새끼 북극곰 어깨에 앉아 세수하고 있다. 원래 알던 사이 처럼 평온하게 말이다. 나도 모르게 탄성이 나온다.

"주앙은 능력이 대단해."

검은 방석이 보스락거린다. 파묻혀서 우그러진 얼굴이 들린다.

"포카, 난 진지하다고."

"미안. 재밌는 게 많아서 말이야. 냥섬에서 난 항상 진지했 거든."

"그리고! 그건 다 내 능력이야. 저거 못 봤어?"

벽에 붙은 대형 포스터의 주인공은 그링그링이었다! 무광 은박으로 인쇄된 고급스러운 필체가 가슴팍을 훑고 있다. 다 른 듯 같은 듯 미묘하게 편집된 얼굴과 살짝 턱 든 순진한 표 정 덕에 알아보지 못했다. 판매량 1위 프리미엄 사료 브랜드 모델이라니.

그링그링은 급작스레 다가온 일을 인정하지 못했다.

"몇 년 만에 찾아와선… 떠나야 한다고?"

"떠나건 떠나지 않건 네 자유야. 하지만… 여기 남으면 평범 한 고양이가 될 거야."

"말도 안 돼. 이게 무슨 날벼락 같은 일이야!"

삼십 분이 지나도 답을 내리지 못한다. 그저 방석에 파묻고

낑낑댈 뿐이다. 그러다. 대뜸 일어나 신속하게 꾹꾹인다.

"뭐 해?"

"빨리 오라고 말하려고."

아니, 꾹꾹이 아니라 두드린 것이었다. 태블릿피시가 거치대에 적절히 기울어져 있었다. 얼마나 연습을 했는지, 액정 터치 속도가 사람보다 빠르다. 주앙에게 메일을 보낸 후 여러 계정의 댓글을 확인한다. 검색엔진에 자기 이름을 쳐본다. 업로드 예정 콘텐츠를 돌려본다. 신고점을 찌르던 수익 그래프를 보다, 콧김 한숨을 쉰다.

"널 이해해. 생각이 많을 것 같이. 그런데, 오 일 안에는 결정을 내려야 해. 메추리에게 말해서 여기 들르게 할게."

"알았어."

방석 위로 올라 울적한 어깨를 두드렸다. 녀석은 목을 빼 턱을 깐다. 긴 신음, "냐아아아아아". 무어라 위로의 말을 해주고 싶지만… 고뇌하는 스타 냥이에게 해줄 만한 말이 생각나지 않는다. 카페를 나왔다.

굽은 길을 돌았다. 보인다. 파란 지붕의 고향집, 여전한 회색 소나타. 바나에서 불어와 멍밭을 거친 시큼한 바람.

한동안 들어가지 못하고 맴돌았다. 그러다 짜여진 듯 절로 도약했다. 몇 년 만에 온 건데도 돌담 위에 있는 것이 이상하리만큼 자연스럽게 느껴진다. 공짜 밥통도 여하고 가스통 뒤로 올라오는 푸근한 냄새도 그대로다.

잠깐 일 보고 온 외출 냥이처럼, 창문을 열었다. 익숙한 새벽의 거실에 발을 디뎠다. 어떻게 이 감촉을 잊을 수 있을까? 또독! 한 콕 뜯는다. 발톱 끝을 혓바닥 대었다. 따끈하게 데워진 장판의 익은 비닐 맛.

모두 그대로였다. 팔걸이 뜯긴 소파도, 긁힌 나무 식탁도, 모래 화장실도, 텔레비전 선반 위 원이의 도자기도… 그 옆에 세워진 액자는 새로웠다.

언제 찍었는지 모르겠다. 김치냉장고에 앉아 창문 밖을 바라보는 내가 있다. 하단에는 부직포로 글이 쓰여 있다. '까치 잡으러 간 포카'. 공들여 붙인 그 볼록한 문자를 어루만졌다.

동족의 네 다리 걸음이 느껴진다. 2층 계단으로 내려오던 냥이는 날 발견한다. 몸을 낮춰 슬금슬금 경계하며 온다. 침입한 냥이임을 확인한다.

"거지냥이다."

묻지 않아도 알 수밖에 없다. 뱃살에 붙은 초록털, 써니의 사색 새끼냥이 어느새 이렇게나 자라 나보다 더 커졌다.

"우웅!"[오지 마!]

녀석은 다가오는 날 피해 냉장고 위로 도약한다. 으르렁대지만 서운하진 않다. 일 안 풀릴 때 뾰로통한 입매가 써니와 똑닮았기 때문이다.

이때 누군가가 문틈을 삭삭 긁는다. 철커덩, 영희의 방문

손잡이가 내려간다. 문틈을 비집고 나오는 노랗고 까만 냥이는……

"친구야!"

"놀자! 놀자!"

우람한 두 수컷이 등장한다. 둘이와 삼이가 새끼냥마냥 달려든다. 날 밀어 쓰러트리고 양옆으로 껴안아 킁킁 냄새 맡는다. 기쁨의 뒷발차기를 곁들인다. 얼마나 핥아대는지, 털이 다 뽑힐 것 같다. 보답으로 정겹게 귀때기를 깨물어주었다. "왱~!" [아파~!] 그래, 이 신나는 소리!

"디리운 기지냥을 핥다니. 삼촌들이랑 안 놀아. 언냐한테 일러야지!"

냥섬의 바쁜 생활 속에 그리워할 겨를이 없었다. 잊어버린 것이 아닌지 생각했다. 징그럽기만 했던 녀석들이 이렇게 반가울 줄이야. 새끼냥 시절을 같이 보낸 녀석들은 잊을 수가 없었다.

톡톡. 냥이가 사람의 볼때기를 때린다.

"왜 때려. 으으으으음. 닷디야. 왜 때려."

"웅냥. 냥냥!" [이어나, 언냐!]

"뭐지. 아, 오줌 마려워."

발소리가 더 무거워졌지만, 엇박자 걸음으로 보아 확실했다. 영희다!

"뭐야. 뭐야. 풔카다. 풔카다."

잠이 덜 깬 다리로 후들후들 다가온다. 날 들어 올려 껴안는다. 여자 사람 향과 알콜향이 더 숙성된 영희가 됐다. 플라스틱 맛 입술, 쪽쪽.

"언냐가 거지냥과 뽀뽀? 이게 무슨 멍구 같은 일이지?"

써니의 둘째, 닷디가 성큼 걸어와 코를 들이댄다. 입까지 벌리며 나의 체취를 들이마신다. 오래전 기억을 찾을 수 있을까?

"기억난다. 기억난다. 네 놈이 기억난다. 아빠냥."

영희는 집으로 돌아온 나를 놓아주지 않는다. 이불로 꽁꽁 싸매 탈출 불가능한 장막을 만든다. 얼마나 주무르고 쓰다듬던지 털가죽 감각이 사라질 지경이다. "왜 이제 온 거야… 까치 잡으러 가지 마……" 부둥켜안아 보답했다.

장막이 한 겹씩 들춰진다. 닷디가 날 깨운다.

우린 거실로 나왔다. 소파 각 끝에 앉아 텔레비전을 켰다. 들릴 듯 말 듯 하게 볼륨을 낮췄다. 의도하지 않았지만 사람 가족을 따라 하게 되었다. 진지하기도 하고 아니기도 한 영희와 아빠의 분위기를 말이다.

"보고 싶진 않았어. 가끔 생각이 난 거야. 내려다보는 콧구멍 말이야."

"콧구멍?"

"김치냉장고 위에서 말이야. 그게 참 못생겼으니까. 다음부터는 그렇게 헤어지지 말자. 아무튼 난 아빠냥 콧구멍을 안 닮은 것 같아."

"음, 그런 것 같아."

"어디 가서 뭘 했어?"

"멀리 가서 뿌듯한 일을 했지. 너는 잘 지냈니?"

"잘은 지냈는데. 썩 좋은 일은 없었어."

딴소리하듯 한 대화가 멈춘다. 난 홈쇼핑 진행자를 보는 척했다. 상품 소개가 끝나고 광고가 나간다. 닷디는 앞발을 쥐어 소파 가죽을 까드득 짠다. 이제야 부녀는 서로를 본다.

"근데 말이야. 진짜 궁금한 게 있어."

무슨 질문을 던질지 알았다. 어떻게 답해야 할지 모르겠다.

"엄마냥은 어딨어?"

엉겁결에 앞에 있는 리모컨에 앞발이 간다. 재밌는 프로그램을 찾는 척 채널을 돌렸다. 닷디가 재촉한다. 바둑 채널이 나올 때, 해설하듯 무심히 말해주었다.

"네 엄마냥은 널 두고 가버렸어."

"어디로?"

"모르지."

"정말?"

"응, 정말 몰라."

기대했던 답이 나오지 않은 모양이다. 녀석은 내 속눈썹이 떨리는지 확인한다. 거짓이 아니라는 차분함에 약이 올랐는지 대뜸 내 볼때기를 때린다. "나도 알고 있었어. 엄마냥은 원래 그러니까." 그러곤 토라져 김치냉장고 위로 올라가버린다.

닷디는 우두커니 엎드려 창밖을 보고 있다. 군청색 하늘이 반만 물들어 구슬 같은 눈망울을 비춘다. 털의 결이 이렇게 똑같을 줄이야. 정돈해주었다. 고개의 비틀어짐이 누구 새끼냥 아니랄까 봐 판박이다. 옛 기억을 더듬는 황홀감에 젖어, 녀석의 볼 털이 다 젖는다.

"그만해, 멍구 아빠냥아."

"닷디, 고양이 별로 갈래?"

"고양이 별? 그게 뭐야."

"저 하늘을 봐. 별이 아주 많지? 그중 하나야. 똑똑한 초록 털 고양이가 있을 곳이지. 멍구도 없어. 정말 좋은 곳이야."

"흐음."

닷디는 날 살핀다. 귓속도 보고, 인중도 올려보고 상한 곳을 찾는다. 등허리의 초록털을 꾸욱 눌러본다.

"어디 아픈 건 아닌 거 같은데… 엄마냥을 물어봐서 그래? 이상한 비유를 쓰지 말아줘. 슬프잖아."

창문을 열었다. 징검다리 타일을 밟아 새벽이슬 묻은 잔디를 피했다. 마지막 타일에서 대문 옆 가장 편편한 돌담으로 도약했다. 닷디도 따라와 옆에 앉았다.

"여기가 아빠냥이 자주 앉았던 돌담 위야."

"나도 앉았는데. 언냐, 오빠 기다리면서."

이번엔 닷디가 핥아준다. 싸악싸악, 덜룩이 닮은 빠른 고갯짓이다. 금방 촉촉해졌다.

닷디와 함께 추억이 담긴 장소들을 탐험했다. 산을 깎아내 올레길이 넓어졌다. 나무 난간은 살아 있었다. 사랑의 표식이 그대로다.

"진짜, 엄마냥 이름이 있네!"

붉은 담장에 왔다. 검은 멍구가 짖지 않는다. 멍구 집은 비어 있었다. 추리닝의 신발도 없다.

회색 슬레이트 집은 흔적도 없이 사라졌다. 말끔한 새 건물이 들어섰다. 그 많던 잡동사니는 어디로 갔을까?

"왜 자꾸 멈춰?"

"옛날 생각이 나서."

점박이의 버려진 집으로 통하는 작은 길이 메워져 있다. 설마 했지만, 그 점박이는 어디 안 갔다. 편의점 앞 파라솔에 폼나게 앉아 있다. 반질반질한 깨끗한 모습에 그릇 두 개도 놓여 있다. 밥 나오는 사람 가족이 생긴 모양이다. 물론 성질은 똑같다. 아는 척이라도 할 줄 알았지만 재는 것 없이 사납게 몰아쳤다. 부리나케 도망갔다.

"저 냥이는 도대체 뭐야? 보자마자 시비네."

"나쁜 냥이야."

컨테이너 집 시간은 정지해 있었나. 모랭이는 같은 장소에서 같은 포즈로 있었다. 리어카의 자주색 페인트가 까져 쇠의 속살만 녹슬었다. 그 아래 절반만 볕을 쬔 채, 졸린 눈을 껌벅였다. 귀찮은 냥이가 금세 다시 찾아온 듯 심드렁히 하품한다.

"포카. 너구나."

"어때요? 모랭이 님."

"그냥 그래."

짐작은 했지만, 진짜였다. 엄마냥에게 졸라 들은 아빠냥의 후보냥. '수컷 중에 그런 냥이도 있었단다'. 모랭이의 편안함은 기분 때문만이 아니었다.

거칠어진 털을 정답게 핥아주었다. 빨간 조끼가 밥그릇을 때릴 때까지 말이다.

살랑이는 그의 꼬랑지에게 인사했다.

"잘 사세요. 모랭이 님."

"난 잘 살아. 또 봐."

마지막 추억 탐방은 콘크리트 파이프 안이다. 써니는 돌덩이를 통과하는 서늘한 공기를 좋아했다. 쳐진 거미줄을 떼어 놓며 굴러온 자갈 차는 걸 좋아했다. 그 흔적은 당연히 사라졌지만, 함께 있었던 자리가 보인다. 우린 그 자리를 채워 앉았다.

"포카다! 포카다!"

삼 년 반 만에 본 영수는 달라져 있었다. 청바지를 입고 흰 티를 입었다. 예전 영희처럼 대학생이라는 시절을 겪는 중이었다. 좀 둔해진 것 같다.

엄마와 아빠도 날 한 번씩 안고 소감을 말한다.

"이야, 집 나간 고양이가 때깔 좋네."

"그러게."

"엄마! 포카는 온다고 했잖아."

영수는 가짜 고양이인지 확인한다. 몇 번이나 입술 맛을 보고, 징그럽게 꼬랑지 냄새까지 맡는다. 진짜라는 의미로 콧방울을 깨물어주었다. "아야! 하하."

2층으로 들려갔다. 영수는 침대가 무너질 만큼 뛰어오른다. 날 가슴 위에 올려두고 말한다.

"포카, 그동안 어딜 갔던 거야? 네가 잘 지내고 있을 거라고 생각했어. 왜 이제야 온 거야? 얼마나 찾았는데. 엊그제도 보호소에 연락했었어."

닷디의 말처럼, 다시 떠난다는 건 사랑하는 사람 가족에게 너무 가혹한 일이다. 또 찾을 거 아닌가? 돌아올지 알 수 없는, 소식도 없는 냥이를 위해 또다시 기다리게 할 순 없다. 밝혀야 하겠다. 침대 아래 미리 준비했던 쪽지를 꺼냈다.

'영수야, 놀라지 마. 내 입을 보고, 천천히 말을 해. 그대로 따라 해볼게.'

"저 녀석 왜 저러냐."

"아빠, 영수는 맨날 포카를 찾았잖아. 너무 좋아서 그래."

"그러게. 좋다 보니 실성했나."

영수는 처음엔 신기해했다. 고양이의 발성으로 사람 말을 따라 하는 걸 말이다. 머리가 좋은지 금방 배워 알아들었다.

본격적으로 대화를 하던 중, 갑자기 영수의 표정이 굳어졌다. 벌떡 일어나 방 안을 뒤지기 시작했다.

"몰래카메라인가? 누나인가?"

30센티미터 철자를 들고 틈새란 틈새는 다 찔러보며 한참을 두리번거렸다. 그리고, 거울을 보고 말을 하는 것이었다. 방금 내가 했던 말을 또박또박 따라 했다. "난 포카야. 똑똑한 고양이지. 알아들을 수 있니?" 마치 내가 사람 말을 하는 게 아니라 자기가 고양이 말을 한 것처럼 말이다. 되지도 않는 착각이다. 고양이의 언어는 사람 말보다 열 배는 더 어렵기 때문이다.

"내가… 미쳤나?"

"웅앙냥. 엥옹 냥닝." [영수야. 넌 안 미쳤어.]

그 뒤론 계속 저 모양이다. 밥을 먹으라는 엄마의 외침에 도망치듯 나가버렸다.

영수는 기계 같은 숟가락질로 밥을 입에 넣는다. 굳은 표정으로 씹어 삼키고, 다음 수저 드는 걸 잊는다. 허공을 바라보며 말한다.

"나아옹."

"인마, 밥 먹다가 뭔 소리냐."

난 고개를 저었다. 반응이 영 탐탁지 않다.

"닷디. 괜히 했을까?"

"조금만 기다려봐. 은아랑 헤어졌을 때도 그랬어."

영수는 밥에 물을 타 마시듯 비운다. 벌떡 일어나 날 들고 뛰어간다. 사람 가족이 웃는다.

"정말 좋은가 봐."

방에 들어와 문을 잠근다. 심호흡을 열 번 하더니, 자기 뺨을 찰싹 친다. 핸드폰을 내민다.

"그때, 문자메시지로 119에 신고했다고 했지."

"응."

"다시 해봐."

어려울 건 없다. 썼다.

"세상에… 나중에 다 기억났어! 꾹꾹 누른 것도… 네가 사람처럼 말하는 것이, 난 꿈인 술 알았어."

"정말? 꾹꾹이 좀 부족했을 거야."

"하하… 충분했어."

"이제야 이해가 가. 네가 평범한 고양이처럼 낚싯대랑 놀지 않았던 이유를. 막, 뛰어다니지도 않고 말이야."

"나도 막, 뛰어다니기도 해. 누가 안 볼 때 말이지."

"'외계종족 메추리', '사람만큼 똑똑한 초록털'. 내가 이런 걸 알아도 돼?"

"메추리에게 물어봤거든? 사람들에게 혼란을 주면 안 된다고 해. 그런데 권고 규정이라고 했어."

"와. 와. 와. 완전."

메추리들은 생각보다 좋은 녀석들은 아닌데, 내막을 모르는 영수는 미지의 것에 호기심이 넘쳤다. 좋아하는 모습이 싫진 않다.

서로에게 일어났던 일을 나눴다. 영수에겐 신비한 비밀 이야기였고, 나에겐 이곳의 추억을 정리하는 시간이 되었다. 죄지은 것도 아닌데 털어놓을수록 후련했다. 뭉클하기도 했다.

다만 예상하지 못한 일이 있었다. 영수는 예전처럼 나에게 애정 표현을 잘 안 했다. 날 들어 옮기지 않는다. 입술을 맛보는 뽀뽀도 안 한다. 이불 안에 가두지 않고, 오히려 제가 숨는다. 귀찮던 것이 아쉬워지는… 뭔가 묘했다. 잠을 설치고 있길래 결국 방을 나왔다.

다른 사람 가족에게서 따뜻함을 채웠다. 영희는 집에만 오면 나만 찾는다. "뭐카, 뭐카." 정말 질리지 않는 레퍼토리다.

영희의 왼쪽 가슴편에 있다는 찡그려진 그림을 파헤쳐 찾아보았다. 원의 것보다 진했다. 앞발로 눌러 평평하게 하니, 꽤 흡사하다. "좋아?" 닷디가 샘냈다. 가장 편안한 정강이 사이 자리를 양보해주었다.

혼자 밖으로 나섰다. 새롭게 나타난 떠돌이 냥이들이 공짜밥을 먹고 있다. 낯익은 냥이도 보인다. 흰노랑냥이와 갈색냥이는 지금도 같이 다닌다. 턱받이다! 전화번호 써진 목줄을 찬당당한 모습이었다. 사람 가족이 생긴 모양이다.

"포카! 우리 집에 사료 먹으러 올래?"

"하하, 다음에 먹으러 갈게."

멍밭에 들어갔다. 아라동 흙 위에 곧 떠나 없어질 발자국을 새겼다. 코란도 집 창고에 들어갔다. 납작해진 비닐봉지가 선반 철골에 끼어 있다. 혹시 모를 써니의 흔적은 없다.

밤망구 집에 왔다. 근방 수돗가 둘레에 회색 슬레이트 한 조각이 쓸쓸히 던져져 있다. 이끼가 덮였지만 알아볼 수밖에 없다. 이것 아래 차가웠던 날이 은닉된지 아닌지 모르겠다.

마지막 밤의 외출을 마쳤다. 새벽 세 시, 영수는 소파에 앉아 있었다. 빚진 사람처럼 허리를 굽혀 깍지를 끼고 있다.

"정말, 이제 떠나?"

"응."

영수는 비켜 앉아 나와 마주했다. 오른 손가락 세 개로 나의 왼 앞발을 잡는다. 침을 모아 헹구더니 꼴깍 삼킨다.

"포카, 꼭 해주고 싶은 말이 있어."

"응. 뭔데?"

"'범인'에 대한 이야기야."

범인이라면? 그것밖에 없다.

두근두근, 두근두근.

"나는 그때 과자를 먹고 있었어. 정말이야."

과자?

부옇던 사건에 새 단서가 추가된다. 이미지의 빠진 부분이 채워지며 자연스레 연결된다.

영희는 멀리 있었다. 영수는 한 손에 과자, 한 손에 과자 봉지. 장판을 스친 손톱, 접힌 엄지와 검지가 비벼진다. 엄마의… 손가락이 숨었다!

힘이 주욱 빠진다. 영수만 보면 오묘한 심술이 났던, 마음속 깊이 숨어 있던 고집 센 믿음이 사라락 무너진다.

꿈에도 나오던 마귀의 검은 손이 엄마 손이었다니. 살근거리는 그 끔찍한 느낌! 정신을 차리고 보니, 난 바들바들 떨며 거친 숨을 뱉고 있었다.

"괜찮아?"

"꿈에도 생각 못 했어."

여태껏, 영수가 한 줄 알았다. 무엇과 비교할 수 없는 냥이 생애 최고의 반전이다.

"가기 전에 알아서 다행이야."

"다행이야. 다행이야."

몰랐으면 저 먼 고양이 별에서 악몽을 꿀 때마다 저주했을 거야. 용기 있게 제보해준 영수에게 고마웠다. 어깨로 올라타 뽀뽀를 해주었다. 나의 남은 미련과 오해를 벗었다.

우다다 달려가 자는 엄마 볼때기를 확, 할퀴었다.

오 일 후, 약속한 시각이다.

우린 마당에 섰다. 하늘로부터 어떤 장력이 미쳐오고 있었다. 나의 수염과 영수의 머리카락이 하늘로 솟았다.

회색 구름들이 몽실몽실 부풀어 있었다. 저 멀리 스치듯 보이는 비행 물체가 순식간에 수직 위까지 왔다. 구름들은 큰 덩이로 뭉치더니 한 점에 집중돼 회오리쳤다. 그 중심을 비행체가 뚫고 나온다.

점점, 점점, 하강하더니 수백 미터 상공에서 고요히 멈춘다. 직접 보니 생각보다 더 괴이했다. 똑똑한 냥이의 감각으로도 원리를 탐색할 수 없다. 터널을 잘라 떼어낸 어정쩡한 물체가 점화도 기류도 없이 곧게 떠 있는 것이다.

"저게 그 '메추리집'이야."

"어떻게? 말도 안 돼……."

입구 면에서 팽팽한 섯이 나온다. 너비 있는 필 할 투괴 을외 무지개색 바닥이, 늘어났는지, 밀려났는지 무척 길어져 마당까지 와 정확히 멈춘다. 메추리집을 향해 길이 생겼다.

영수는 입이 쩍 벌어져 말을 잇지 못한다. 쪼그려 앉곤 눈만 뜨고 있다.

괜스레 불안했다. 굳어버린 정강이를 긁었다. 무릎을 짚고 뒷발로 섰다. "안 찾을 거지?" 재차 확인했지만, 영수는 대답하지 않는다.

또 다른 냥이가 남은 무릎을 차지한다.

"오빠, 눌이와 삼이 삼촌을 잘 챙겨줘."

"맞아, 맞아… 닷디도 초록털이었지."

그제야 영수는 정신을 차린다. 초점 없던 눈이 또렷해지며 앞의 두 냥이를 번갈아 본다. 다가온 일을 받아들인다. 이별의 준비가 끝난 것이다.

날 들어 안는다. 무수히 했던 껴안음이지만, 이번엔 좀 달랐다. 이 순간을, 나란 존재를 잊지 않으려 힘껏 안은 것이다.

영수의 심장에 귀를 댔다. 평소엔 느리더니 너무 빠르다. 십 초까지만 세기로 하다 백 초까지 올렸다. 닷디가 재촉한다. 안기던 가슴을 꾹 밀어 신호했다.

"갈게."

"응."

"보고 싶을 거야."

영수는 하늘을 향한 찬란한 다리 위에 우리 둘을 얹혀준다.

다리는 접히고 말려 아름다운 투명 구체 비눗방울을 만든다. 닷디와 날 감싼 그것은 저 높은 곳으로 미끄러져 빨려 들어간다. 갈퀴가 아플 만큼 앞발을 크게 펴 흔들었다.

"안냥!"

"잘 가!"

가속도가 붙어버린다. 메추리집 입구가 가까워진다. 민지, 덜룩이, 낭만이, 형제들, 엄마냥… 날 향해 야옹한다. 그 뒤엔 수많은 초록털들이 옹기종기 모여 있다. 대부분 알딸딸한 모습이다. 놀랍게도, 긴 장발의 사람도 초록털 사이에 끼어 있다. 곁에 그링그링이 있다! 잘 풀린 모양이다.

메추리가 날 이끈다.

"포카, 다들 기다렸어요."

"잠깐만요."

손 흔들던 나의 친구는 이미 점이 됐다. 질끈 눈 감고 뒤돌았다. 만들어둔 영상이 초록털을 홀린다. 준비된 단상에 앉아 연설했다.

"……우린 자유냥!"

난 훌륭히 해낸다.

새로운 고향을 향한 기대와 들뜸으로 초록냥이들이 소란스럽다.

난 소란을 피해 아무도 없는 조용한 장소에 갔다. 창밖은 까맣다. 사라지는 푸른 고향 별을 눈으로 머금었다. 행복해야 해, 영수. 모셔지어 준 빚, 잊지 마.

난, 막… 뛰어다녔다.

작가의 말

먼저, 가족에게 감사합니다. 제가 글을 시작하게 하고 이 소설의 아이디어를 주었습니다.

출판사 관계자분들에게 감사합니다. 많은 도움을 받았습니다.

『초록털 고양이 포카』를 쓰며 새롭고 신기한 이야기를 만들어내려고 했습니다. 저만의 메시지를 넣으려 의식하지 않았습니다. 읽는 이들이 재미있게 읽고 감동을 받으면 좋겠다는 마음으로 썼습니다.

초고의 이야기는 지금과 달랐습니다. 자세한 내용은 말하지 않겠습니다. 다만 먼저 읽은 친구의 말과 편집부의 조언을 듣고 다듬고 다듬었습니다. 괜찮았습니다. 마치 본래 원했던 것 같은 이야기로 재탄생했습니다. 자연스레 메시지도 스며들었습니다.

포카는 훌륭한 냥이가 되었습니다.

도움을 준 분들에게 다시 한번 감사의 말씀을 전합니다.

2018년 9월
서지민